中国文学新力量

内脸

王威廉 作品

陕西新华出版传媒集团
太白文艺出版社·西安

图书在版编目（CIP）数据

内脸 / 王威廉著. -- 西安：太白文艺出版社，2021.4

（中国文学新力量）

ISBN 978-7-5513-1921-8

Ⅰ.①内… Ⅱ.①王… Ⅲ.①中篇小说－小说集－中国－当代②短篇小说－小说集－中国－当代 Ⅳ.①I247.7

中国版本图书馆CIP数据核字(2020)第261886号

内脸
NEILIAN

作　　者	王威廉
责任编辑	谢　天　杨　匡
封面设计	郑江迪
版式设计	建明文化
出版发行	陕西新华出版传媒集团 太白文艺出版社
经　　销	新华书店
印　　刷	西安市建明工贸有限责任公司
开　　本	880mm×1230mm　1/32
字　　数	180千字
印　　张	10.25
版　　次	2021年4月第1版
印　　次	2021年4月第1次印刷
书　　号	ISBN 978-7-5513-1921-8
定　　价	58.00元

版权所有　翻印必究

如有印装质量问题，可寄出版社印制部调换

联系电话：029-81206800

出版社地址：西安市曲江新区登高路1388号（邮编：710061）

营销中心电话：029-87277748　029-87217872

王威廉 1982年生。祖籍陕西西安。先后就读于中山大学物理系、人类学系、中文系，文学博士。中国作家协会会员，广东省作家协会主席团成员，小说创作委员会副主任。兼任广东外语外贸大学名誉教授。著有长篇小说《获救者》，小说集《非法入住》《听盐生长的声音》《倒立生活》等，文论随笔集《无法游牧的悲伤》等。部分作品译为英、韩、日、意、匈等文字在海外出版。曾获首届"紫金·人民文学之星"文学奖、十月文学奖、花城文学奖、西北文学奖、茅盾文学新人奖、华语科幻文学大赛金奖等。

目录

1 / 内脸

98 / 第二人

149 / 没有指纹的人

228 / 信男

262 / 看着我

293 / 鲨在黑暗中

内脸

一

当你在 KTV 昏暗的光线下看到戴着套子的话筒时，心中长久以来难以言状的遗憾突然有了一种直观而强烈的答案：你自己就是那只话筒，无论干什么总是戴着一个密不透风的套子，虽然和任何事物都有所接触，但是归根结底却和任何事物都没有接触。你想到这一层的时候，还不无色情地回忆了自己生命中早已烟消云散的几场爱情，你悲哀地意识到你不只是戴着套子做爱，还戴着套子谈情说爱，所以接二连三的恋爱生活并没有让你明白爱情为何物，而是恰恰相反，让你越来越不能理解爱情究竟为何物。

你还记得你和第一个女人在一起的时候，她总是主动帮你戴好那个用橡胶做成的玩意儿，而且从来没有一次遗漏过这个环节。当你有一次处心积虑地试图错过这个环节时，她让你看着她的眼睛，她对你说灵魂的交流才是最重要的，你诚惶诚恐地点头赞同，你感到她的眼睛像是一片无边无际的海洋，你觉得自己渺小得快要被淹没了，你在一阵眩晕中赶紧闭上了眼睛。到了你和最后一个女人在一起的时候，你们试图学习一种科学的方法来控制幽暗的身体内部。你们需要绘制出她一个月内的体温曲线图，以便确定她的排卵周期（像个动物学家干的事情），可当你看到她嘴里天天含着那种过于灵敏的温度计时，你觉得她像是一个感冒发烧的病人，对她再也没有任何的兴致与勇气。

　　自始至终，你没有尝试过一次天然的接触方式。

　　当然，这一切对你现在来说重要的已不是具体的事件，而更多的象征的意义。你觉得你从一开始就被小心翼翼却是铁石心肠地隔绝了起来，你被那种深层次的拒绝弄得痛苦压抑、气喘吁吁，然而直到最后却依然是无计可施。你已经有些年头没有和女人在一起度过了，你回忆起昔日的种种，发觉很多细节已经变得模糊不堪，你所能记得的仅仅是自己内心的微妙感受，因为微妙，所以难以描述。你喜欢静静地坐在一个角落里，幻想起某个当初的场景，心里的似曾相识的感受便蒸汽般地升腾而起。你嗅到了爱情飘散后的残存余味。

二

戴着套子的黑色话筒在形态各异的手中缓慢传递,你的目光像绳子一样牢牢拴在话筒的把柄上。就在你的目光变得迷离和木讷之际,你看到话筒被一只过于柔软和多情的手接了下来,你的目光不由自主地滑向了手的主人。和你猜测的完全一样,这是虞芩的手,她的手和她的脸以及她的身体一样都是过于柔软和多情的。你盯着她看的时候,她的手突然做了一个你意想不到的事,糟糕的是,这个微不足道的事居然改变了你今后的生活轨迹。

虞芩用纤细的指尖把话筒的套子摘了下来,扔到了面前的茶几上,她说:"有这个东西包在上面我唱不好。"

大家只是微笑着默许了她这个有些吹毛求疵的小举动,他们或许觉得这不过又是一个女人借机表现自我的小伎俩而已。但是他们不知道这个小举动在你的内心却激起了电闪雷鸣般的震颤。在你看来,虞芩摘下的绝不仅仅是一个话筒上的套子,她摘下的更是笼罩在你生活上方那个阴魂不散的套子。她就用这样一个小小的方式给了你启示和希望,仿佛是神灵给你的额外恩宠。

你浑身上下开始蠢蠢欲动起来,像是受到命运力量的推挤一般向虞芩的身边挪了过去。你表面洋溢着和别人一样空洞的笑容,心里却激动得发了疯,你想把虞芩的那只摘下套子的手像宝贝样攥在手心里,一直紧紧攥着,直到她痛得叫起来。

虞芩唱完了一首歌,你大声叫好,然后你突然像赌徒一般对她说:"我能和你合唱一首歌吗?"这是你和虞芩认识以来说的第一句话。

虞芩只是转过脸来看了你一眼,并无太多的表示,她淡淡地说:"好。"

没有人留意你这次精心策划的举动,在这种暧昧而昏暗的环境中,你的这个举动完全符合环境的性质。你们唱了一首男女对唱的情歌,激情让你忘记了羞涩,因而你唱得格外好,比你中学时代听着老式磁带练歌那会儿唱得还要好。虞芩显然感受到了来自你的刺激,她第二次转过脸来看了你一眼,正好与你四目相对,她的眼睛里有你预期获得的惊奇。她不得不打起十二分的认真劲头来回应你的挑战,她的嗓音仿佛天籁,即使你发挥得再出色也不可能超越她。

你们的合唱赢得了几声醉醺醺的掌声,你知道这要比那种文质彬彬的掌声珍贵得多。你微笑着看了虞芩一眼,悄声说:"谢谢。"

虞芩的脸突然间就有了红晕。

根据虞芩后来的解释她的脸红完全是由于酒精的作用，可你即使在听了她的解释之后也依然相信自己最初的判断：那是她无意识中传达出来的信息，她对这个男人有所动心，起码有所触动。正是基于这个大胆的判断（或许是假设），你才敢在曲终人散之际向她表达渴望与她单独交谈的意思。她先是默不作声地走了一段路，然后趁着别人在拦的士的空当对你说："半个小时后这里见。"然后她就和其他人上了一辆的士，而你和另一些人上了另一辆的士。你心里居然有些庆幸你和虞芩并不顺路，这样你可以暂时冷静一下，想想等会儿应该说些什么。

当你在夜色中看到虞芩乘坐的车朝相反的方向驶去时，你不能不想到，你们的第一次约会就从背道而驰开始。

二十分钟后你已经返回了约会的地点。你借口有事提前下车，然后重新打的就回来了。你觉得时间像生铁一般沉重，压得你喘不过气来，你几乎神经质地反复不停拿出手机来看时间，生怕超过虞芩约定的半个小时，哪怕只超过一秒，都是你不能忍受的。然后，你站在这里开始了耐心的等待，每一秒好像被拉长了，你体会着那种幸福感，你不能确定这种幸福感在等会儿的谈话之后还能保持多久。

虞芩终于到了。她刚刚从打开的车门那儿露出半个身子你就跑了过去,你像个酒店侍应生一样迎接她的到来。她对你做的这一切还是淡淡地说:"谢谢。"

你们肩并肩在茫茫黑夜中漫无目的地走着,谁也没有开口说话。你现在内心满是惶恐和幸福,你怕你一开口就只剩下惶恐了。这时,你才发觉和虞芩在数小时之前还是陌生人,只是那种陌生被你一厢情愿的激情给遮盖了。

还是虞芩先说话了,她说:

"你认为我一定会回来吗?我回来是因为什么?"

你认真想了想她的问题,然后说:"我不能确定你是否真的会回来,但我愿意等;既然你都回来了,还需要原因吗?"

你看到虞芩微笑了。

这个晚上并没有发生你所期待的艳遇,然而却让你有了更多的情感收获。你们去了一家通宵的酒吧继续喝酒,你们并排坐着,一杯又一杯地把冷凉的啤酒喝下去。你迷迷糊糊地说着自己的各种愤怒和困惑,虞芩安静地听着,时不时和你碰一下杯子,玻璃杯清脆的声音在午夜如同灵魂深处裂开的缝隙。后来,你有些兴奋地感到虞芩的头靠在了你的肩膀上,你转头去看的时候,却发现原来是她睡着了。你并不觉得失落,你觉得这是一种莫大的信任,证明你是个能给她安全感的人。你就那样静静地坐了一个晚上，直到她在清晨醒来。你们还一起去吃了早餐，她的情绪很好，和你还说了好些玩笑的话，你问她下次能不能再一起出来玩，她说那要看时机，不要强求吧。你说对，然后你们就这样分开了。

你回到家，躺在床上，脑海里全是她睡觉的样子。那是婴儿一般深沉而贪婪的睡眠，有一小会儿她甚至还说起了梦话，令你不知所云。你只是外在于她的睡眠世界，你只能外在于她的睡眠世界。

三

你是在和新来的女领导握手的时候重新怀念起了虞芩的手。

那女领导的手绵软中透着矜持，最遗憾的是有一层冰凉的东西包在她的手上，你很明显地感觉到了，你还微微用了一点劲，否则觉得那手总是就要滑脱似的。无形的手套，你在心里想。女领导后来多看你好几眼，还和你多说了一些场面上常见的话，你知道自己刚才握手时的使劲好像显得别有用心，可事已至此，你只能继续演戏下去了。你无所畏惧地对视着领导的眼睛，而不是低下头来或是虚开视线。

最令你想不到的是，最后女领导走出你的办公室前又重新和诸人握手，你不得不再次伸出自己变得有些僵硬的右手。你在想象中把自己的手看作是没有任何感受的塑料假手,然后和女领导的手握在了一起。女领导的手突然也对你使劲了,你感到那层冰凉的手套似乎摘去了,心里不由得暗暗称奇,这种惊奇让你的手又使了使劲,你实在很好奇对方这手的千变万化,你觉得那手仿佛是没有外壳的鸡蛋,内部没有任何骨骼的支撑,那层冰冷似乎是从内部渗透出来的,使劲捏的话还是能够感受得到。就这样,你研究完毕,松开了手,女领导意味深长地看着你,你这才知道这下坏了大事,自己这是怎么了,就这样稀里糊涂地加入了一个危险的游戏。

你突然开始强烈地思念起虞芩。

直到你在女领导的床上时你还在强烈地思念着虞芩。

比起政治活动中的不自由,日常生活中的不自由显得更加难以自拔,你为了这个危险的游戏付出了太多的自由。在往后的日子里,你经常被领导叫去谈话,每次都是东拉西扯可你总得笑脸相迎,有时你还主动找一些话题让气氛变得更加轻松和活跃。你这样做的时候觉得自己非常卑贱,但是这种自我糟践的感受与想法却让你感到舒服,你不知道这其中有什么逻辑链条断裂了,你被一片昏暗的帷幕给蒙住了脑袋,无法突围出来。这种奇怪而可耻的快感陪伴着你,让你把危险的游戏继续进行下去,你知道这个游戏的终止权不在你的手里,就如开始权不在你手里一样。

很多时候,你就在办公室里和女领导做事,谈不上做爱,只是赤裸裸地性交。作为离异多年的女性,女领导在性方面严重匮乏,现在简直像是火山喷发了一般,有着几乎难以餍足的欲求。有时候你感到疲惫不堪却又无法拒绝,你就像是免费的性援交者一般。不过这样的说法也不妥帖,援交者拥有拒绝的权力,而你却没有。或许称你是某种意义上的奴隶才更为恰当。你努力想消除自己作为奴隶的屈辱感,所以你每次都做得格外卖力。看到女领导每次强忍着快感的号叫你还是有了一丝轻微的成就感。但是,你每次都要积极主动地给下面的小弟戴上帽子,而在女领导威严的审视下你觉得自己像个玩弄生殖器的小猩猩。这种时刻你总要想起其他事情,经常还想起虞芩,想象她会怎样看待自己目前的行为。然后,你就丢掉思想的包袱,走向女领导的身体。她的身体刚开始像穿了件紧绷绷的雨衣,可到了后来你感到那层雨衣脱掉了,剩下的却只是虚空,没有你需要的那种真实的质感,这让你感到无比惊讶。你会在某一瞬间以为眼前的这一切只不过是一场幻觉而已。

可这并不是幻觉,或许你已经难以分辨现实和幻觉的差别了,你看到女领导望你的眼神越来越柔和,你甚至在想这个女人是不是爱上你了？她在脱掉那层无形雨衣之后，其实更像是你从前的某个女朋友，直到你看到她经过精心修饰的眼睛之际，你才被那褐色瞳孔中的光芒所击中，那里面似乎透露出无形雨衣的全部奥秘，仿佛是一把门锁的锁眼，你在心里笑了起来。你吻在了她的眼睛上，她自然垂下了眼帘，这一刻，你才感到了征服的快感。要说另外具有成就感的时刻，那就是你静静坐在那里，看着她脱衣服和穿衣服，因为它们都是毁坏秩序的时刻，或者说是权力秩序和色情秩序过渡处的狭窄缝隙，你在这里享受到了难得的虚无。

那样的时刻你仿佛站在云端之上。

四

虞芩很久都没有主动联系过你，你也坚持着不去联系她，在每日的想象中虞芩的形象前所未有地丰满了起来。不过你异常清醒地知道虞芩已经被你重新创造过了，想象中的虞芩和现实中的虞芩必将判若两人。——这是你以往全部的恋爱经验告诉你的声音。你变得焦躁不堪，因为你知道这样下去你将爱上一个从来也不曾存在过的人。

你主动向虞芩打了电话，提出想见面小聚，虞芩居然毫不迟疑地答应了，这让你喜出望外。你们约好了在上次一起度过的酒吧见面,你感到你又重新抓住了真实的虞芩,延续了属于你们的共同历史。

焦急的等待过后,到了见面的时候。你远远就看到了虞芩,她的淡蓝色迷你裙让你整个人紧张了起来,因为你的目光在裙子下方的停留超过了约定俗成的时间。正如一开始就发现的,她的一切都有着过于柔软和多情的特性,她修长的双腿也并不例外。你不敢说你真的开始爱上她了,但你绝对开始迷恋了,仅仅为了这样独特的柔软和多情也应该迷恋。你对她说:"我想你了。"

这样的开场白是出乎你意料的,你并不喜欢直白,但是长久以来的情感折磨超越了你固有的胆怯。你等待着虞芩的回应,即使她不说话你相信从她的表情上也可以看出蛛丝马迹来。可是,让你失望的是,什么表情也没有,或说你没有发现任何期待中的东西,这让你不得不更加认真仔细地研究起她的表情来,她左侧脸上的一颗细小的黑痣都被你发现了,你对着那颗痣看了很久。这时,虞芩向你转过脸,说:"看够了没有?"

你不知该怎么应对这样有些嗔怒的指责,你本可以油腔滑调地说没有看够、因为你很美之类的话语来弥补这样的尴尬,但是你没有,你觉得虞芩或许是个比较严肃的人,所以你张口结舌,感到有些尴尬。

虞芩看了你一眼，再次开口说话了，她的语调中没有任何生气的成分，还是比较平淡。她说："不好意思，你那样是看不出我的任何想法的，因为我的脸不能完全反映出我的心思。"

你说："那当然，它们之间并没有直接的联系。"

虞芩睁大眼睛望着你，用着重的语气说："你误会了，我不是和你探讨哲学，我说的就是生理问题，我的脸部得了一种病，所以表情有些迟钝。"

这下你真的丧失了言说的能力，不仅是因为你从没听说过这样的事情，而且这样的事情还发生在虞芩身上，你不由得有了更深一层的疑虑，那就是自己过去在对虞芩的了解上面或许存在着重大的失误，因为你一直是在用观察得来的印象来组织对她的经验，而这一切原来都是病态的，不能吻合的，所以虞芩所想的和你所看到的极有可能是完全相反的。

你的这些想法让你脸色变得冷峻起来，这让虞芩显得很不安，她关切地说："是不是吓到你了？还是觉得很不可思议呢？"

"没有，没有。"你有些掩饰地笑了起来，说："这不过是个小问题嘛，病慢慢就会好的。"

"或许吧，不过就现在来说，还不可能完全康复。"说完她对你微笑了一下。

你赶紧说："你看你笑得多么漂亮，还说不能表达你的心思?"

"我也就只剩下微笑了。"她说。

"微笑是最美的表情啊。"

你向她举起了酒杯,她也举了起来,喝了一小口。她接着说:"可我觉得有时很别扭呢,明明我是高兴的,可是却显得冷淡;明明我是在乎的,可是却显得无所谓;明明我是难过的,可是却显得漠不关心……"

"你可以微笑啊。"你提议。

"可我不能总是微笑吧,那样真的会觉得重复和厌倦,还不如没有表情呢。不过,坦率地说,我越是面无表情很多男人对我却越是感兴趣,这真是很奇怪的事情呢,不过我知道,他们都不了解我,更不可能理解我。"

虞琴的话让你警觉起来,她所说的那些男人包不包括你呢?在你看来,显然是需要澄清的。你说:"你也看出来了,虽然我对你很感兴趣,但是我却是感兴趣你的……多情。"你差点把揭去话筒套子的事情说出来,但是觉得很不妥当。你解释说她的举手投足在你看来都很多情,洋溢着她独有的个性,以至于你都没有留意到她刻意的冷漠。

你说的完全是真心话。你看到虞琴再次微笑了,你感到很开心。

这个话题没有再继续,你们转而聊了一些其他的东西,比如电影和音乐之类的,你发现她是个很注重细节的人,对于很多艺术细节的提出超乎你的所料。不过,这次你们没有一起通宵,快十二点的时候虞琴站起身来说,晚了她该回去了。临走前,虞琴坦率地告诉你,和你在一起她感觉很愉快,很舒服,但是她却感到有种淡淡的眩晕和恐惧。你对她的说法感到有点惊奇,问她是来自哪方面的恐惧,她却不肯说了。你认为虞琴应该又开始焦虑她的病了,就不好再深究了,你只是轻声安慰她:"一切都会好起来的。"

五

女领导对你的服务越来越感到满意,你明显地感觉到她对你日益增多的依赖。你们早就说好下班之后没有重要的事情不再用任何方式联系,但是女领导已经给你来过三次以上的电话了,而每次也就是聊聊天,问你吃饭没有吃了什么之类的问题,语气温柔,不像领导的视察,而是情人的关怀。你变得有些焦虑起来,这样的发展你始料未及,你害怕自己那种工具般的身心会慢慢地缓解和融化掉,到头来却一无所有。

你放大胆子,试着和女领导调情的时候敷衍了事,或是显得漫不经心,以便达到某种疏远的目的。但是女领导没有发现你的怠慢,或是根本不介意你的怠慢。你干脆像条死鱼一般躺在床上都不动弹了，你微微眯着眼睛偷看，女领导会不会突然爆发起来？果然，女领导开口说话了，她说："你今天是不是很累呢？"你从嗓子眼里胡乱仓促地哼了几声，女领导竟然说："那你闭上眼睛休息吧，我帮你揉揉。"然后她居然帮你按摩了起来，你看到她谦卑地跪在你的面前，像个桑拿房的按摩女郎，你的心里竟然像是有了一块很大的空洞，那空洞在不断地变大，你却无法认清它的性质。你的呼吸变得急促起来，女领导听见了后说："怎么样，我的技术还行吧？"

"不错，不错。"对她这样讨好的问话，你只能这样说。女领导俯下身来抱住了你，你依然紧闭双眼，有些不安地等待着她的下一步。她突然开始吻你，你们从来也没有正式接吻过，这次你当然也不想的，但是你却无法躲避了。女领导尽心尽责地引导着你（就如同平日的工作中），她还长驱直下，吻在了你的身上，你明显有了反应。你们这次的做爱显得漫长而激烈，甚至有些缠绵，你终于觉出了做爱本身的快感。最后，女领导用一种妩媚的表情看着你，问你的感觉好不好。你不置可否，只是看着她的眼睛，觉得她的瞳孔深处变得有些虚无，那种坚硬有如结晶的东西在变少，你在思忖着她的灵魂中究竟发生着怎样的变化。

女领导说:"你不要那样看我啊,你就不怕爱上我吗?"

你觉得笑的神经突然被触动了,你肆无忌惮地哈哈大笑起来。女领导有些惊异地看着你,居然也笑了起来。

那天晚上你才发现惹上了大麻烦。

吃完晚饭,你感到全身疲累,慢慢地脱着衣服打算洗澡,这时候,你发现你的胸前和腹部有很多红色的条形斑块,这下你可吓坏了,你赶紧跑到镜子前面看个仔细。正好是一个"井"字,怎么会有这么古怪而可怕的事情呢,你的心里想起了下午的事情,不由得把这红斑和女领导的行为联系在了一起。这个"井"字似乎正是女领导的嘴唇在你身上的行军路线图,你当时并没有留意皮肤的变化,现在却变得如此狰狞,莫非是一种传染病吗?你整个人都快瘫痪掉了,你还联想到了那些最为道德男女所不齿的疾病的名称,每个字都让你心惊肉跳。你赶紧开始洗澡,用了平时三倍多的沐浴露使劲涂抹在那些红斑上,猛然增多的泡沫一下子就淹没了红色的皮肤,你的心情暂时能够平静下来了。实际上那些红斑既不痛也不痒,要不是你看到了它们,你是没有任何感觉的。你觉得那就像是一种轻微的皮肤过敏症状。你这样安慰着自己,想等到明天再看看情况会不会有所好转。但是,你在洗完澡后的第一件事情就是给老同学马医生打了电话，说好明天中午一起吃饭。之后，你变得坐卧不宁，不知道应该怎么度过剩下的数个小时。

更糟糕的是，那天晚上你失眠了，你盯着那些红色的皮肤一直到了凌晨时分。

六

你和那位老同学马医生有些日子没有联系了，不过这并不妨碍你们之间的关系，你们有着六年的同窗情谊。不过这么久没见面，这次一见面就要袒露出自己最丑陋的一面让你感到全身很不自在，不过那种身败名裂的恐惧感已经让你顾不得什么自尊了。你和马医生在约好的餐馆里坐下来，你简单地向他问好后就直奔主题了。你不厌其烦地痛说起了自己的症状。马医生用奇怪的笑容看着你，最后居然说："这个没什么大不了的，我看是你的心理作用吧。"

你瞪着热带鱼一般的眼睛，对马医生的这个轻描淡写的说法感到不能完全相信。你甚至解开了衬衣的前两颗扣子，露出一点发红的皮肉给马医生看。马医生用随意的眼神扫了几下，然后说："真的没事，你过敏了吧，有的人会对异性的体液过敏的。"说完他怪笑了起来，笑得你心里发毛。你说："我以前也有过类似的行为，但是都没有这样的过敏反应，这次是怎么了？"马医生说："或许你的过敏是有针对性的呢？比如就对你的领导……哈哈哈……"马医生话还没有说完就大笑了起来，你看他的样子是真的很开心呢，你看到他的眼泪都笑出来了，他的大笑把你变成了一个无可救药的小丑，你感到后悔了，或许并不应该把自己和女领导的那档子事情和盘托出，你当初为了治病觉得细节提供得越详尽越好……

马医生笑完了，对你说："没关系，我帮你开点药，防止过敏的，不过不要经常用，有些副作用。"

你点头称是。然后你们开始吃饭了，暂时转移了有关过敏的话题，聊起了马医生的很多日常工作和各种各样的病人。你突然对那些事物感到非常好奇，一连问了不少的问题。马医生看你如此感兴趣，也就兴致颇高地讲了起来。

饭后，你们一起去医院，马医生帮你开了药。你把药小心翼翼地塞进公文包里，然后指着马医生的鼻子说："这事就你知道啊，要有不相干的人知道了那咱们就别做朋友了！"

马医生说："知道了！多年的老朋友了，还不信我？"

走出医院的大门，你的胸口没那么憋闷了。太阳耀眼，热得要命，你还得回单位继续上班。到办公室的时候，你并没有马上就去吃药，副作用倒是其次的，你害怕的是对药物产生依赖性，你想再观察一段时间，或许到时就变好了，万事皆有可能。况且，习惯的力量也是可怕的，你的皮肤在经历女领导日复一日的热吻之后或许就会逐渐适应的。

你在座位上喘息未定之际，手机响了起来，你还以为是女领导打来的，在想要不要告诉她关于皮肤过敏的事情，可拿起手机一看居然是虞芩的！这让你瞬间紧张了起来，仿佛你发红的皮肤突然间裸露在了虞芩的面前。虞芩很少给你电话，而且在大中午这个时间，会是什么事情呢？你声音颤抖地接了电话说："喂，虞芩……"

"你刚才去医院了吗？"

"是啊。"你的汗毛都站了起来。

"我看见你了，呵呵，"虞芩说，"我正好也去看病呢。"

"你的病好多了吧？"你关切地问。

"暂时还没什么改善。"

"放好心态，会好的。"你安慰道。

"嗯，我会的。你哪里不舒服吗？"虞芩终于问了你最敏感的问题。

"我有些过敏，所以去看看。"你不敢随意撒谎，你的回答为今后可能出现的破绽留下了退路。虞芩轻轻叹了一口气，说："看来只不过是小病，那我就放心了。"你听了之后,心里自然感动了起来,你知道虞琴的心里还是有你的,你只是不知道你在她心中是什么位置。你真的很想让虞琴知道你此刻的心情,但是你只能说声:"谢谢。"

七

你思考再三,还是觉得应该把过敏的事情告诉女领导,你不知道女领导会说出什么话来。就过敏本身而言是没有什么好说的,但是它涉及女领导的体液与你的皮肤之间的关系,所以就有了格外丰富的意味,如果愿意在这其中肆意挖掘的话,应该可以寻找到很多复杂的意义出来。弄不好,你和女领导就这样闹翻了,你有些慌乱地想了起来。

不过要把这个事情说清楚可并不是那么简单的,你得寻找得当的时机,比方说在女领导正襟危坐的时候说这些话肯定是不合时宜的,因为这些话在此刻仿佛一下子就具备了污蔑的性质;但是,你进一步想到,事物的性质是非常容易改变的,比如在你们宽衣解带之后说这些话,似乎还具备了某种调情的因素,有着色情的意味。你为自己的想法感到可耻,但是后来发生的事情却非常好地印证了你的想法。

或许最开始你加入游戏的时候,你带着男性固有的那种猎人本能,觉得女领导是你一个丰美的猎物,但是你和她的地位在游戏一开始就发生了逆转，你成为了猎物，而且你这个猎物还要在被吃的时候强颜欢笑。这由你们之间的权力关系先天就决定了，你居然忽略了这一层，你现在想明白的时候却已经丧失了逃生的意志。

就你们之间的具体色情游戏来说，你丧失主动权之后就乏善可陈了。这次也没有什么两样，女领导重复了上次的行为。不过，她似乎对亲吻变得越来越情有独钟了，她又吻了你的身体。你忍受着对皮肤过敏的恐惧，整个人仿佛被蒙在一张棉被里面。当然，你的皮肤印迹现在已经消退得干干净净了，仿佛从未发生过，从这点来看这的确不算什么病，而仅仅是过敏，这令你的担忧也有所减轻。

在一阵激情过后，女领导的心情舒畅了起来，你抓住时机说了你不幸的遭遇，女领导先是惊得目瞪口呆，推开你的身体，上下左右仔细打量着你，然后问你现在怎么没有了，看不到呀。你说，过了两天时间就自然消退了。女领导还在打量着你，突然她笑了起来，这让你感到毛骨悚然的同时也产生了好奇。你使劲问："这有什么好笑的？"

女领导压在你的身上问你："你现在是不是很怕我？"

你说："我没什么好怕的，你能有什么让我害怕的呢。"

女领导说:"那就好。"

女领导嘴里轻轻呢喃着"那就好"三个字继续向你的身体进军了,她似乎对你的身体更加好奇了,或许一个人能够如此轻而易举地在另一个人的身上打上烙印也是一件非常诱人的事情。她很显然意识到这一层了,因为你看到她已经在你的身体上开始实践了。在一张白纸上才能画出最美最动人的图画,她扭动着脖子,在你的身体上书写着她最想诉说的话语。你问她:"你写的是什么?"

她仰起脸笑着说:"等你过敏的时候就知道了。"

这句话让你的皮肤骤然间像涂上了胶水一般,黏稠的同时却感到变得紧绷起来,你本来还想大笑几声,可是皮肤仿佛有了自己的大脑一般,居然冷漠了内心的可笑感,那种分裂似的感受让你不由得恐惧起来。你低头看见女领导的头发全部散开,耷拉在你的身上,你却一点也不感到痒,你更觉得这是一头母兽正在吞噬着她刚刚杀死的猎物,比如一头斑马或是一头小鹿,她正把它们的内脏掏出来,然后大口吃掉。

做完整个流程之后,你非常佩服自己的表演才能,你做到了没让她知道你内心的复杂变化。或许由于表演得过了头,领导反而对你今天的表现更加满意,她甚至说:"我真是离不开你了,你不会抛下我吧？"这些话像个刚刚谈恋爱的女中学生说的，而不是一个驾驭很多人命运的权力人物说的；这样的小女生话语总是具有一种致命的杀伤力，就像是异常微小的虫子爬进了你的心里，防不胜防。你要时时刻刻清除自己的幻觉：她永远是你的领导，而永远不可能成为你的女人。

晚上，在镜子前面，你解开衬衣纽扣看到了红色的花纹，应该是几个汉字，不过比较模糊，需要仔细地揣摩和研究。几分钟后你知道这几个汉字就是女领导的姓名，她用这种方式在你的身上签上了自己的大名。这是什么意思，你是隶属于她的物品了吗？从稍微高级点的视角来说，你是她这位大艺术家的创造物了吗？就像毕加索在自己刚刚完成的素描上签名，然后这件画作就将流芳百世？

你拿起电话，给女领导打了过去，这是你第一次主动给她打电话，你心中在猜测女领导看见了你的电话号码会怎么想，会做出什么样的反应。你听到女领导手机设置的彩铃了，你心跳加速却坚持等了一会儿，电话通了，对方说："喂？"语气中满是公事公办的态度，这让你的心提了起来。你大着胆子说："是我，我过敏了。"你听到对方居然猛然间"扑哧"一声笑了出来，像是刚才戴的假面具从里面给撑破了。她说："你等一会儿……好了，我走到阳台上来了，我妈在。"你这才记起女领导曾告诉过你,她和她年老孤独的母亲住在一起,用她的话说,是"相依为命",所以你从没去过她的家里。想到她的母亲,你不自觉地压低了声音才说道:"你在我的身上签名了,我看到了。"她笑得声音更大了,简直有点震耳欲聋。她也压低声音说:"我很想看。"你问:"怎么看?"她说:"你拍照,然后发彩信给我。"

领导的话就是指示和命令,你面对镜子拍下了自己的身体,你还调成了微距拍摄,让那些红色的字迹变得更加清晰和明显。你发了过去。过了一会儿,你收到了她的一条回信:"明天我还要签。"

八

就在你沉湎于可耻而卑贱的快乐之际,虞芩的病却变得严重了。这样的悲惨现实超过了你的预想,或许也超过了虞芩自己的预想。实际上,你从未放松过对虞芩的思念,她正在成为让你能够这样卑琐地活下去的为数不多的理由之一,她就如同照进海底深处的阳光,让你能够判断出希望的方位。不过,你觉得这种病症十分不可思议,一个人的表情仅仅剩下了微笑也是一件棘手的事情,你难以判断这究竟意味着什么,一个人的外表看起来不再哭泣、不再愤怒、不再鄙夷、不再害羞……实在显得不够人性化,而更像是完美的天使。

你能接受一个完美的天使吗？

自从你过敏之后，你和马医生之间的联系就频繁了起来。过敏的秘密成了你们之间最坚不可摧的纽带。马医生这几年在医院里也混得风生水起，眼看就要成为主任医师了，而且他人缘极佳，和各个部门的关系都不错。所以你央求他帮你留意一位名叫虞芩的病人。马医生非常敏锐，问你："又是你的相好？"你不得不说："目前还不是。"他指着你的鼻子笑了："你别对她也过敏！"

这个随意的玩笑话却让你震惊了，如果虞芩也让你的皮肤过敏，那么你将如何区别这两个女人的特质？你会不会将两个截然不同的女人混为一谈？马医生看到你的脸色大变，不由得赶紧安慰你，答应帮你留意下。你点点头，嘱咐他不但要留意，而且要多关照下。

一个星期之后你就从病理学的意义上知道了虞芩的病情，幸好她还不算严重的面瘫，那样的话人的脸部就完全歪斜和扭曲了。你见过那种病人的照片，那可真叫惨不忍睹。马医生还用很多学术名词描述了病情，你无法完全明白，只记得"神经炎""植物神经"之类的词汇，你知道从医学的角度来看，虞芩的这种表情只能归结为神经的问题。不过，聪明的马医生还是想到了心理层面,他说也不排除一种心理性因素导致的神经障碍。你非常赞同马医生的这种说法,因为你固执地相信人的表情应该完全属于精神的范畴。

你突然间说:"或许是因为她过于完美了。"

马医生呆愣了很久,好像在回味你的话,最后他不带恶意地说:"或许她没有微笑会更完美?"

这句话如同巨大的锣声让你的内心震颤了很久。

这个周末,你赶紧给虞芩打电话,约她出来一起聊聊。她说她要去医院呢,你说别去什么鬼医院了,我帮你治病好了。她笑了,同意了。

公园像个巨大的器皿一般盛着午后的阳光,你们在阳光中变得慵懒,心情也变得放松。你胆子变大了,看了看周围玩耍的孩子们,然后直截了当地聊起了她的病情。她居然也说出了她的心里话,她的那些长久憋闷的焦虑一股脑地向你倾诉了过来,你感到自己的心情在逐渐变得沉重。你提议你们坐到不远处的那个凉亭里面,慢慢聊,虞芩点头。这时,几个孩子兴奋地踢着足球跑了过去,虞芩的眼睛一直盯着他们看,眼神里充满了复杂的情愫。

在亭子的阴凉处坐下后,虞芩说:

"其实我是一个很有激情的人,你看出来了吗?"

你无奈地摇摇头,这样的谈话需要坦诚,你没有办法去欺骗她和自己。

虞芩说:"这就是我的悲哀。一个人没有表情,就像一个人没有名字,人家叫她的时候,只能叫'喂''哎'这样不着调的东西,你没有办法拉扯住每个人的衣服说,我是有名字的,我是有感情的……我最怕自己真的变得麻木起来,就像一个失聪的人听不见自己讲话,久而久之也变成了哑巴。"

她哭了起来,你看到眼泪在她那并不悲伤的脸上像河水般流动,仿佛那不是泪水而是汗水,你感到了莫名的怪异。当你扭头不看她、望向远方的时候,你的心情才能摆脱那种莫名的怪异。这时,你的内心感受到了她巨大的悲伤,犹如乱石惊空一般。与此同时,你开始痛恨起自己的反应来,看与不看的感受居然有如此大的差别,你觉得人们的情感被视觉俘虏了,从而忽略了人心的广袤世界。

你转过头来,看到虞芩还在流泪,你知道她真的伤心到了极点,你的确没有办法用语言去安慰她,你就抱住了她,吻了她。其实你很怕她会推开你,实际上她不仅没有,反而抱紧了你,你感到呼吸都有些困难了。

她不哭了,你继续抚摸着她瘦弱的后背。过了一会儿,她望着你笑了起来。或许她是太开心了,她的笑容显得有些夸张,脸的某些局部甚至都有一点点痉挛了。这样的笑容不能让你回应出一个笑容,而是让你痛苦地移开了视线。

虞芩问:"你怎么了?你不高兴吗?"

你摇摇头说:"如果所有的人都只有微笑这一种表情就好了。"

虞芩又笑了,这次你看到她的笑容仿佛是花朵从土地中生长出来一样,缓慢、绵长而又坚决。你喜欢这样的笑容,这样的笑容是有生命力的。

但你不知道,这是你最后一次看到虞芩的笑容。

九

你和虞芩的谈情说爱才刚刚萌芽,可你在另一方面已经彻底沦落为一张供人涂鸦的签名纸。你的身体被女领导的舌尖涂抹着各种各样的图案与文字。你常常面对镜子观察那些过敏的发红部位,就像是一个人观察着自己刚刚完成的文身。尽管你的过敏不如文身持久耐看,但是却可以不断花样迭出、推陈出新,这也是女领导百玩不厌的原因吧。每当这个时候,你就开始痛恨自己的记忆力为什么如此精准,要把这一次次的玩弄积累在心间。而且就在爱情露出一点点轮廓的希望边缘上,焦虑感也泥泞样地涌现在你的脚下,你根本无法品尝到爱情的甜蜜滋味。

你需要更加频繁地去女领导的办公室"汇报工

作"，你毫无廉耻地解开衬衣的纽扣，让女领导欣赏她自己绘制的杰作。这样的杰作会引发女领导极大的性趣，她会想着法子指挥你来上一场战斗。刚开始的时候，女领导在你的身上写的是她和你的名字以及我爱你、你爱我之类的爱情语言，后来有一次女领导突发奇想在你的身上写了："你是我的小狗。"她看到这个字样的时候开心得哈哈大笑，而且欲望也变得非常强烈。这在你看来是非常容易理解的，你已经被更为彻底地命名为她的"小狗"，从而使你们之间的权力关系变得更加显而易见，你们的上下悬殊关系也变得更加牢靠和稳固。

不过幸运的是，女领导还没有那种疯狂的虐待倾向，某种施虐与自虐的元素都是在你们的精神深处生成并沉淀下来的。你一直在忍受，当你想到你是个男人的时候，你不但在现实工作中臣服于她，而且在男人当家做主的床上也得臣服于她，你觉得自己所有的尊严都在被一层层地揭去，你的整个存在就快要被扒光了，将变得像刮去毛的猪皮那样闪烁出本质的肉的光泽。

很早之前，你就用犬儒主义的态度对自己说过，你这是享受自虐的快感。你将自己的这种心态与阿Q的精神自慰做了一番对比。你觉得阿Q太正常不过了，不仅他那样的中国泼皮在精神自慰，而且全世界的达官贵人又何尝不是在精神自慰之中,按照心理学的说法,人总得保持住内心的平衡才能活下去。所以说阿Q真的不算什么,你认为你已经比阿Q走得更远了,因为享受自虐是一种更加消解人格的做法,是一种做奴隶做出滋味与快感的高等境界。这样的想法仿佛让你穿上了坚硬的盔甲,你在盔甲内部可以苟延残喘。

可是你还来不及庆幸精神的胜利,事情就变得更加糟糕了。这是因为你的肉体没有这样的一副盔甲护身。

或许是因为长时间不间断的过敏,你的皮肤从最开始的毫无感觉逐渐变得瘙痒以至于瘙痒难耐了。女领导接触过的地方仿佛有一小队蚂蚁在爬,蚂蚁们用坚硬的嘴巴钳咬你的汗孔,用惊慌失措的触角拨弄你的汗毛,你的皮肤像突然被严寒击中一般起满了鸡皮疙瘩。每次你都需要好几天的时间才能恢复过来,有一天,你终于想起了马医生给你开过的药,你找到后匆忙吃了下去,第二天皮肤果然不再瘙痒了,可是过敏的地方变得有些坚硬起来,仿佛是长期劳动后产生的老茧。你恐慌了起来,赶紧给马医生打电话,想问他药物的副作用怎么解决,马医生却笑着对你说:"药物的作用是短暂的,我看你需要一个更大的套子罩住全身。"

你认真地说:"要有人体镀膜技术就好了,我真想有一层塑料薄膜完美无瑕地覆盖在我的身上,这样的话我就彻底安全了。"

其实在你看来,更为可怕的变化发生在女领导身上。她非常敏锐,很快就发现了你皮肤的变化,可奇怪的是她没有任何的担忧与不快,反而更加激动了。根据你的猜测,因为你的皮肤越来越敏感了,这给她的游戏无疑增加了更多的乐趣,她已经像个精神病人一般沉溺在其中难以自拔了。她常常让你过敏,然后又像对待病人一般安抚你照顾你,让你在火与冰之间挣扎着。很多时候你看着她热情洋溢的脸,已经难以说清你和她谁才是欲望的牺牲品。不过,你不得不承认,你的享受自虐的盔甲已经越来越难以抵挡女领导疯狂的欲望利刃了。虐待已经不能让你有可耻的快乐,你觉得自己是一个无比怪异的病人,仿佛是好几个泌尿科病人的羞耻感的聚合物。你走在闹市中生怕别人的眼光,觉得那些眼光如同电焊的弧光一般犀利,轻易就能洞穿你从皮肤到灵魂的肮脏秘密。所以,你越来越喜欢独处了,你喜欢一个人坐在沙发里安静地思念虞琴。但你不敢联系她,你最怕遭遇她的眼神,你最怕看到她的微笑,在她面前你就像是携带病毒的爬虫。

你想逃离,即使有丢掉这份职业的危险也应该尝试着行动了。

十

几天后,你借故生病不去上班。你关掉手机,躺在床上,让皮肤休养生息。你觉得那些过敏的地方就像是纸张受潮后又变得干燥了,那种不自在的感觉令你绝望。你觉得应该联系虞芩了,至少听听她的声音,她对你总是意味着基督般的救赎。但是,你打她的电话却是关机的,你发了短信过去,直到第二天她也没有回复你。你有些坐不住了。你打电话给马医生,请他去找找虞芩。之后,你像根木头一样待在家里,傻愣愣地等待着。

下午的时候,马医生的电话才来,他说的第一句话就是:"她的微笑也没了,这下她完美得如同天使了。"

天使难道是不会微笑的吗?你和马医生都想到了这个比喻,或许是对表情的失去与非人化之间的关系有所体悟,或许只有人才有那么丰富的表情,因为人的内心交织着太多的难以分辨的善与恶,而神是超越善恶的或者是泾渭分明的。

你一时没有吭声,马医生继续说话:"我对虞芩说你找她,但她只是噢了一声就走开了,看她的样子似乎非常冷漠。"

"你别猜测她的心理,你作为医生难道不知道她没有所谓冷漠的表情吗？"你愤愤不平地说。

马医生表示同意你的说法并进行了忏悔，他说："那你赶紧过来吧，和她谈谈。"

你赶紧起身出门，天气闷热，你却不得不穿了一件长袖T恤以遮挡手臂上的过敏痕迹。你先找到马医生，然后马医生带着你找到了你日思夜想的虞芩。在医院昏暗的走廊里，虞芩戴着帽檐很长的棒球帽，围着纱巾，戴着墨镜，她尽可能地把脸部隐藏起来。这副装扮与这个季节以及周围的环境完全格格不入。不过，在你看来这毫无必要，因为她的脸是如此美丽，况且陌生人之间也不需要任何的表情。漠然，早已是一种现代性的表情了。

你叫了她的名字，她看到是你显得非常惊讶，当然她的脸依然是平静的，只是她正在行走的节奏被打乱了。你开门见山地问她为什么不接电话，她说你知道为什么的。这下轮到你哑口无言了，因为你确实知道为什么，你这样的问法只是让你显得和其他男人一样愚蠢。几天以来，你只是自欺欺人地装作不知道而已，但你的心底明白虞芩的病情一定是恶化了，她在逃避所有的人。

这样的交谈使你们僵持在原地，说不出话来，显得非常尴尬。少顷，虞芩结束了这场对峙，她对你说：

"我还要去见医生呢，约好的时间快到了。"

她从你身边走了过去,你看着她的脸突然觉得伤心欲绝,因为那张没有表情的脸刚好能将无情无义演绎得淋漓尽致。

你回到了你的小房间,你的小家。你觉得你和虞芩之间已经画上句号了,这个结论让你如同置身在坟墓中一般。

可是,黄昏的时候,也就是在你最为绝望的时候,你接到了虞芩的电话,她说现在想过来找你,问你的住址。你赶紧告诉了她,还问她在哪里,你去接她。她淡淡地说:

"不用了,我很快就到。"

昏暗中,你都忘了开灯,失而复得的幸福感让你觉得黑暗如此温暖。

很短暂的时间之后,门铃响了,你赶紧去开门,虞芩一下子就抱住你哭了起来。你没有想到以这么快捷的方式就得到了虞芩的心,你压抑着兴奋让她在沙发上坐了下来,转身去给她倒了一杯水。然后你坐在她的身边,你们的手自然而然握在了一起。你握住了那个曾经揭去你生命中的巨大套子的手,心中百感交集,不过你的想法似乎和当初有了不少的偏移。你现在重新记起那个戴着套子的话筒时,觉得揭去套子未必就比戴着套子更为高明,这其中的微妙界限简直如同人生的迷宫一样，每一个细小的行动都需要依据情势做出不同的判断。不过，那种不断寻找接触，与万事万物相交融的哲学冲动还是让你幸福得战栗起来，那双多情而柔软的手率领你沉浸到了非常遥远而陌生的国度……

"我连微笑都没有了，你会不会觉得我是个怪物？"这时，虞芩把头埋进你的怀里，轻轻问道。

"没有，我觉得你更像是个天使了。"你说出了最为真心的话语，虞芩坐起来，瞪大眼睛问你："真的吗？"

"我觉得是这样的。"

结果她又流泪了，她说："我不要当天使，我就想做人，能笑能哭的人。"

"我看你这样子挺好的，是个冰雪美人，你再哭下去就会完全融化了……"你拭去了她的泪水。

你和虞芩的第一次做爱就发生在这个时候。

长久以来的思念让你情不自禁，你开始轻轻解她的衣扣，她没有任何的慌乱，只是安静地闭上了眼睛。这一切仿佛一个神圣而虔诚的仪式。等到所有的衣服都告别她的胴体之际，你看到她的身材堪称完美。一对乳房仿佛一对炯炯有神的眼睛，肚脐仿佛是微笑的小嘴，而整个裸体仿佛羊脂白玉般洋溢着富有生命力的光泽。那种美将你震撼，你悄声对她说："并不是脸上才有表情。"

这句话让虞芹倒在了你的怀里。不过你突然发现自己还是穿着长袖T恤,显得非常不合时宜,幸好虞芹并没有在意到你的古怪。你看到虞芹闭上了眼睛,那不仅是羞涩,而且是尴尬。你知道她这是在担心她的面无表情。她还是无法摆脱掉丢失表情后的失落,就仿佛一个刚刚变得残疾的人总觉得自己的躯体依然是完好的,当他习惯性地想伸手拿茶杯的时候却发现手臂已经不在了。

你说:"咱们不如把灯关了吧,好吗?"

她点点头。光芒消逝,你们隔着黑暗,安全地相亲相爱。不过,虞芹这时觉察到了你还穿着衣服,她的动作停了一下,然后问你为什么。你没法回答只能沉默。后来她想到了,悄声说:"你是不是还在过敏?"你说是的,她就不再介意了。不过,在那一刻你有种让自己害怕的冲动,你竟然想对她说:"这不是过敏,这是领导在文件上的签名。"

十一

假如说你和虞芹是在缅怀一种久违的爱情的话,那么你和女领导的关系是为了得到什么呢?难道就是为了耻辱与堕落?只有耻辱和堕落才能刺激你即将麻木的心灵,从而让灵魂能够苟延残喘地活下去?

这是一个说不清道不明的悖论。在你请假不去上班的日子里，你简直不敢打开手机，一旦开机就会收到数十条女领导的短信，里面充满了各种情绪的话语，有的柔情蜜意，有的却怒气冲冲，它们令你不胜恐惧和厌烦，你打电话过去对女领导说："我想好好休息一下，最近就不要有任何的联系了！"

说完这句话你就挂了电话，你不知道自己怎么突然间会有这么大的勇气。不过随之而来的就是不安与焦虑，你知道自己的工作应该不保了。失业就这样提前来临了。失业，不能让你有任何重获自由的兴奋，而是有一种从心底散发出的无所适从。你觉得整个人仿佛被一根细线拴住，然后吊了起来，你不能碰到任何的东西，整个人只能无助地在虚空中荡来荡去……

你这个人早已被体制化了，可以说已经丧失了基本的社会生存能力。说个自曝其丑的话，你活得最风光的岁月就是现在，就是你用自己的过敏来取悦领导的时候。女领导对你无微不至的关怀大家都看在眼里。你不知道他们在私下会如何议论，但你要的是当面的尊重。逢年过节，甚至有人给你送礼物，巴结你、讨好你，求你办事，这让你觉得别人说你什么都无所谓了，因为实际上这些人连你都不如。

虞芩给你打电话，你也不接。上次昏黑中的做爱记忆在你的心中沉淀了下来，你反复琢磨：在那之后你和虞芩是不是就是恋人的关系了呢?你觉得并不是这么简单,就像你和女领导这么久了,你也没有承认过这种关系,好在女领导一直没有问过你什么,所以,你尽管和虞芩做爱了,却不能说就得到爱了,不论是虞芩的爱还是你自己的爱。你总觉得,你对虞芩的爱是建立在一种虚幻的基础之上,可你总猜不透那具体意味着什么。另外,还有重要的一点是,你失业了也就没有资格谈情说爱了。在这个社会,一个男人丢掉了经济地位基本上就丧失了为人资格。你不知道会有什么样的悲惨生活等着自己。你清点了银行的存款,这些钱足足可以让你支撑到明年春天,前提是你要省吃俭用,就和你曾经没有关心过的底层人民一样,把一分钱掰成两半来花。

当初你是请了一个星期的假,如今已经到了,但你依然躺在床上睡觉,一动也不想动。因为在你的想象中你已经被开除了。

这天晚上你听到门铃响了,你以为是虞芩来找你了。你在前一天给虞芩发了短信,内容是:"我们暂时不要见面了。"没有任何的原因和解释,或许虞芩想找你来说个清楚。但你打开门一看,却发现是女领导,尽管你非常震惊但马上平静下来了。你在精神深处痛恨这个女人。

"你今天怎么还不去上班?"女领导开门见山地

用权力特有的冰冷感质问你,而且就站在你家门口。

"我不是被开除了吗?"你稀里糊涂地说道,潜意识里女领导的威严给了你不小的压迫。

女领导冷笑了起来,她说:"你是不是特别希望被开除?这样你就能摆脱我了是不是?"

你看到女领导的脸上浮现出难以捉摸的表情,你觉得仿佛有一层浓密的雾气在你和她之间升腾而起,你都有些看不清她了。她就像是个陌生人。你揉了揉眼睛说道:"你没必要再对我凶巴巴了,我现在不怕你了,谁也不怕了。"

女领导说:"你想退出了?那绝对不行!别忘了,可是你勾引我的!"

"勾引"这个词仿佛一个奇怪的音节,让你的内心轰鸣起来。你苦笑了。你想到了你和女领导的第一次会面,你们的握手。那天,由于虞琴带来的情感冲动你情不自禁地捏了女领导的手,一切从那天开始有了本质的不同。从某种意义上说,捏女领导的手是你在和无形的套子做斗争,去寻求人生的全面接触,可是你没有想到的是,接触会改变人的命运。就像是化学反应一般,在一定情况下两种物质相遇就变成了其他的物质。所以,大部分人都是以不断的退缩和防御的姿态来面对人生的。你四处乱摸还以为能找到世界的真相,你真是个傻逼。不过你根本没法让别人明白你的想法,为了不再激怒她,你只能对她说:"你说的话太难听了,你先进来吧。"

女领导带着得胜者的喜悦走进了你的房间,那种不近人情的冷漠感瞬间消失殆尽。你非常清楚,女领导在你面前知道用什么表情来支配你。可以说,她有三副面孔:权力的面孔、女人的面孔,以及欲望的面孔。这样的分类只是站在你的立场上,你知道她还有更多的面孔,她不露痕迹地操纵着这些面孔,从而操纵了她的世界。可让你痛心的是,虞芩却没有了表情,她丢掉了全部的面孔,剩下的是什么?还能称之为面孔吗?就如同可以把人体雕塑的脸部称之为面孔吗?一张静止的脸,仿佛突然间与这个世界切断了道路和联系,升华成了自立自足的艺术品。

你呆立在了原地。

女领导一直看着你,看到你呆呆的样子她也不说话。突然间,她似乎想到了什么一样,竟然笑嘻嘻地开始脱衣服了,她硬是把无赖和无耻表演成了顽皮和可爱。

"你不要耍流氓!"你恶狠狠地攻击她。

"我又不是第一次耍流氓,我耍的次数还少吗?"女领导显得不焦不躁。

你有些气急败坏了,对待女人的胡闹你缺乏应有的经验,你居然抬起手来说:"你再这样信不信我揍你？！反正现在你也不是我的领导了。"

"那我是你的什么？"女领导继续脱,她的身体只剩下最后的遮盖了,苍白的肌肤在白炽灯光下慢慢拥有了金属样的光泽。

"你是什么?你是个臭婊子!"你对女人生平第一次说出了恶毒的脏话。说完之后,你突然间感到了紧张和难为情,因为你不想让自己显得如此粗俗,长久以来,你一向都注意掩盖你粗俗的面孔,即使在你的敌人面前。

女领导愣了一下,然后走了过来,你以为她要给你一巴掌,结果她却抱住了你。她轻声说:"我就是你的婊子。"

你的心理防线彻底崩溃了,你带着仇恨又和女领导滚到了床上。

十二

在你不接虞芩的电话之后,一连好多天虞芩都再没给你电话,看来她是生气了?这让你十分不安起来。你曾以为你突然对她说我们暂时不要联系了,她一定会给你打电话来,问清楚究竟怎么回事。但是这个臆想中的电话永远没有变成客观现实,它只是作为一种心理现实沉淀了下来:你居然常常在梦中听见电话铃响了,然后你叫着"虞芩、虞芩",惊醒后才发现四周无比安静,什么也没有发生。

虞琴让你领教了女人的倔强。

你给虞琴打电话,她不接,直到反复拨打了五次你才不知所措地停了下来。短暂停歇后,你又准备打第六次电话。不过这时,信息音响起,你收到了一条她的短信。她说她不会接你电话的,更不会和你见面,但是可以保持其他的交流,比如上网。她留下了她的QQ号码。

你赶紧打开电脑,登录之后就找到了她的资料信息。她的网名很古怪,叫作:失落的雅努斯。应该显示头像的部分却是一片空白,什么也没有。你还以为是网络问题没有显示出来,就刷新了好几次,这才发现真的是什么也没有,这一片白痴般的白色就是她的QQ头像。这让你不由得想到了虞琴那张丧失了表情的脸,她是在用这种方式来表示内心的反抗与绝望吗?

你添加她为好友,她马上给你发来了信息,你点开对话框,看到了一张可爱的卡通笑脸。

你问她:为什么不接我的电话?

她:文字比声音更有表情。

你:你不要太在乎表情这个东西了,那是个虚无的东西。

她:你不觉得在人的生活中,虚的东西往往比实的东西更重要吗?

你一下子不知道该如何回应了,因为她说出了生活的真理。就在你踌躇之际,她又给你发来了信息。

她:网上有很多表情呢,而且还非常可爱。

你:是啊,大把搞怪的表情。网上聊天的气氛经常比现实中还要活跃和轻松。

她:那我们干脆就网上交流吧,我能感知到你,你也能感知到我,这才是灵魂的交流。

你:但是人不能永远生活在虚拟的世界中啊,我看不见你也摸不到你,那样不是很奇怪吗?我会觉得你这个人是不存在的,是虚构出来的。

她:我就是虚构出来的。

你发出了一个大张着嘴的小人儿表情,表示万分惊讶;她马上给你发了一个哈哈大笑在地上打滚的小人儿,把那种高兴劲头表现得淋漓尽致。然后你发了周星驰扮酷的照片,她发了一头眩晕不已的小熊。图像式的聊天让你们忘却了刚才的沉重与无奈,突然间一切都变得轻盈、欢快和诙谐起来。你知道虞芩肯定很喜欢这样的情景,因为这样她就不用面对自己的病症了。可是这在你看来却是虚假的,你无法彻底地沉浸在这样的虚拟场景之中。当然,你并不是个宁愿痛苦的哲人,你只是被身体的不适所顽固地提醒着。——自从上次你屈服了自己的本能欲望,和女领导重新发生关系之后,你的过敏症状重新变得严重起来。红色和瘙痒来得比以往任何一次都要强烈。那就仿佛是一种惩罚,你认为。

虞芩继续给你发来各种好玩的表情,图片越是可笑和荒诞反而越是刺激着你的内心,你突然打了一行字发了过去:其实我的身体也丧失了它的表情。

她:你的意思是你的过敏很严重?

你:何止严重,它不但损害了我的皮肤,而且损害了我的灵魂。就和你一样。

她:看来我们拥有最大的共同点了。

你:是的,我越来越觉得身体和脸都属于一张更大的脸。

她:怪不得你上次不肯脱衣服……你就和我上街用纱巾遮脸一般。

你:你的情况比我好多了,陌生人是看不出你的问题的。

她:但我自己可以看到,另一个分裂的自己置身在身体外面打量着我,我受不了。

你:你照镜子吗?

她:出门前不得已才照。因为我面无表情,我的眼睛就显得格外突出,当眼珠子在眼眶内转动的时候,就仿佛囚犯在牢笼中挣扎。

你:你不要把自己说得那么残忍,你在妖魔化病症,对你没有好处。

她:我也不想这样,但我仿佛有种强迫症,每当好不容易忘记病情的时候,心底就突然升起歇斯底里的声音拼命提醒我去想、去关注……难以摆脱。

你:我明白这种折磨人的状态。

你们就这样找到了核心的话题,你们可以一直这样畅谈下去,对彼此也都是最好的安慰。不过,你知道你的问题更加复杂。女领导的这件事给你带来的并不仅仅是肉体的简单病变,最可怕的是,它牵扯到了你的存在的最重要的神经,你简直要被彻底地毁灭掉了!现在并不是只要你和女领导分手就算完事了,这样的屈辱与劫难让你迫切需要一个凶狠的报复来偿还这一切。——只有这样,你才能破茧而出,找回自己。

而找回自己,才能真正与虞芩身心交融地生活在一起。

十三

惩罚女领导的办法转念之间就在你脑海中形成,速度之快让你都觉得意外。不过,你细细考虑了一番,发现这个办法其实来自虞芩。是虞芩那张无表情的脸让你想到:你要让女领导尝尝丧失了表情的滋味。——没有别的办法比这个更令你兴奋的了,那种简单的人身伤害对你来说没有任何意义。你并不是个暴徒。

你去玩具店买了一些面具回来。玩具店的面具太普通了，孙悟空的、机器猫的、咸蛋超人的……都是逗小孩子玩的。还有一些专门用来吓人的恐怖面具，也不在你的考虑范畴之内。一张蛇蝎美女的面具吸引了你的注意，那种邪恶的妖媚唤醒了你心中的某种沉睡的情欲。早在童年时代，你就和小朋友们讨论过为什么动画片里的坏女人更吸引人？为什么一脸正气的正派女生总是显得傻乎乎的，让人无法记住？这其中的道理经过这么多年，你不能说已经完全解开了，但是人生的经验让你对这个结论有了更深刻的体会。

过于美丽和漂亮的事物对普通人是一种压迫，因而也就被认为是邪恶的。

实际上那种邪恶是如此诱人，正如曾经诱惑过亚当夏娃的果实一般。

你毫不犹豫地买下了蛇蝎美女的面具。当然你还买了猪八戒的以及说不上名字的怪物面具，你需要用丑陋来羞辱女领导。

这天女领导再次到你的住处来，她告诉你因为她的努力你还没有被开除，你只是在继续休假而已，是被特批的病假。她觉得这是个能让你高兴的好消息。

但是你听了之后没有什么反应,似乎她是在说一件很遥远的与现在完全没有关系的事情。

你对她说:"你是不是特别希望我回去?那样我就不会离开你了?"

她扭住你的胳膊说:"难道你还想逃出我的手掌心吗?而且,你没有这份工作,你还能干什么?"

她的语气令你厌恶,她以为她仍然能够戴着权力的面具对你发号施令吗?她错了,你已经在内心深处把自己开除了,从而摆脱了她的权力场域,你和她之间不再有权力的关系,或说需要重新建立起新的权力关系。

你有些阴险地笑了起来,你对她说:"我不会再去上班了,我们要不就此分手,要不就要开始新的游戏,规则由我来制定。"

她呆愣在了原地。她穿着一套深蓝色的西装裙,黑色高跟鞋,眼睛、嘴巴、鼻子都被精心修饰过。她是特别专业和职业化的女人,令普通的男人望而生畏。而你,早已冲破了她的假面的笼罩,你对她虚弱的内部了如指掌。你知道怎么控制她。你要在她身上实践你的复仇计划,那或许是一场由你导演的伟大戏剧。

她突然好像明白了什么似的,整个人轻松了起来,她走到沙发前随意地坐了下去。她望着你说:"我知道你这是报复我，我认了；不过，我相信你不会过分伤害我的，对吗？"

"我是报复你，这没什么好隐瞒的，"你对她说，"你放心吧，只要你照着我的规则做，我甚至不会再对你骂粗话。"

你把面具拿了出来，让她戴上。她有些惊慌失措地接过面具，那神态完全失去了往日的气度。面具在很多文化中都是神秘的沟通鬼神的法器，一想到冷漠的物拥有了一张非常逼真的人的脸，你觉得这本身就是一件不可思议的事情。因此面具在一个身心完全放松的状态下突然出现的确有些让人不寒而栗，再加上你面带幸灾乐祸般的邪恶笑容，女领导的心理防线一下子到了崩溃的边缘，她的样子就像一只待宰的羔羊，不住地瑟瑟发抖。你对她微笑了一下，说："你小时候没玩过吗？瞧把你吓的。"你的话稍稍减轻了她的恐惧感。你首先给她的就是蛇蝎美女的面具，你怕她一开始不能接受怪物的面具。她戴上了，霎时间她这个人仿佛凭空消失了，剩下了一个有些古怪的蛇蝎卡通美女，仿佛刚刚从电视里面跑出来。你哈哈大笑了起来，你对她说："你现在终于露出真面目了，你简直就是个狐狸精！"

她呆若木鸡地用双手扶着面具，好像那玩意儿随时会掉下来似的。"你不想看看自己的真面吗？"你对她喊道。你让她走到客厅墙壁上的大镜子前看看自己。她走过去看了一眼就故作轻松地笑了起来，她说这也太幼稚了，像是小孩子玩的游戏。她的话让你冷笑了起来，你说："这才只不过是个开始，你要一直戴着它，一直戴着它，懂吗？就是说等会儿你出门也要戴着它。"你的话让她惊恐了起来，她连连说不要，在这个房间内随便对她都无所谓，但是请不要超出这个房间。你逼视着她说："如果不让你走出这个房间，那叫惩罚吗？那叫小孩子过家家！"

她有些生气了，毕竟她平时领导做惯了，怎么能容忍这样的羞辱。你为了事情能够顺畅地进行下去，你想了一个办法，你要她戴上帽子和头巾，然后一起去楼下的药店。别人若问起，就说脸部过敏了，来买药。这是一件十分简单的事情，就像小小的行为艺术。在你的反复劝说下，她终于同意了。不过你告诉她你只是在后面跟着她，你们是并不认识的陌生人。

你们按照计划出门了，她走在你的前面，你不紧不慢地跟着她，像个特务。当她进入药店买药的时候，你看到所有的人都惊讶地望着她，有几个人甚至忍不住笑了起来。你观察着她的身体，从那里要打捞出她内心的蛛丝马迹。你看到她的腿有些发抖，双手有些不知所措地捏着衣角。她应该满头大汗了吧，你窃笑了起来。你从口袋里掏出数码相机拍了起来，你记录下了人群中这张奇怪的脸,它让整个环境变得非现实起来。

你拍了很多张照片,尤其是店铺的名字和街道的特征你着力捕捉到了。你需要真实感,而不是让人一看就说是电脑合成的。拍好后你就先回家了,等待她的归来。

没过多久她就回来了。她的反应和你猜测的差不多,一进门她就摘下面具大哭了起来。她哭着喊道:"从小到大没受过这样的侮辱!无数的人看着我在耻笑!"你不慌不忙地说:"这有什么好侮辱的呢?我不觉得,我反而觉得你很有冒犯众人的勇气,至于别人的笑嘛,也不是什么耻笑,而是你带给他们的快乐。"她听了你的话瞪大了眼睛,说:"我才没那么勇敢,吓死我了。我受到伤害你自然开心了,因为你终于报复我了。"你笑了起来:"我是报复了,但是我觉得你没什么好哭的,因为你戴着面具谁也不知道那个人就是你,你不是躲藏在面具的后面嘛,有什么所谓呢?"你的话让她马上放缓了哭泣,她说:"话虽然这么说,但戴着面具的人毕竟是我呀,刚才我都快发疯了。"你安慰她:"没关系,慢慢你就能分清楚哪个是面具,哪个是你自己了。刚才你根本没有暴露出自己。"你的话让她彻底停止了哭泣。

但是过了一会儿她又开始难过了,她说:"你不是说这个面具才是我的真面目吗?"

你的确这样说过,不过你解释道:"我是从比喻的意义上来说的,也就是对你精神和内心的模样的一种描绘,每个人都有这样的一张内脸,它虽看不见摸不着却是实际存在的,这是一个人灵魂的标志。所以这样说来即使你不戴面具,你的脸对于陌生人来说不也是一张面具吗?反正他们也看不到你的内脸。"

"好一个所谓的内脸!照你这样说,戴与不戴岂不是没有什么分别了吗?"她疑惑地望着你。

"在陌生人中间可以这么说,你戴与不戴没什么分别。"你武断地说。

"那面对你这样的熟人呢?"女领导突然对你讨好地笑着说,她似乎已经摆脱了刚才的阴霾,有些向你调情的意思了。

"对我这样无比了解你的人来说,这蛇蝎美女的面具才是你的内脸,而你的脸只不过是面具。"你轻蔑地说道。

"我不管你怎么说,什么内脸外脸的,我只知道我是个漂亮的女人,这对女人来说就已经足够了。"她居然抛出了这么一句无比自恋和自信的话,然后她躺在了沙发上,满不在乎地把她那黑色的高跟鞋也踩在你的沙发上,好像很享受自己给自己带来的美妙吹捧。

你看着她的样子，一方面觉得有些厌恶，一方面却被她邪恶地挑逗着。在欲望面前，你刚才的道德论述完全成了华而不实的东西。你相信如果真能发明一个"内脸检测仪"出来，或许你的内在形象更是不堪入目。你这样想着，觉得有些羞愧起来，或许你对女领导也苛责了？你重新打量着她，她也眯缝着双眼妩媚地看着你，这一刻，你发现你完全被她吸引住了。你觉得她越下贱你越被她所吸引，这真是奇怪的事情。

"现在，你要重新戴上面具。"你命令她。

她瞪大了眼睛，疑惑不解地望着你。

你无耻地说："去床上。"

十四

你对女领导的恶作剧在更大的程度上是为了虞琴，你深深地意识到这一点。你要告诉她有的人可以丢弃自己的脸而戴上毫无生命特质的面具上街，所以她的病症并不算什么，她需要从心底确立出一种强大的观念，来反抗那种由文化与习俗强加的东西。比如表情，除了基本的生物学反应（笑和哭等）之外，其他的表情意义难道不是文化的沉淀物吗？在不同的文化语境下很多相同的表情与姿势不是代表着不同的含义吗？

你打开电脑，登录QQ，开始呼叫失落的雅努斯。

她出现了，伴随着各种类型的表情小图片；她似乎很热衷于收集这些图片，然后神经质地散发出来，强迫性地让人了解她是么的高兴。的确，这样做是富有成效的，通过文字的虚拟交往由于看不到对方的表情，有时随便的一句话会显得生硬和不当，每当这时发几个图片表情给对方立刻就化险为夷了。可是，虞芩的表情数目远远大于她所需要表达的情感，她是在潜在地确证自己还拥有表情的能力。你一想到这里就觉得虞芩特别可怜，她从内到外都是一个地道的病人。

你：你还是窝在家里，哪也没去吗？

她：这几天我见到的人不超过三个，还是不得已在深夜买东西见到的。至于熟人则是一个也没有见到。

你：感到孤独和可怕了吧？

她：没有，感觉很放松，很自由，舒服得很。

你：实在是想不通，我觉得你这样子像是一种逃避。

她：随便你怎么说，我过得开心就好。

说到这里你被她无所谓的态度弄得不知所措了，于是你决定把对女领导的实验结果告诉她。

你：我告诉你一件好玩的事情，我昨天看到一个人戴着小时候的玩具面具出现在街上，她好像毫不介意。

她：不会吧，会有这么奇怪的事情？

你：是真的，我现在发照片给你看。

你早已把昨天拍的照片上传进了电脑，现在直接发送了过去，一连八张。你让她注意照片中的街道和商店，那些都是她熟悉的环境。此时此刻，你很想知道她的想法，因为这些照片让你的内心装满了困惑，而她的想法仿佛是一种能够化解困惑的标准答案。

她：……真不可思议，这个人的胆子也太大了吧！的确没想到还有这样的人。

你不失时机地赶紧试探她道：你看人家戴张假脸都可以上街，对你应该有所启发吧？

她：你这样说是什么意思？好像我的脸是假的一样！

你：不是，我是说假脸都可以上街，何况你的真脸，你就没有必要再把自己隔离开来了。

她：这你就不懂了，那人戴着假脸上街，人们看到的也只是她的假面，而不知道她的真脸是怎么样的，实际上也就不知道究竟是哪个人，是你是他还是我都可以成为那个面具后的人……可是对我来说，别人看到的我也就是我。

你：照你的说法，一个人成为独立人的标志就是他（她）的脸了吗？

她：难道不是吗？

你：你也不免太偏激了，照你的说法，长相一模一样的双胞胎的岂不是无法成为独立的个人了？

她：我们经常将双胞胎中的A误认为是B，把B又当作是A，他们在外人眼中没什么分别。

你：等等，我发现你的问题了，你所说的只是一种视觉存在，而不是真正意义上的独立存在，比如个性、梦想与灵魂，这才是人与人之间的本质不同。

她：得了吧，这种区别只是一种主观上的判断，对于这个世界来说，只是靠外形来区别彼此的，而脸在其中的比重应该在百分之九十五以上。

你：你的说法太武断了，你把世界看成是一种非常机械的拼盘。

她：是你无法领会到世界的真相而已，难道种族的形成与偏见与脸、身体、肤色等是无关的吗？人们是通过"看"来划分世界的。就像你上次说的，身体其实是一张更大的脸而已，这张更大的脸才是构成这个世界的基础。

你：那我只能说世界建立在错误的基础之上。

她：别幼稚了，对于世界来说有什么对和错，一切就是自然形成的。

……你迫切地需要中断这次聊天，你快喘不过气来了。她那猛烈的话语让你的头脑丧失了思考的能力,以至于让你无法做出有效的回应。你赶紧开玩笑道:要不你也戴着面具上街吧,这样就没人知道你是谁了。

你没想到她很快就回了信息过来:可以考虑。

这天晚上你做了个异常恐怖的梦。虞芩和女领导围绕着你跳舞,你叫着她们的名字,可她们置之不理。你去抓虞芩的手,可是虞芩却摘下了面具,原来里面是女领导,这位女领导和另外一位女领导站在一起冲你大笑,然后她们一起又摘下了面具,又变成了两个虞芩。你大叫着"虞芩,虞芩!"可是虞芩们却面无表情地望着你,继续摘下了面具,里面露出了烧焦一般的死人的脸,你吓得大叫一声,醒了过来。

十五

最奇妙的事情发生了,女领导爱上了你为她精心设计的面具游戏。

在你让女领导戴上蛇蝎美女面具上街后的几天里,你费尽心机让她又戴着猪八戒和怪兽的面具上了街。女领导刚开始说什么也不愿意戴着猪八戒的面具上街,她说那样她宁可去死好了。你耐心地劝说她可以乔装打扮,扮成男人的样子,就像西方人在万圣节去参加化装舞会一样。

"生活中的激情就是这样发掘出来的,否则就是在平庸的生活表层中度过卑琐的一生。"你滔滔不绝地演说着你的宏论,"像你平时做个小领导,在单位人模狗样的……你别瞪我,更没必要生气,嘿嘿,话丑,却也是事实,你虽是领导,但还是个女人,处处被架空。况且高处不胜寒呐,你小心你就这样慢慢异化下去,然后就毫无意义地了此余生,最可怕的是你还以为自己很有价值……"

"行了行了!别说了,我去还不行嘛!"女领导被你无赖般的攻击言论给打败了,她彻底屈服了。这让你以为自己获得了命令她的权力,不过后来你才发现她的心中其实早就本能地渴望着那种表演的境界了。她在尝试过一次之后就变得欲罢不能,你的所作所为起到的只是催化剂的作用罢了。

她主动提出这次戴面具要去一个较远的地方,因为再去附近的话肯定就被识破了。你想了想,觉得她这样做完全是多余的,不过为了她能够更好地执行任务也就同意了。你们坐车来到了城市的另外一个区,在这个街口有一家很大的吉之岛超市,你要她戴上面具去帮你买袜子和内裤。她很小声地答应着,脸色苍白,穿着一件异常宽大的黑色夹克,下面穿着黑色的运动裤,鞋也是中性的休闲鞋。这时,你从提包里拿出猪八戒的面具,让她戴上。你看到她的双手在剧烈哆嗦着,你拍拍她的肩膀抚慰了一下,然后面具就戴在了她的脸上。一瞬间,神话中的猪八戒就这样来到了凡尘俗世。你很想哈哈大笑一番,可是却无法笑出来,首先你不能挫伤她的自尊,其次你被一种说不清的感觉给笼罩了:女领导仿佛真的在你身边突然间就消失不见了,变成了这样一个半人半兽的东西,这不由得令你记起了那个可怕的梦境……

你让她先进去,随后你假扮一个陌路人跟在她的身后。在上了电梯,来到商场二楼的时候,你像个记者样的掏出了数码相机,将功能列表选择在摄像上,你准备全方位地记录下这一切。

猪八戒像个患病的大娘一般蹒跚前行,每一步都显得畏畏缩缩。几个顾客发现猪八戒之后先是惊讶了一下,然后就继续埋头挑拣商品了,他们的惊讶与快速的惊讶消除机制让你惊讶不已。接下来倒是几个小孩子发现后高兴得手舞足蹈起来,有一个小男孩甚至冲了过来,站在了猪八戒的前面仔细研究了很久,你看到猪八戒的手在紧张地捏着刚刚挑选好的两对袜子……你哑然失笑了。那个小男孩最后用手捅了捅猪八戒的身体,然后快速跑开了,由于过于兴奋嘴里发出的呼喊声都有些声嘶力竭的味道了。几个超市的工作人员经过的时候发现了这一情况,但是他们的表情显得左右为难,毕竟猪八戒又没有妨碍他们的经营,所以他们只能用无比严肃的目光审视着猪八戒,然后缓慢而无奈地走开了。

在排队买单的时候发生了一件事，让你的计划差点破产。起因是猪八戒前面站着的老太婆，老太婆的篮子里装满了花花绿绿的商品，洋洋自得地站在那里，四下打量着别人，待到她一回头的时候就惨了，只听见她叫了一声"妈呀"，整个人就坐在了地上。猪八戒本能地蹲下来去搀扶老人，可是她的这个举动让老太婆更加恐慌了，老太婆左手捂着自己的胸口，右手去推开猪八戒的手，嘴里喃喃说："你走开，不要吓我。"周围的人见状都围了过来，开始七嘴八舌议论起猪八戒了，很多人就开始叫骂了："大白天的干什么装神弄鬼！""简直是神经病！""什么猪八戒，还猪九戒呢！猪精！"

这些狠毒的谩骂飞进了猪八戒的耳朵，你看到她的手都攥成了拳头。你不知道她的内心是什么样的状态，恐慌不安还是愤怒生气？不过她毕竟是领导，心理素质还是相当不错的，她开始说话了，她说："老阿姨，对不起，我不是故意要吓你，而是我的脸过敏了，不戴面具更难看不说，万一被风吹到就更严重了，我也是万不得已呀。"她的一席话，合情合理，无懈可击，很多人悻悻离开了，不过他们没有料到这是个女人。女人在很多时候都拥有被赦免的特权。

等到猪八戒买单的时候，你看到收银员由于忍住笑，两只手就像抽筋一般抖动着，你反而一下子笑了出来，你的笑声很大，而且你是望着收银员的眼睛笑的，因此收银员再也忍不住了，她一下子更为大声地猛笑了出来，整个人蹲了下去，一只手撑在桌子的边缘上。周围好几个人也笑了起来，这几个人的笑又引发了更多的笑，整个超市变得像精神病院一般热闹非凡。公共场合的集体大笑实在是百年不遇，你一边笑，一边用相机拍摄下来。猪八戒左右打量着人群，那种神情显得十分茫然，这让大家的笑声更加猛烈起来。后来是售货员捂着肚子给猪八戒买了单才结束了这场神奇的闹剧。猪八戒快速离开了超市，笑声在她的身后还持续了一会儿。

笑完之后，你隐藏在人群中也装作无奈地摇着头，你为自己的表演才华感到满意。你暗自操纵着这一切，却没人发现。你突然理解了伟大的导演只不过是最标准的观众。

在街道的拐角处猪八戒摘下了自己的脸，女领导的脸突然显现，仿佛是川剧中的变脸。荒诞的世界一下子变得现实主义起来。你以为她会暴跳如雷，结果她突然大笑了起来，她说："真没想到一个破面具能把他们笑成那样！"她还很兴奋地问你："我的表现不错吧？一点也没有让他们给揭穿，哈哈！"

你连连夸奖她。她就像刚才的收银员一般，一直在神经质的笑中抽搐挣扎着,那种状态犹如被大人不断搔痒胳肢窝的孩童。这一切让你越来越有成就感:做生活的导演远远强于做戏剧的导演。

至于戴着怪兽面具出门的事情也要说一下的,因为有个神奇的"意外"发生。

这天,你们选择了夜晚的江边,她依旧女扮男装,然后戴着怪兽面具在江边缓慢前行。可能是酒足饭饱的缘故,来这里的人都特别放松和快乐,他们将这个奇特的面具人视之为游乐场里的玩偶,有几个小年轻还上前请求合影。他们从裤子口袋里掏出手机,就用上面粗糙的低像素摄像头来拍摄。这是他们随时记录的习惯,他们能获得的简单乐趣就是专门寻找庸常生活中的怪诞,然后将那怪诞当作奇迹一般供奉起来。这些图片最后都会汇总在各种网络社区中,激发起一波波词语发泄的盛宴。

女领导任由他们拍摄,她已经完全熟悉了这个游戏,她像一粒干燥很久的绿豆一般,在这种奇怪的行为中获得了激情的水分,整个人的精神与气质变得饱满和活跃起来。可以说,你对她的惩罚反而变成了让她返老还童的灵丹妙药。这是你始料未及的。不过,你一直思索的问题是如何从女领导这里获得治愈虞芩的灵感。女领导的表情过于丰富,所以她要用面具来遮挡和掩盖自己的真面；那么，虞琴难道不可以反其道而行之吗？面具可以为她提供各种表情，从而掩盖住她丢失表情的真面。那样一来，她的真面就是一张最为本质的脸了。

就在你思索的时候有个神奇的人出现了。在夜幕中他的形象显得格外恐怖，等到他走进你们才看清楚，原来他戴着一个白色的史努比狗头！他的狗头让你们的面具相形见绌，你们简直是小儿科！他还提着一个大皮包，上面写着"狗头医师"四个字。"真是个疯子！"有人说。狗头人指着那个人说："我不是疯子，我是狗头医师，按摩的手法特别好。"他拿出一张折叠椅打开，放在江边，说："你们谁来试试？很舒服的，一次就五块钱。"大家都乐了，全都站在周围看笑话。狗头人不断吆喝着，让大家来体验一下。这时女领导居然走上前去，坐了下来，狗头人毫无惊讶地看着女领导的面具说："多谢捧场，看来咱们是一路人。"他戴着白手套的双手轻轻放在了女领导的肩膀上，按摩了起来。女领导变得全身酥软，几分钟后，狗头人问："感觉好吗？"女领导说："真的很不错。"狗头人说："你是我今晚的第一个顾客，所以不收你的钱，还有谁来试试吗？前三位都不收钱。"话音刚落，立马有人占据了女领导刚刚站起来的位子。那个人是个快六十岁的大妈，人特别胖，当狗头人开始按摩的时候,她居然大声呻吟了起来:"哎哟,真舒服呢!"大家哄笑了起来。很多人都说:"这个托儿做得也太过了。"也有人说:"这个不是托儿,那个戴面具的才是,都把脸遮着,都是见不得人的货色!哈哈。"

你一直混迹在看客当中,不过你是双重看客,你既看看客所看,也看看客本身。你完全处在一种梦幻感当中,仿佛是坐在一出荒诞剧的剧场中。但是,周围这些热闹的看客却坚定不移地告诉你这是无比现实的。本来,女领导戴着面具是一种非现实的惩罚,可现在狗头人的出现把女领导变成了现实的一种,一切你自以为出格的东西都变得波澜不惊了。其实,这个狗头按摩师你以前听朋友说起过,你当时不以为意,知道那无非是一种广告的噱头,朋友也说那只不过是"招徕眼球"的东西。可现在,这个狗头人的形象却给了你致命的一击,他完全破坏了你的现实感,而这合法的现实感才是你惩罚女领导的根本依据。

你知道你的惩罚已经破产了,你现在权当是为了虞芩的病而进行的实验吧。虞芩没有表情的困境或许就来源于单一而固执的现实感?

人墙越来越厚,一些人开始哄闹起来,他们要狗头人脱下头套,狗头人双手一摊,说:"你们确定,真要看?"人群吼叫:"看!"狗头人一低头就把狗头拿掉了，可里面还是一个狗头，人群高兴得快疯掉了。他不再是个按摩的小丑，更是个魔术大师了。

趁着兴奋的人群都被狗头人所吸引，你和女领导悄悄离开了。女领导摘下面具狂笑着对你说："没想到被那个狗东西给抢了风头。"

十六

你也为虞琴准备了面具，那是美丽的白雪公主，人见人爱。

一路上你都兴致勃勃，这么可爱的东西虞琴肯定会喜欢的。

但是完全没想到的是，虞琴把面具拿到手里后嘴角露出了奇怪的冷笑。这种冷笑完全是靠嘴角的肌肉用力牵扯完成的，那种形态让你看了不寒而栗。然后她满不在乎地戴上了面具，嘴里发出哈、哈、哈……这样空洞的干笑声。你并不是很明白她此刻的心情，你只是认为她在用装疯卖傻来掩饰内心中的某种情愫。你还不能准确地捕捉到那种情愫的本质。

你们待在这座城市的江边公园里，深绿色的江水仿佛正在融化的玻璃在阳光下起伏不定，你根本无法确定江水的方向。虞琴趁你不备，戴上了白雪公主的面具，然后傻愣愣地望着你。你看着她的模样瞬间发生了改变，但是，你心中的感觉却与看着女领导变脸时不同，好像女领导的变脸给你留下了更加深刻的印象。你不大清楚为什么会是这样。虞芩望着江水发了一会儿呆，然后转头看着你说："我怎么觉得我戴和不戴没有什么区别呢？"你有些故作惊讶地说："怎么能没区别呢？"她说："本来还想着我能藏在面具后面，现在却觉得这不但是欲盖弥彰，而且悲哀的是，我发现我的脸和面具有着太多的相似之处。"她摘下了面具，随手一扔，白雪公主的脸就飘落到了江水上面。那种情形极其恐怖，仿佛白雪公主掉进了江里，仅仅露出了呼救的头脸，可是那张脸却还带着古怪的微笑，仿佛在享受那种自杀者寻求解脱后的轻松与释然。渐渐地，那张脸越漂越远，这倒使你看清了水流的方向。

虞芩指着那张远去的脸对你说："看到了吧？脸是一个多么虚无的东西。"

你点头同意，说："那你就不用在乎你的病了，快从虚无中摆脱出来吧。"

虞芩说："是的，我是已经摆脱了，你知道我现在什么感觉吗？"她望着你，眼神中满是凄惶，她说："我看自己，就像人们去看一头羊羔，并不格外注意羊的脸，羊在人们的眼中只不过是没有分别的毛茸茸的一团，就像他们看到的天上的云。"

她孩子般的奇谈怪论惹得你笑了起来，你牵起她的手握在手心里轻轻摇晃着,仿佛并不介意孩子的胡闹。可她仍然坚持说她是认真的、认真的……此刻的她简直就像是一个偏执狂。你为了使她平静下来便紧紧地抱住她,在她耳边说:"人并不是为了脸活着的,不要整天想着脸的事情好吗?要知道无论你怎么样,我都会喜欢你。"你的语气几乎是哀婉的恳求了,因为虞琴的偏执像是一把利刃,也在随时威胁着你对生命的稳定感。

虞琴抬起头来望着你说:"我知道你对我的感情,但我不知道这份感情能保持多久……好了,你也不用再多说了,因为我现在要带你去个地方。"

在坐了十几分钟的公车之后,你们来到了一个住宅区的门口。虞琴指着六层的一扇窗户说:"我就住在那里,我们上去吧。"

原来是去她的住所。这有点出乎你的意料,不过让你感到好奇。你觉得闺房代表女孩子的心灵世界,虞琴主动带你来她的闺房是想彻底地接纳你了。

电梯口人满为患,虞琴建议爬楼梯好了,你点头称是。幽暗的楼梯盘旋而上,你们的脚步声在楼道内空洞地轰鸣着。快到六楼的时候,虞琴突然停下来对你说:"等会儿无论你看到什么都不要怕,好吗?"你愣住了。她继续说:"你一定要答应我,我现在害怕别人夸张的表情。"你做出了微笑的表情，开玩笑说："我一直保持微笑可以吗？"她转过头说："就怕你等会儿笑不起来了。"

——多年以后，虞芩房间里的景象依然震撼着你的灵魂，尽管当时你做足了心理上的准备，却依然沦落到了魂飞魄散的地步。那是你在精神上经历的一次可怕地震，尤其是那一刻，整个世界的基础都在你的心中摇晃，仅仅差一步就天塌地陷了。

你站在虞芩的门口，你看到虞芩掏出了一把银光闪闪的钥匙，微微颤抖着插进了金色的锁孔。顺时针旋转了两圈之后，锁头发出清脆的咔嗒声，门开了。

昏暗的光线中烘托出几个安静的人影，那些人有坐有站的，都在注视着门口，奇怪的是却没人出声，就像是刻意打量人类的鬼魂。气氛的诡异让你驻足不前，你竭力保持着身体的稳定。虞芩对你说："进来啊，他们都是我的朋友。"你感到后背灼热，有汗珠渗出。虞芩说："里面还有你呢。"你压抑不住地问了起来："什么叫有我，我不是站在这里吗？"虞芩走到一个人影旁边说："诺，这个就是你。"

"你还是把灯打开好吗？光线太暗了，我什么都看不清楚。"你依然站在门口。

虞芩说："我忘记了，我不是故意要吓你的。"她走到墙边，打开了灯。

你看到的那些人影原来都是塑料模特，不过诡异的感觉越来越浓厚了。那些模特的脸都被一张张图画给贴住了，你走上前去才发现那是一些人的相片。你看到了你自己，你的脸被打印在A4纸上，然后仔细地贴在塑料男模的脸上。你看着这样的古怪场面，一时竟说不出话来。

虞芩招呼你过去坐沙发，你腿脚僵直地走过去，坐下了，但总感到那些模特在盯着你看。你抬头看去，也的确如此，那些相片中的眼睛都在盯着你看，你走到哪它们的眼神就跟到哪。记得小时候你就发现了相片的这个问题，你问你的父母，他们不知道，然后你问老师，老师说这是由于当初照相的时候，人的瞳孔对着镜头的缘故。不过，你还是一直不太明白这其中的道理。所以，现在的场景让你的内心恐怖极了。

"你这样做是因为什么呢？"你故作镇静地问虞芩。

"我以为我能一个人就这么待着，我以为我不怕孤独，结果……我彻底被孤独打败了，我一个人孤单得要死！"她把头趴在腿上，声音有些哽咽。

你抚摸着她的头发轻声说："你真的很傻，你弄这些模特来就不孤独了吗？"

她坐起身来，看着那些模特说："那些照片上的人都是我的朋友，是我最想念的人，但是我和他们之间不能真实交往了。所以我就看着他们的照片，想着他们，这样挺好的，他们看着我，我看着他们，大家又不用说什么话。"

"怎么就不能真实交往了呢？比如我和你，我们不是在一起很好吗？"

"我们能够一起生活吗？你仔细想想啊，每天我都面无表情地在你身边晃来晃去，你不会觉得烦躁吗？就像死人的脸……"

"够了！你不要再乱说了！你总把自己想象中的场景当成实际的，你整个人已经混乱了！"你忍不住咆哮了起来，像是受够了这一切匪夷所思的事情。

虞芩第一次看到你发火，她被吓到了，她只是静静地坐在那里，仿佛犯错的小学生。她这个样子让你于心不忍，于是你平复了下心情说："人与人的交流最后都是要落实到这里的。"你指着自己的心口说。

她泪眼婆娑地看着你，慢慢点了点头。

接下来的事情就简单了。你们一起吃了晚饭，虞芩的厨艺还是非常不错的，你们聊得也比较融洽。时间过得很快，差不多快十点的时候你告诉她要回去了，但是虞芩却坐在那里不言不语，仿佛没有听见你的告别。你感到有些纳闷，便问她怎么了。她深深喘了一口气说："今天晚上陪我好吗？"虞芩的这句话让你吃惊不小，你以为你们的关系还没有到达同居同宿的地步。虞琴似乎看到了你的心思一般，继续说："就今天一晚上，好吗？今天我感到格外的孤单。"你坐下来搂住她的肩膀，说："只要你需要人陪，可以随时找我的。"

那天晚上仿佛长过一生，你们的第二次做爱终于发生了。

如果现在说这第二次也是最后一次的话，那么无疑具备了一种深沉的悲剧气氛。不过奇特的是，当时你们的心中似乎已经预感到了什么，每一个动作都长久而缓慢，仿佛死去，然后又从死亡中渐渐苏醒，一次又一次，仿佛有一个世界是你们渴望抵达而又无法抵达的。所以，把你们所做的称之为西方词汇中的"做爱"实在是有些轻薄了，你们是在进行着一种神圣的仪式，那是生命的分裂与重组在存在的深处打下致命的烙印。

你们和第一次一样，依然关着灯，处在完全的黑暗中。你什么也看不到，只能去听、去闻、去感受，色情的意味几乎被抛弃的一干二净。色情，在当代文化中的主要表现形态几乎就是各种类型的看与被看了；可现在你虽然看不到，却也没有任何想看的欲望，不像你和女领导在一起的时候，完全是对耳目之悦的追求。你和虞琴的这一夜让很多年后的你坚信，任何对人本质化的论述都是错误的，人的精神世界根本是无法穷尽的。或许，只有不去看的时候，不在意看的时候，才能越过脸、身体、服饰等表象的事物，对生命产生全新的感受。

不过，悲哀的是，当时的你对内心这种隐约的新感受却产生了极端的恐惧之情，因为这不符合你被这个时代所同化的情感方式，你本就贫瘠的精神世界仿佛要被耗费殆尽了，那是一种堕落者对高尚的惧怕。你像鼹鼠般本能地惧怕阳光，你需要一直待在自己的地洞里。

所以，你就一直沉默了。等到一切都归于平静的时候，虞芩似乎才逐渐觉察到了你的微妙变化，她问你："你怎么了？感觉不好吗？"

"我很好，你呢？"你觉得你们的问题像结婚多年的夫妻。

"我也是……其实我想问你一个其他的问题。"虞芩突然有些吞吞吐吐了。

你心中居然一惊。你觉得以虞芩目前的心态，她的任何问题都不是好回答的。但你依然平和地对她说："问什么都行，我尽力回答你。"

虞芩捏着你的手，很小心地问你还有没有和别的女人交往，她说："我不在乎的，没关系，我们之间的关系还是简简单单的好，没必要确定什么死板的形式。"

她的问题让你觉得她也如此凡俗，你当时根本不知道这个问题关乎着她的信仰的根基。你在有些轻蔑的同时，突然转念想到了女领导，你马上感到紧张了。你能实话实说吗？你能说你虽然不爱女领导却和她宛如情侣吗？——你的理性告诉你，这只不过是女人的试探，你一定要忍住自己的诚实，放纵自己的谎言，你毫不迟疑地说："没有，我爱的人只有你一个。"

虞芩似乎喘了口气，她忽然把灯打开了，她看着你的眼睛说："你是我最后的信念了，我相信你，也相信爱。或许你真的能够穿过我的脸，进入我的内心，你会向我证明这些的，对吗？"

她的眼睛犹如琥珀，包裹着绝望的内核，但却闪现着耀眼的光泽。她的目光和她的话语，仿佛一块重达千斤的巨石突然间被人搬来压在了你的心脏上。你透过自己虚伪的眼神看到虞芩那张正在诉说的脸，当她说到她的内心之时，你的灵魂仿佛真的越过了她的脸，进入了她的体内，来到了她的内心。不过你的脑海中一片恍惚，你不由得使劲眨了眨眼睛，再睁开的时候，你突然觉得虞芩像是戴着一张面具，或说她的脸变成了一张面具，你觉得在这张静止的脸的下面应该有一张更为本质的脸。就像你曾对女领导说过的，一张内脸。

虞芩的内脸是什么样的呢？你能用心去描绘出

来吗？它混杂了你的欲念与想象，又带着完全自己的呼吸，你要是有米开朗基罗的天才你相信你此生会不遗余力地去画出来，但你能接受那样的形象吗？无论怎么说，那形象总是能哭能笑能做鬼脸的吧？

乱七八糟的思绪仿佛蝙蝠，让你根本说不出什么话来。

有些问题是无解的，你对自己暗暗说道。

所以，你并不回答虞芩的问题。你只是微笑了起来，然后伸开双臂，把她的脸勾进了你的肩窝。你就保持着这个姿势，并轻轻抚摸着她光滑的后背。

虞芩说："你这样抱着我，我感到完全放松了，突然间就觉得很困了，很想好好睡一觉。"

"你平时焦虑太多了，好好睡吧。"你继续抚摸着她的小猫一般的脊背。

"晚安，我爱你。"虞芩非常平静和自然地说，几分钟后她就进入了香甜的梦境。

十七

一个人的生命完全寄托在另一个人的生命上面，这是难以承受的重负。你现在就面临着这样的危机状况，可以说，虞芩把她的一切都托付给你了。虞芩靠着你对她的爱情得以呼吸，但是她的索取却让你感到窒息。曾经，你是那么渴望见到虞芩，而自从你去过虞芹的住所之后，你的内心发生了巨大的变化。

你一想起那些鬼魅般的塑料模特就觉得有一层滑腻而冰冷的恐怖蒙在身上，你甚至有一瞬间觉得虞芹是不是已经疯掉了？但是你很快就转移了这样的想法，并为自己的想法感到内疚。当然，房间的那一幕你可以推心置腹地理解，可以义无反顾地克服，毕竟虞芹处在特殊的病态时期，但是，你一想到虞芹把你对她的爱作为她在这个世界上的存在基础，你简直要被压倒在地了。你最了解自己的内心了，在这个时代，你连自己的灵魂都无法摆放安稳，还要为你喜爱的人提供最坚实的彼岸，你实在是做不到的。

最初遇见虞芹的时候，你想要去拯救她，觉得她是一只快要飞越陆地的风筝，你需要把她的线紧紧攥在手里；可现在，虞芹整个人向你倾斜过来，你再也不觉得她是美丽和轻盈的风筝了，现在她是一架钢铁铸就的飞机，要将你整个地碾碎。

你不断地回顾过去，你发现你是受到虞芹的启示才遭遇了女领导的沼泽，虞芹反过来又成了你唯一的希望，那时你觉得只有她才能令你的内心摆脱堕落的泥泞。可如今，你却成了三人关系中的最大受力点，每个人都把自己的希望架在你的身上，而你只不过是一个普普通通的人，你无法挽救这一切。你所做的就只能是一边哀叹，一边承认着自己的怯懦，承认着自己的失败。

这样的心态让你终于失去了最后的自我救赎机会。

你不是像圣徒般迎向你的窄门,而是像无数逃避自己生命责任的人扑倒在了堕落的黑色河流中。

你向虞芩承诺过爱情的这一个星期里,你都没有和女领导见面,每次都寻找一些借口将她支开。但是女领导表现得不焦不躁,她抽空就发短信给你,还挑逗你说:"难道你对我的惩罚就这么结束了?那也太轻描淡写了吧!"实际上,眼下你对惩罚女领导已经没有任何的兴趣了,因为你放弃了希望,也就无所谓对绝望的厌恶了。所以你对女领导的信息并不加理会。

但是这天女领导给你的短信让你有些坐不住了。短信挺长,她断断续续发了好几条。你一想到她或许是道貌岸然地坐在会议室里,一面摆出领导盛气凌人的气势,一面发送着猥亵而色情的短信,你就觉得荒诞和可笑。她的短信说你让她戴着面具,羞辱她,是你性取向变态的表现,就像台湾一个离婚案中的男人,非要让自己的老婆戴上女明星的面具,不然下面就不行了……大概意思就是这样的,还有很多淫秽的话你都不想看了,你赶紧把这些短信全部删除了。

你觉得事情的含义正在越出你的控制。

你用面具惩罚女领导,是想让她尝尝没有表情的滋味儿、一种将人变得物化的痛苦,但现在的情形是荒谬的:女领导觉得面具成为你色情想象的道具,你利用面具虚构出了你内心卑琐的欲望世界,她为她发现你这种内心的卑琐而感到洋洋自得。——这样的错位让你坐卧不安了,你现在已经失业,每天没有什么具体的事务来打搅你,你完全活在自己编织的意义世界里,这些意义的稳固对你而言比手中的茶杯、嘴里的面包更加重要,你掉进了自己脑海的符号沼泽中。

"我必须澄清所有的这一切!"你在心中对自己喊道,仿佛有一桩很大的冤案降临在你的身上。

好在虞芩对你的监管并不是特别严密,她经常只是给你发发短信,并不要求频繁见面,你知道她还无法克服她心中的障碍,但是这样你却有了相对的自由。这天,你就一边发短信安慰虞芩,一边叫女领导晚上来你这里。

天还没有完全黑下来的时候,女领导已经到了你的门前,她真是迫不及待地要见到你了。你打开门,面露违心的微笑迎接她的到来,心里却体味着贵夫人与宠物狗之间的依恋关系。可是,女领导看见你却完全没有那种久别重逢后的羞怯与不适,她走进来就把身体挂在你的脖子上，仿佛她刚刚去了趟卫生间回来。

你挣扎出她的怀抱，严肃地说："今天咱们不是请客吃饭，今天咱们要说清楚你对我的误解。"

女领导笑了起来，她捂着肚子，全身的脂肪都在颤动，她说："我看你是中了邪了，那是和你开玩笑呢，你干什么这么认真？"

你依然严肃地说："你听我说，我并不是把你幻想成什么人，然后去以假当真地和你做那个事情；我是想让你知道，没有了表情的脸是悲惨的，是像面具一般木然的。另外，我是想叫你反省，你想想你是怎么用自己的这张变色龙的脸去溜须拍马的……"

女领导听了你的话之后，依然热情的脸孔深处有了一丝难以觉察的冷笑，她用一种很不在意的腔调说："原来是这个用意啊，这个游戏越来越好玩了，你不辞辛苦的设计这个游戏是为了什么？教育我吗？人就是活一张脸，有什么不对？中国人时时刻刻讲的'面子'是什么？难道说的不是脸是屁股吗？"

你感到了前所未有的挫败，吼叫了起来："我们说的是严肃的道德问题！"你一屁股坐在沙发上，把脸转向一边，不再说话。你知道你没法再说下去了，否则你就会说出你和虞琴的事情来。这一切只是因为虞琴，你才那么纠缠在关于脸的思辨当中。

女领导看你生气了,她依然带着耐心的微笑坐在了你的身边,她讨好地问你:"今天你想让我戴什么面具呢?我戴给你看好吗?"你摇摇头。气氛僵持住了。过了一会儿,你做梦也没想到女领导居然会说:"要不你为我戴吧,有个男歌星我很喜欢,你戴上他的脸让我满足下好吗?"这番话让你震惊到了无以复加的地步,你转过头来,目光凶狠地说:"没见过你这么不要脸的东西!"女领导还想继续无赖下去,你抬起手来就是一记响亮的耳光,清脆的皮肉声让你漫长的忍辱负重终于得到了一个剧烈的补偿,你的手掌在火辣辣的感觉中难以自制地颤抖着。

或许一场猛烈的战争就要爆发了。

然而,却是极端的寂静。你的手在寂静中艰难地滑落了下来,然后你坐回了沙发上,静静等待着。你不知道你具体在等待什么,但不管对方是巴掌的回敬还是恶毒的谩骂你都打算无条件地接受,以填补你心中由内疚造就的巨大空洞。

然而,却仍然是极端的寂静。

过了良久,女领导站了起来,她并不看你,径直向门外走去。你叫她的名字,希望她能原谅你的粗暴。她头也不回地说:"我们之间没什么好说的了。"这句话像一把匕首刺进了你的心窝,你无法理解自己此刻的心情。你对分手的这一刻不是一直期待的吗?

但是真的到了这一刻,你却变得如此虚弱,不堪一击,心中觉得隐隐作痛。

你站起来,追了上去,从后方紧紧抱住了女领导,女领导挣扎了起来,她的右手坚定地伸向门锁,你没注意到她的这个行为,结果门突然打开了,你们两个人由于失去重心狠狠地摔向了后方。

悲剧就这么发生了,是偶然更是必然。

虞芩就站在门口看着你们。

十八

"虞芩,你怎么来……"你的脸躲在女领导的头发后面,全身的血液瞬间涌向了你的大脑,说话都变得口吃起来。

你的这副尴尬的模样立刻让女领导明白了事情的不同寻常,她的身体也不由自主地凝固了片刻,然后她迅速地翻身而起,用鄙夷的眼神怒视着你,说:"今天你真是给我太多惊喜了,真没想到你还是个花花公子啊!"

你对女领导说:"你先回去吧,咱们的事情到时再说。"

"不!"女领导伸手把散乱的头发向后捋去,她说:"难得今天人齐,咱们正好把话说清楚。"

你看到虞芩面无表情的脸上挂着一串串眼泪,你的心都碎了。只有你知道虞芩的心正在遭遇多大的冲击，只有你知道你作为虞芩的"寄托"正在多么滑稽地崩塌。但是，这一切是该有个了结了，没有谁和谁的命运是一定要捆绑在一起的，人的一生只不过是偶然交错的产物。

你站了起来，像老农上田回来一般拍拍自己衣服裤子上的灰尘，你故作平静地对虞芩说："你进来吧，这是我的领导，你们认识一下。"

虞芩走了进来，女领导居然伸出手和她握住了，女领导是想保持自己的领导风范吗？你看到她们彼此介绍了对方，然后一起走到沙发前坐了下来。虞芩一直低垂着头，你认为她是自卑，怕对方发现她的问题所在。（事后证明你完全错了，这个时候虞芩早已不在乎她没有表情的脸了，她所在乎的是你，在乎的是你所导致的感情的幻灭和生命根基的崩溃。）女领导则在好奇地打量着虞芩，试图想发现她什么地方那么吸引你。

构成你生命磁场的两个女人就这么古怪而自然地和你待在同一个空间之内，尴尬的气流在你们的周围悄悄流窜。

还是女领导先开口了，成熟的女人总是善于应对各种突发事件。她说："我只想知道你先和谁开始的？"

你毫不犹豫地看着虞琴说:"她。"

女领导的脸变得通红,刚才被打的地方显露出了紫色的印痕;她的眼睛杀气腾腾,逼视着你,说:"那你为什么还来勾引我?!"

虞琴闻言低垂的头迅速抬起,她看着你,眼神里没有那种咄咄逼人的尖锐,但是却有一种绝望的悲哀在闪烁。

你只能低头看着地板说:"我没有,没有勾引。"

女领导站了起来,问道:"那当时是谁捏我的手的?"

你就知道她会说这个,你可以按照自己当时的想法去解释,但是没人会相信的,或许就连你自己听起来也觉得荒诞。越过皮肤的界限去接触一个人,探索一个真实的存在,这样的想法更像是偏执狂的一厢情愿吧?你的嘴角有了一丝自嘲的笑意,突然,你说了一句宛如佛教偈语的古怪的话:"我捏的并不是你的手,我捏的是这个世界。"

女领导被你的话给迷惑了,她纳闷地说:"我的手怎么成了这个世界了?"

你有些生硬地哈哈笑了两声,然后自信地说:"虞琴应该明白的。"

可是虞琴却冷淡地说:"我不明白。"

"虞琴!"你以为虞琴因为生气而故意这样说,

你不禁叫喊了起来。

"我真的不知道！我不知道！我只知道你骗了我！你以前说的一切都是假的！"虞琴心中的怒火终于爆发了出来。由于过度的生气，她的脸变得痉挛起来，形状变得怪异而吓人。女领导都被吓到了，她瞪了你一眼走上前去关怀地问虞琴没事吧？虞琴开始号啕大哭起来，用声嘶力竭的呼啸声击打着你心中最柔软的部位。

你想握住虞琴的手安慰她，但被她一把甩开了，你还想不管不顾抱住她，可是她却猛然间站了起来，挣脱了你的怀抱。她的哭声更大了，你从没见过有人这样撕心裂肺地哭，那种哭声根本不是一具人的身体能够发出来的，那哭声是惊涛、是怒浪、是存在毁灭的哀鸣。然后就在你被哭声震撼之际，她冲向了门口，想逃离这里。你赶紧去抓她，可你刚碰到她就听到了她的一声凄厉的尖叫："不要碰我！！！"女领导赶紧走过来一把将你推开，扶起虞琴的肩膀说："我们走，别理这个混蛋！"虞琴只是一个劲地哭，对女领导的说法没有任何表示，于是女领导便扶着她果真走了出去，恶狠狠地把门从外面砸上了。

自始至终，她们并没有再看你一眼。

你一个人站在空阔而寂寥的房间里，这个安全的场所现在显露出了狰狞的面目，让你成为了它的一名无期囚徒。你的脑海里一片空白，眼泪却已经不明就里地流了下来，就那么越流越多、越流越多，直至你的脸变得像浴室中的一块滑溜溜的肥皂，这个时候，揪心的苦楚才翩然而至，将你掀翻在地，令你肝肠寸断。

十九

虞芩自杀的那天晚上，你居然去参加同学会了。

聚会的方式又是唱K，这让本想逃避痛苦的你撞到了回忆的枪口上，你情不自禁地一遍遍回想起初见虞芩时的情景，那双柔软而多情的手至今让你魂牵梦萦。人生若只如初见，这个被一遍遍感叹的词句让你又一遍遍的感叹着。应该是快十点的时候，你打算离开，想找个人喝闷酒，突然接到了马医生的电话，马医生的语气非常紧张和焦急，他说："我刚才上夜班的时候有位护士交给了我一封信，信的署名是虞芩。我觉得有种很古怪的感觉，她干什么给我写信呢？我就拆开一看，原来是一封由红笔写就的遗书！"你感到一根铁棍狠狠地砸在头顶上，淤血让你的眼睛都几乎睁不开了，整个世界在旋转，你发了疯似的喊道："你就在医院门口等我，我现在马上过去！"

……你看到了那封遗书。她在信中说用纸笔写信给你是你们灵魂交流的最后机会，电脑的文字已经丧失了个人的精神价值。的确是这样的,的确是这样的,你在心中喃喃自语,看到她那红色的字迹宛如灵魂的血迹,一点一滴地倾泻到信纸上,你追随着汉字的排列仿佛看到了死亡是如何抵达的。你没想到世间还会有如此凄婉而美丽的语言,只有死亡才能让文字焕发出这样的光泽。最让你感动的是,整封信自始至终她连一个字都没有责怪你。最后,她说,她只是看清了这世间的一切,她希望你能好好活下去,从腐朽的灰烬中生长出生命的花朵。——虞芩真是太了解你了!你不禁失声痛哭,抬起头来,看到周围的一切变得如此陌生,而天空惨白到了令人眩晕的程度,你想紧紧地抱住一个稳固的物体,否则你就会随着那惨白的天空疯狂地旋转起来。

马医生发现了你古怪的神情,他安慰道:"先别慌,我们现在赶紧去找她,或许还来得及。"

他的话点醒了你。你带着他直奔虞芩的住所。你对这座城市的庞大的交通结构居然一瞬间变得无比清晰起来,很快你们就来到了虞芩的家门口。你们猛烈地敲门,可是直到手指感到疼痛的时候还是无人回应,一种不祥的预感攥紧了你的喉管。你对马医生说:"要不踹门吧?"马医生听了后二话不说抬起脚就踹了起来。巨大的回响反倒让隔壁的门打开了,一个小心窥视的光秃秃的脑袋露了出来。你正想跑过去问一下情况,那脑袋自己钻了出来,原来是个秃顶的小老头,他没等你开口就说:"你们要找的姑娘已经搬走了。"听闻此言,马医生也变得呆若木鸡了。小老头说:"就是下午才搬走的,几个小时前。因为她提前退房,房东很不高兴,两个人在楼道里还吵了一会儿。"

"房东在哪?"你抓住了一个线索。

"就在楼下,楼梯口右边第三个门。"小老头说完就闪身回去了,你都没来得及说声感谢。

你们冲到楼下,敲门,一个穿着花格睡衣的妇女走了出来,她用怀疑的目光打量着你们,说:"你们做什么的?"你说:"我们找虞琴,就是你楼上的房客。""她已经死了!"女房东一脸鄙夷地说。"啊?她已经死了?"马医生惊叫了一声。女房东说:"你们在说些什么呀!"你和马医生愤怒了,知道她刚才是在胡说八道,是在诅咒虞琴。你们怒吼了起来:"她要自杀,你负责任!"女房东一下子软了下来,脸变成了酱紫色,说:"她要自杀?不是因为我吧?"你们懒得回答她的问题,让她赶紧带你们去楼上的房间,看看有什么线索。

楼上的房间依然矗立着那几个塑料模特,但是一种空旷的感觉扑面而来,那是一种人去楼空的寂寞气息。不出所料,马医生对这些塑料模特也感到非常震惊,他问你:"这是怎么回事?"你说:"还不是因为那病。原来那些模特的脸上还贴着别人的照片呢,比如我的。"马医生更是惊讶得张大了嘴巴。这时,女房东也进来了,她说:"她把这里搞得神神怪怪的我都没有说她,可她还要提前退房,合同可是签了一年的!"马医生喊道:"她退房是因为想去自杀,你明白吗?有没有人性!"女房东就闭嘴了,但她脸上的神情显得非常茫然,仿佛不知道究竟发生什么事情了,过了良久,你听到她小声嘟囔了起来:"她还真要自杀啊?挺好的姑娘搞什么鬼啊,老娘还想多活几年呢。"

你们发现还有一些东西虞琴没来得及搬走,甚至还有一个皮箱的衣服。你问女房东:"她这些东西还回来拿吗?"女房东说:"拿啊,她说过几天会有一个朋友来拿。""那朋友叫什么名字?""我怎么会知道,只要拿走就行了嘛。"你和马医生为她的冷漠与麻木感到气愤填膺,但是你们还是得跟她说,请她先不要让那人拿走东西,那人来的时候一定要通知你们。你们留下了联系方式和100元钱,女房东这才同意了。

然后你带马医生去了江边,你也没有直说为什么。

你们在江边路上走了好久好久,寻找着貌似虞琴的身影,可是却徒劳无功。你们非常疲累了,夜也非常深了,你们无比失落地趴在了江边白色的大理石护栏上,望着无日无夜流动的水面伤心和发呆。这时,白雪公主的面具在你脑海深处忽然浮现出来了:它在虞芩的手中飘落,然后浮在江面上依然无辜地微笑着,那种轻生的愉悦至今让你震颤不已。

"她或许已经跳下去了。"你望着黑漆样的江面绝望地说,似乎幽暗的江底隐藏着虞芩的脸。

"太可怕了。"马医生叹了口气说:"我并不怕死,但我怕这黑色的江水,怕肉体的折磨和疼痛。"

"但虞芩怕的却仅仅是一张丢失表情的脸!"你悲哀而又怅惘地说。

马医生听了你的话,突然有所体悟地拍着你的肩膀说:"我听人说溺死的人被捞上来后,完全变形了,非常可怕。"他的话让你的脊背发凉,身体不易觉察地颤抖了一下。马医生看了你一眼继续说:"所以,我觉得虞芩那么在乎脸,怎么可能选择这样的死法呢?"

这个推论让你的心中重新有了希望,你喊了起来:"你的意思是死对虞芩而言是件非常困难的事情,因为她无法处理自己的身体?"你本想说"尸体"二字的,但是你说不出口。

马医生说:"是这样的。"然后他拿出专家的姿态谈了起来:"这个年代,几乎每个人,尤其是女人都有我们医学上所称的'形体感知障碍',这是由电影电视剧等构成的视觉中心文化给害的,那些制作出来的完美的影视明星形象像是肿瘤挤压进了现实生活的肌体之中,改变人对自身外部形象的认知。就连好多漂亮的女人也对自己的脸和身材挑三拣四,比如说虞芩,她其实是个很漂亮的女人,只不过丧失了表情……"

听到这里,你忍不住打断了马医生的话:"虞芩和她们是不一样的!"你对马医生从医学角度来解读虞芩觉得很不适应,虽然他的话是相当有道理的,但是对虞芩来说或许并不适用,你觉得只有你才能体会到虞芩灵魂中的黑暗,那黑暗里有你的罪孽。

马医生耐心地解释道:"当然,我只是猜测,丧失表情的痛苦肯定要远远大于形体障碍综合征的,但是,我想说的是,表情和情绪就一定要挂钩吗?表情只是表象,失去表情并不代表失去了情绪,她内心的喜怒哀乐还是存在的。"

"但是无法释放出来,更无法得到回应,这才是最痛苦的!"你按着自己的胸口说,仿佛你的情绪也被压抑在那里无法排解出来。

"这么说,是得考虑下交流障碍的因素。"马医生嘴里嗫嚅道。他总是用医学的角度去考虑问题,但是人生能被切片分析吗?能用几个概念来分类总结吗？不过你没有申辩，你也不知道该怎么去申辩，你的立场、看法、话语也是单调的，申辩只能把一个人的存在搞得更加粉碎和微末。

你们之间静默了，只有江水的浩荡声徐徐升起，仿佛是流到天上的回音。

少顷，马医生得出了他的结论："综合我们刚才的讨论，我觉得她的问题在于她害怕别人眼中的她，'被看'的恐惧折磨着她。所以，我认为虞芩没有死，因为死了要被人更加肆无忌惮地看了；她应该只是隐居起来了，想完全断绝和熟人，当然尤其是和你的关系。"

这番话如同拯救，让你在灰烬般的背景下觉出了一丝高兴。虞芩毕竟还活着，在世界上的某个角落。

你不再言语，遥望着天边尽头的黑色江水，反复努力地让自己去相信马医生的话。

"虞芩没有死，虞芩没有死，虞芩没有死……她只是消失了，消失了。"你反复诵念着，经文似的，只有这样才能减轻你内心的重负。

毕竟，你也要活下去。

你也想重新活下去。

二十

你的生活习惯有了重大的改变，每天都要在报纸和网站的社会新闻栏目浏览很久,对那些和自杀有关的新闻更是反复研究。你害怕从那些新闻中发现虞芩,却又冥冥中希望得到一个确定的结论。时间在一天天过去,而你徒劳无获,你开始相信虞芩真的还活着。这期间,女房东联系了你们,说是有个女的来拿虞芩的行李,就在你拼命赶到那里的时候,那女人已经离开了。你抱怨女房东怎么不拦住那人,女房东一脸无辜地说:"人家说要赶飞机,我怎么能拦得住!"你让女房东描述了那女人的长相,似乎很陌生。你问女房东:"和虞芩长得像吗?"女房东摇摇说:"一点也不像。"

"那她会笑吗?有表情吗?"你迫不及待地问道。

女房东愣了一下说:"什么叫有表情?还有人没表情的吗?"

看来女房东都不知道虞芩没有表情,你突然对虞芩感到了一阵痛彻骨髓的悲哀:她那么在乎的东西可是人家根本没有注意,一个人存在的轻重竟是如此的悬殊。

"那你觉得虞芩有什么奇怪的地方吗?"你不死心地问道。

"没啥奇怪的,其实她挺好的,从没拖欠过房租和水电费,可能,就是人冷漠了点,很少笑。不过,我对她也很少笑。"女房东努力回忆道,说到最后她还难为情地讪笑了起来。其实女房东这个人本质也不坏的,你想。

"虞芩在心里对你笑过了。"你这样对女房东说,你知道虞芩会赞同的。

说完后你就离开了那里。

就这样,这条最重要的线索便彻底断了。之后,你回想起和虞芩第一次唱K的场景,想起了几个人,打电话去问,有的人说不熟的,有的人压根不知道,忘记了。那天虞芩是你一个朋友的一个朋友带来的,此间的关系太远了,居然无从知晓了。你在不得已中只好放弃了日常的寻找,经常坐在房间里长时间的发呆。你不厌其烦地一遍遍告诉自己:"虞芩没有死,只是消失了。"

不过,既然虞芩已经消失了,你的讲述也就到了尽头。

当然,有一件事情还特别值得一提,这是马医生带给你的奇迹。

在虞芩消失之后,马医生给了你很大的精神支撑,你经常混迹在他的办公室,看他给病人治病,听他谈论病人的症状,你越来越感到生命的脆弱,你在感到无比绝望的同时也看淡了很多事情。你经常对马医生说:"我现在的心态完全是某种宗教性质的。"

马医生笑着说:"我会给你的新宗教献上圣物的。"

你没有把他的话放在心上,以为只是玩笑。但在几天之后,一件对你而言比任何圣物都要珍贵的东西被马医生捧到了你的面前。

精美的木匣子散发出淡淡的褐色的光芒,它的侧面虽然只有一本画册大小,但却沉甸甸的犹如盛满了贵重的珠宝。你打开盖子,看到了用塑料泡沫仔细围住的内部,虽然你还无法得知具体的内容,但你的心已经做好了谦恭的接受姿态。

你小心翼翼地揭开泡沫,不禁惊呼了起来:

"太像了!"

虞芩的脸静静地躺在盒子里,仿佛此刻正在熟睡。

这是一件夺人心魄的艺术品,是用纯净的白水晶雕刻而成的,外形自不待言,尤其是把虞芩那种忧郁的气质表现得淋漓尽致。而且,这种通透的晶体材料让虞芩的脸饱含着灵魂的光辉,仿佛是她被压抑过久的内心世界终于显现出了辉煌的轮廓。

你用几乎颤抖的声音问马医生:"你怎么做的?"

马医生告诉你,曾经为虞芩治病的医生有虞芩脸部的石膏倒模,然后他把这个倒模拿给了本城最有名的一位雕刻艺术家,一件精美绝伦的艺术品就这样诞生了。他为了这件事也费了不少工夫和金钱,这一切只为了让你能够在记忆中挽留住虞芩的身影。当然,马医生也说到自己的私心:由于虞芩的事件促使他对精神病理学有了很深入的理解,他准备向那位"维也纳的巫医"弗洛伊德以及晦涩的拉康发起来自远东的学术挑战。

"这样做虞芩可能会不喜欢,"最后马医生遗憾而伤感地说,"可我们对一个人的记忆到最后也只剩下脸了。"

你已经失去了言说的能力,只是紧紧地抱着木匣子,盯着水晶的脸看,你甚至都不敢用手指去抚摸一下。

对于以后的事情本来是没什么好说的了,你也不想说,因为这涉及到你目前的生活,一旦这个秘密被泄露出去你肯定就要碰到比较大的麻烦。不过,你是个非常善良的、有始有终的人,你愿意对耐心阅读到此处的朋友们开诚布公地说出一切。

这事的起因还在于女领导,她在虞芩消失后变得有些紧张和焦虑,似乎更加需要你的关爱了,她与你的联系更密切了,简直是密不透风。你认为她这样做只不过是在和已经消逝的情敌虞芩进行着一场情感上的抽象斗争。这对你来说自然是难以忍受的。因为直到虞芩消失,你才明白你对女领导肉体的迷恋是来自于内心深处对虞芩欲望的补偿：虞芩过于高贵、过于脆弱，也过于拘谨，你需要一个中介，一个过渡，一个补偿，然后在潜意识的想象中才能和虞芩结成无比亲密、毫无间隙的一体。这是你目前的想法，或许和以前想的有所出入，因此你不敢确保这想法的准确性，你会找个时间和马医生谈一谈，或许会有更完备的理论产生。

你还有一些新的想法，这些想法导致了你后半生的重大改变。

在你和女领导的奇特关系中，你觉得虞芩其实一直是女领导面前看不见的面具，现在面具不在了，露出了柔软而怪异的内部，仿佛剥去外壳的蜗牛。这是你不能忍受的。当然，你更是看到了自己的怯懦无能与空虚贫乏，这一点比起女领导来更加不可忍受。你无法面对自己，对自己几乎不能忍受，你居然都丧失了回忆的勇气。一个人想逃避自己，最好的办法就是变成另外一个人。于是，你在咨询过马医生之后就去做了那个渴望已久的手术。马医生非常同意你的选择。你觉得你越来越理解了虞芩的想法了：脸就是对人的身份的限定，脸才是人这种生命体的真正名字。

从脸出发，马医生或许真的会研究出颠覆这个世界的理论呢。

整容之后，你看着镜子中的新人，你居然没有任何的不适与怪异，因为镜子里的形象是如此符合自己的美学趣味。在你看来，那是一副接近完美的男人形象，清朗而俊秀，成熟而老练，没有小白脸的媚俗，也没有普通中年男人的委顿，这样的面孔很轻易地就会令人产生信任与信赖。不出所料，随后的进展都印证了你的判断。你应聘了一家跨国公司，人力资源部的女士似乎对你格外友好。几天后，你顺利进入了这家很不错的外资公司，开始了新的事业。尽管你的工作能力绝对算不上突出，但是你努力保证让自己不出错，结果大家一致认为你这个人办事非常稳健与可靠，一年后你就升任了这个部门的经理，又过了两年，你已经是区域运营总监了。这样的火箭速度让你自己也惊讶不已，你常常在晚上睡觉前使劲回忆自己的过去，你还是那个不值一提的你吗？

这天，你们公司要与某个单位商谈一个会议计划。等到秘书递给你详细的会议安排时，你才发现这个单位就是你曾经所在的单位，而那边的负责人就是曾与你纠缠不已的女领导。你的心里还是有些慌张的，当年你只是在电话里通知女领导你出国了再也不会回来了，然后就这样结束了任何方式的联系。如今，又要见面了，尽管你的外形变了，但你的眼神、你的习惯性动作会不会出卖你呢？

见面的时候你才发现你的担心是多余的，女领导对你没有任何的怀疑，完全是公事公办的态度。曾经令你在权力面前仰视的女领导现在和你平等地站在了一起，不，或许你还要站得更高一些……不仅因为女领导在具体的事务合作上有求于你，更是因为你终于看清楚了女领导的脸。那张脸因为重力和时间的作用变得松弛和走样，就连高超的化妆技术也难以遮掩，你曾经迷惑于女领导脸部表情的多变，现在这种多变依然富有风情万千的意味，但在那丰姿之后沉潜的疲累、无奈、心酸与寂寞已经泉水般地荡漾了起来，让每个走近她的人都能感到那种特殊的来自衰老的气息。这一切，都让你的内心百感交集，你不知道为了什么而严重伤感起来，你真的说不出来，但你的确被一种负面的情绪给彻底笼罩了，在会议的中途你还借故出去了一下，让那种情绪像一把生盐似的慢慢融化掉。

　　会议后还有个酒会。在印有"合作共赢"四个大字的巨大屏风下，摆着一个宝塔状的巨大蛋糕，共有六层。你和女领导作为合作双方的代表要一起把那个蛋糕切开，寓意双方在今后一起分享这个领域的市场。你和女领导一起握住了一把具有异常精美的手柄的蛋糕刀，你们的手自然碰触在了一起，然后你们的手缓缓发力，刀就慢慢驶进了蛋糕的内部。女领导突然间故作不经意地说："不知道怎么回事，您让我想起了一个老朋友。"

"是吗？"你微笑着，问，"怎么样的人呢？"

"谁？"

"您的老朋友啊。"

女领导微笑着看了你一眼，然后低下头想了一会儿，在手中的刀碰到底座的时候她用开玩笑的口吻悄声说："他是一个对我过敏的人。"

你们一起笑了起来，你们灿烂的笑容让下面的人拼命鼓起掌来，为大家今后的亲密无间，为大家今后的"锦绣钱程"，他们把巴掌拍得宛如山呼海啸。

而你的灵魂正在变得僵冷。你看着女领导的脸在你眼中变得越来越逼真，你感到时间在越走越慢，终于，时间停下了脚步，一切都静止了。女领导的脸静静看着你，仿佛静止的雕塑。在你的脑海中，她的脸与虞芩的水晶脸雕塑正在一点点地移动并靠近，最终，它们合二为一，你看到了一个完全陌生的新人。

第二人

我的左手开始痛恨右手,当然,右手更加痛恨左手。我被绑起来了,那狗日的绑得真紧,他别让我重获自由,否则我非让他加倍偿还不可。车向西边一路开去,我看到窗外迅速掠过一排排低矮的村屋,觉得这些景物竟是如此熟悉。我在脑海的坑洼里仔细爬梳着,但是一无所得,或许是这些风物毫无特征的缘故吧。我问他:"你带我到底去哪里?"他专心开着车,头也不回,说:"坐着吧,很快就到了。"

恐怖在我心间滋生,但另一种情绪:好奇也在蓬勃兴起,我骂自己真是个贱东西,都他妈的快死了还好奇什么呀。但是,就是好奇,不可遏制地好奇。接下来会发生什么呢?我无仇无怨,谁会对我感兴趣呢?琢磨来琢磨去,这事越来越充满了未知的诱惑,甚至,我还有了点儿兴奋。真是个贱东西。

前几天我回海市探亲,和几个朋友晚上喝醉了,在大街上走走唱唱的，丢死人了，好像还和几个行人发生了冲突，难道是那帮人的报复？那也太小气了吧，跟个醉汉还这么计较，是他妈的懦夫才干的事。要真是这样的话，我也没什么好怕的，这帮狗日的懦夫。我闭上眼睛，迷迷糊糊睡着了。

待我睡醒的时候，车已经停了。他叫醒我，摇着头说："你这人还真睡得着。"我打了个哈欠说："你到底想干什么，你知道吗，你已经严重违法了！"他不理会我的指责，让我赶紧下车，我只能双手合十，像是出家人一般，行动非常不便，连车门都打不开。他丝毫都没有考虑到我的难处，还不耐烦了，催促我说："快点啊！"

好不容易，我挣扎着下车了，我站在那里，瞪大了眼睛向四面八方望去，发现这是个小镇，冷清得很，一片衰败凋敝的景象。我问："这是哪里？"这次他倒回答得干脆："青马镇。"

"青马镇？！我小时候生活的地方？"

"对，正是。"

记忆之门瞬时开启，二十年前，还是十岁小少年的我，跟随父母离开了青马镇，也离开了我的童年。那是一次平庸无奇的离开。我坐在搬家大卡车的驾驶室里，几个童年伙伴朝我挥挥手，没多久，车就开了，我什么话也没和他们说。在车转过拐角的时候，我看到他们已经开始在院子里玩闹了,像是没事发生似的。当时的我并不失落,那时我还不认识这种情感,在那离别的一刻,我只是有种错觉,似乎我并没有离开,依然在他们中间玩耍,反而坐在车上离开的这个我,似乎并不是我,而是另一个让我完全陌生的人。

"这是青马镇?我怎么一点都认不出来了?"我认真打量着四周,试图唤醒一些熟悉的记忆,但是徒劳无功,这里和中国其他地方的小城镇一样,毫无特色,只是对某种城市印象的仿制品。

"二十年了,在当代中国,二十年相当于别的地方、别的年代上百年呢,你怎么能认得出来?"

他居然说出这么有水平的话,让我不得不刮目相看了。他顶着鸭舌帽,戴着墨镜,穿着一身迷彩服,显得非常不合时宜,是那种走到哪里都会被人记住的形象。

我说:"是啊,我一点都认不出来了,看来你对我的过去很熟悉,你到底是谁?"

他没有什么表情,用墨镜后的眼睛盯着我,说:"带你去见个老朋友。"

"我在青马镇还有老朋友?据我所知,他们和我一样,都搬到海市去了。"我有些摸不着头脑了。

"你跟我走就是了。"

他走在我的前面,脚上还穿着那种过时的军用皮靴，后跟的铁掌轮番敲打着水泥地面，噼里啪啦，像是一间活动的铁匠铺子。

我们走了十分钟左右，我的双手就那么绑着，像是示众的囚犯，光天化日之下竟撞不到一个路人，更别说熟人了。我忍不住问他："这是死城吗？！人都去哪里了？"

"差不多是个死城了，经济中心转到临近的白马镇去了，高速公路也不经过这里，这里快要废掉了。"

"我小的时候，白马镇不如青马镇啊。"

"白马镇正好在高速公路的边上，有来往汽车必经的加油站，所以人家百业兴旺了。"

我不再说什么了，我跟着他穿过一条小巷子，走过小巷之后，我突然呆愣住了，我看到了一幢非常熟悉的建筑！

"这是……好熟悉……"我嘴角嗫嚅着。

"这是青马镇电影院。"

"对，对，电影院！"我高兴起来了，早已忘记了自己的囚徒处境。

一片萧条的青马镇竟然保留了这家电影院，而且还被修葺一新，太令人惊讶了。这家电影院代表着青马镇曾经的繁荣岁月，也吸纳了我童年时无数的欢乐记忆，我站在它的面前，就像是见到了昔日的恋人一般，竟然心潮起伏，眼角都感到有点儿湿润了。

不过，它和过去还是不同了。

它不再是开放的，而是封闭的。像是动物园对待猛兽似的，褐色的铁栅栏把这座淡黄色的建筑物给围了起来，也把我挡在了外面。我问："还有电影放吗？"他咳嗽了一声，说："废话，还有谁来这看电影？""那还修葺一新……"我疑惑不已，他却不理我，眼睛望着别处。我站在栅栏前，用双手握住了一根铁条，觉得这电影院已经成为了一个纯粹的象征产物，在这方面它甚至都超越了巴黎那座镂空的埃菲尔铁塔，那铁塔还可以供人们登上去看看风景呢，而它就放置在那里，难道只是为了时不时提醒一下人们的记忆吗？

在这个炎热的午后，我和他呆站在这里，就像是公墓里的凭吊者似的。时间一分一秒地流逝，我不知道站了多久，似乎他费那么大劲抓我，就是为了让我站在这里似的。如果真是这样倒也不错，符合我的心意。我获得了足够的时间去凭吊我的童年，许多早已杂草丛生的记忆现在开始逐渐显现出来，不过残酷的是，再鲜活的记忆也只是往事的灰烬而已，我心中的伤感开始持续增长。终于，我长叹了一口气。

"有点感觉了吧？"他突兀地问道。

"什么感觉？"

"过去的感觉。"

"当然。"

"那好，是时候了，我带你进去吧。"他说着从裤兜里掏出钥匙来，把铁栅栏的门打开了，这很出乎我的意料，也让我感到恐惧，好像尘封的记忆突然敞开了似的。他先进去了，然后朝我招手："快来！"我突然意识到这是我逃跑的最佳时机，但是我看了看周围，马上打消了这个念头，我能跑到哪里去呢？或许老老实实跟着他走，毫不反抗，才是最安全的。我走了进去，他马上把栅栏锁上了，他还朝我解释道："并不是怕你跑，而是怕别人进来。"

我心想谁会进来，这里连个屁都没有。我向电影院走去，越来越近，近得已经能看清楚"修葺工程"的拙劣了，涂在表面的淡黄色太淡了，隐约还可以看到"主席万岁"等字样。我这才想起，这建筑是很古老的了，在我的童年，它就已经是上一个时代的遗物了，没想到它的生命力竟然如此之长。我想，如果它能在风雨中再坚持上五十年或更久，那真是不折不扣的文物了。

电影院大门紧锁，我凑近门上的两扇小窗向里看，结果除了一片黑暗，什么也没看到。他说："别看了，我们从后门进去。"我跟着他，绕着电影院走了半圈，一侧的地面上长满了浓密的野草，那里散发着浓烈的尿骚味，让人快要窒息了。我捂着鼻子，看到了一扇黑色的小门，仅容一人通过，和庞大的电影院很不匹配。他走过去，轻轻踢了下门，门一下子就敞开了，根本没有上锁。

"请进吧。"他说。没有丝毫的命令口气，更像是一种商量。即使他绑着我的双手，即使我恨他，我也难以拒绝这样的商量。不知道是我的心软到了愚昧的地步，还是里面的诱惑怂恿着我，我一抬腿便跨了进去。

或许是青马镇电影院里充满了我童年的碎片，我的恐惧渐渐消散了。里面光线比较昏暗，不过倒是宽敞，废话嘛，电影院里面能不宽敞吗？能坐好几千人呢。待我的眼睛适应了里面的光线后，我看到里面并没有想象中的落满灰尘，而是干干净净的，破旧的椅子上一尘不染，就连幕布也还挂在那里，仿佛满座的电影刚刚散场似的。太神奇了。

我坐在了一张椅子上，闭上眼睛，童年的欢欣如约而至，我记得在这里我看过电影《红高粱》，然后学会了吼里面的歌：妹妹你大胆地往前走哇，往前走，莫回呀头！还有周星驰的《九品芝麻官》，笑得我肚子疼。当然也有可恶的时刻，就是电影《大红灯笼高高挂》，当时说十八岁以下的未成年人不能进场，真是急死我们了，越不给看，越想看，有人说那是黄色电影，让我们的心更痒了，想象着那些成年人享受着怎样的视觉盛宴，我们恨不得马上长大。许多年后，等我看到那片子的时候,我要做的第一件事便是心急火燎地寻找着"黄色"的部分,但是一无所得,我强烈怀疑是不是还有另外一部同名电影……是啊,太多的回忆弥漫在这个空间里。这就是我的"天堂电影院"啊!

他站在我的身边,像个沉默的幽灵,任我沉浸在漫无边际的缅怀中。

"这么说,你是带我来怀旧的?"我睁开眼睛,感慨万千。我看了看我紧密合十的双手,又忍不住抱怨道:"但你的方式也太粗暴了吧!"

"我说过了,是带你去见个老朋友。"他的语调毫无起伏变化,像一段铁轨。

"既然是老朋友,对我还这么粗暴?!"

"他在楼上的放映室等你。"

我打了个寒战,扭头向后上方望去,那是个熟悉的地方,电影开始时,是那里投出的一束光变出了花花绿绿的世界。现在,那里只是一个小黑洞,我仔细盯着那里,好像看到了一个人影,他站在那里,也盯着我看,我能感觉到他的目光打在我的身上,就像阴森的寒气将我包围了。我不禁战栗起来,我敢打赌,那个站在高处的人肯定没有眨眼,就那么蛮横地睁大着双眼。真要命啊,我小时候有过什么仇敌吗?我迅速回忆着,但是毫无结果,一个小孩子能惹下什么滔天大祸，让人惦记了二十年来报复？没可能，绝对没可能。

"我们上去吧。"

他说着向楼梯口走去，我紧跟其后，待踏上楼梯时我有些喘不过气了，那个人的气场太凌厉了，远远地就能让人心慌意乱。这回他妈的死定了，我为什么要老老实实跟过来？！我这是天堂有路不走，地狱无门偏进啊！我真切地感到自己这次遇上大麻烦了。不过，我也使劲安慰着自己：他总说带我去见"老朋友"，既然这么说，应该没有什么危险吧，毕竟也是老朋友嘛……也许是老同学的恶作剧呢。

楼上的光线要好很多，窗外阳光明媚，可以望见很远处的低矮民居，不过还是杳无人迹。他站在房间门口说："请——"双手还做出请的姿势，我甚至觉得他是站在我这边的，是专门来保护我的，凡是他让我做的，似乎危险就不大。

我咬咬牙，走进了房间，立刻就看到了那个阴郁的人影，他穿着一身黑色的中山装，端坐在椅子上，正对着我，最让人起鸡皮疙瘩的是，他的脸上戴着面具，一个滑稽的兔子面具。

面具人看到我，冲我点点头，大声叫了一声我的名字，我浑身一震，但我对这个声音无比陌生。他说："请坐。"那个一路看守我的家伙赶紧给我搬来了一张椅子,我坐下来说:"先给我的手松绑再说其他的好不好?"

面具人说:"不是故意要绑你的,而是等会儿你自己会主动同意的,所以我就想没必要再多此一举了。"

这番疯话让我有些气急败坏,我说:"我又不是神经病,我等会儿还会求着让你绑我不成?!"

"那真的很难说,"面具人笑了起来,声音很难听,他说:"小山,那就给他先解开吧。"

原来那个家伙叫小山,这个名字听起来是有点儿熟悉的,或许是平凡的熟悉吧,叫这个名字的人成千上万呢。当然,我也想到了晏几道的《小山词》,不过在这种状况下想起这个也太不合时宜了。

小山做什么都一丝不苟,他用木偶般的机械动作解开了绳索,我的双手一阵舒爽,我使劲在空中甩了十几下,才感到血液开始贯通手掌的每一道血管。手腕上有道深红色的印痕,像是很深的伤口,我在心里狠狠骂着这两个王八蛋,但表面上装作若无其事的样子,只是用两手轮换着搓揉受伤的部位。

"听到小山这个名字,你想到他是谁了吗?"面具人伸开右手,小山把绳索递到了他的手中。

"有印象,但一时半会儿还想不起来。"

"小山,摘下帽子和眼镜,让他仔细看看。"

小山摘下了鸭舌帽,然后把墨镜丢在帽子里面。原来他长得眉清目秀的呢,刚才的暴戾之气消失了大半。看来他的这身怪异的装束就是为了吓唬我的。我仔细研究了这张脸,但是一无所获,这是一张完全陌生的脸,或许鼻子眼睛有些熟悉,但组合在一起就是十足的陌生了。

"我不认识。"我说。

"你还真是贵人多忘事呢。"面具人调侃道。

"我真的不记得了,我看他也不认识我吧,他绑我的时候,还掏出照片来对认了好久。"

"哈哈,二十年不见了,是得认清楚。"

"你太无耻了,他都不认识我了,凭什么就要我认识他?"我生气了,他那是不加掩饰的双重标准嘛。

面具人站起身来,有些烦躁地挥动着手臂,制止我再说下去,他咳嗽了一声,清了清嗓子说:"不说这个了,我们找你来,是真心想请教你一些问题的。"

原来是想请教我问题啊!他这么说,我有恃无恐了,我必须提点条件才行,我说:"我可以回答你的问题,但你先告诉我,你们到底是谁?"

"问得好,我们是谁太重要了,这也是我们请你来的目的,等会儿我自然会说的。我想问你的是,我最近读了一篇小说,名叫《内脸》,发表在《花城》杂志上的,作者的名字和你的一样,那是你,没错吧?"

"对啊,是我,没想到你还关注文学,这年头关注文学的人不多了吧。"

"我从小就很喜欢文学,我只是没想到连你都能写小说。"

"你嫉妒了?你不会是因为这个才把我绑架来的吧?"我不乏嘲弄地说。

"你可以这么认为,如果这样让你高兴的话。"面具人坐回到椅子上,说:"现在,让我们来谈谈你的小说吧。你在那篇小说里写了两个女人,一个女人在权力的顶端,有着变化多端的表情;另一个女人的内心善良丰富,却得了一种病,失去了表情,你在和这两个女人的情感纠葛中,探索了脸的很多意义。我总结的对不对?"

面具人苦思冥想地用书面语言描述着我的小说,那字斟句酌的样子真够滑稽的。不过这给我带来了极大的困惑,他到底想干什么呢?难道他不满意我小说的叙述?不满意就直接绑架作者,逼我就范?这也太荒唐了吧!

我说:"你可以这么说吧,你是读者,你有阐释权。不过,不是我和这两个女人在纠葛,而是小说的男主人公。"

他说:"随便吧,你不就在意淫吗?"

"放屁!"

他不理会我的愤怒,继续说:"我觉得你对脸的本质还是有些想法的,比如脸与虚无,脸与存在,等等。但是,你忽略了脸的一个重要特性。"

"什么特性?"

"哈哈,这就是我请你来的原因,我要当面告诉你!"面具人一下子兴奋起来了,他策划的一出好戏终于到了上台的时候了。

"你说吧,我愿听高见。"我双手托住下巴,等待着他的长篇大论。真没想到我还真碰见了疯狂的读者,这是二十一世纪了,而不是十九世纪——那个文学的世纪。我应该为文学的未来多一份信心吗?

"脸还有个特性,在我看来那或许是最重要的,那就是:威慑性,威慑滋生的恐怖,恐怖滋生的权力。你在小说中表达了权力对脸的塑造,但是你却没想到脸也可以获得权力,这才是脸最奇妙的地方。"面具人边说边挥舞着手中的绳子,得意洋洋,好像时刻都想重新绑住我。

"这个,这个我不是没想到,一张俊秀的脸是比一张普通的脸更有传奇色彩的,比如就我知道的作家里边,海明威的脸有着男人的刚毅,加缪的脸有着电影明星样的帅气,他们的脸令人难忘,以至于读他们的文字时都会不自觉地受到他们的脸的影响。"

坐在二十年前的一家废弃电影院里,和一个戴着面具的怪人探讨着这样玄虚的问题，我觉得自己在做梦，我碰了碰手腕上的勒痕，那里疼得发烫。

面具人说："哈哈，你恰恰理解反了我的意思，我说的是脸的恐怖。脸的帅只能作为一种锦上添花，但不能单独获得权力，但脸的威慑、脸的恐怖却可以。"

"我不大明白你的意思……你觉得你戴个面具是对我的一种威慑吗？然后你就有了绑我的权力？"我实在被他搞糊涂了，他究竟想表达什么呢？我可不喜欢和陌生人猜谜。

"不好意思，你又说反了，我戴面具是为了阻断对你的威慑。"

难以索解的话。我沉默，看着他，他的白兔面具是一副窃笑的表情，我知道面具下方的那张脸也在窃笑。

面具人等待着我的回应，可我脸上毫无表情，紧闭嘴巴，牙齿紧紧咬合在一起，有种的话就拿刀子来撬吧。

"不说话了？"面具人对我的沉默感到十分失望，他说："你的作家思想上哪里去了？你不想和我探讨一下脸与权力的关系？"

权力是社会分配给个体的，然后塑造了个体，虽然一点儿也不公平，但也没听说过一张脸本身可以滋生出权力来，最多，脸也只是权力塑造的一种神话罢了。不想和他纠缠这些。沉默。

"唉,看来你还是太狭隘了。"面具人痛心疾首地摇头,好像我很让他失望,他叹口气说:"其实,现实远比小说有趣得多,我们还是回到现实中来吧。"

现实?我想,没有比眼下的现实更荒诞的了。沉默。

"算了,我告诉你我是谁吧,我叫大山。小山,大山,记起我们没有?那对双胞胎。"面具人这次颇有耐心地提示我。

我从来不认识什么双胞胎,除了小区里的一对,可他们才上小学三年级。很奇怪,印象中的双胞胎总是孩子,两个长得一模一样的成人我真的从未见过,我想那肯定是一道非常特别的风景吧。如果眼下的这两个人真是双胞胎,那么我看到小山的脸岂不是就能对面具人的脸猜个八九不离十了?看他接下来怎么表演吧。继续沉默。

我长时间的沉默激怒了他,他缓缓站起身子,默默审视着我,好像在想怎么整治我。气氛有些凝固,我躲开那张面具的审视,扭头看了看他的弟弟小山,他站在那里一动不动,如同蜡像,他在大山面前一直保持着沉默,有着仆从式的谦卑,他们哪里像是兄弟啊。不过有小山在场我还是舒服些,单独面对诡异的面具人我会被吓得半死吧,谁知道他是人是鬼呢。

时间在流逝,沉默在继续,面具人忍不住又开口了:"你要怎样才说话呢?你要我对你坦诚相见吗?"

坦诚相见?

也就是说,到了摘掉面具的时刻了吧?我满怀期待,期待着看到两张一模一样的成人面孔。我不禁冲他点了点头。

面具人没有让我失望,他的右手慢慢向上抬起,而后按在了面具的边沿上,只要轻轻一扯,这个滑稽的兔子就会被丢在一边,露出里面的谜底来。可他停顿在了那里,似乎在履行一个仪式。的确,他的一举一动都充满了仪式感。他说:"我的脸会带给你强烈的震撼,你要是还想不起我来,那我就真的太失望了。"

我笑了一下,表示我在翘首以待。

他迅速扯下了面具,像是扯下了一层皮似的,嗓子里发出了痛苦的哀号。一瞬间,那张龟背似的脸暴露在了正午明亮的光线中,吓得我魂飞魄散。那是一张彻底毁灭的脸!脸皮像烧变形的白色橡皮样堆积在一起,满是褶皱,那些褶皱不同于老年人的皱纹,它们的方向是随意的,将脸部随机切割为不同的形状,狰狞如恶鬼,他的两颗小眼睛有着老鼠样的黑亮,从不规则的眼裂中逼视着我。他咧嘴笑了起来,嘴唇像是被缝合在一起又被用力撕裂开了,有着支离破碎的边沿。

"刘大山？！"脑海中一道电流击中了我，我突然间抓到了记忆的稻草，下意识地喊了出来。

"对！"那满脸的褶皱蠕动了起来，强烈地回应着我。

是的，我终于想起他是谁了。

二十年前的青马镇小学，在放学的人潮中曾有一张鬼脸吓得我半死。别人告诉我那人叫刘大山，玩汽油瓶烧坏了脸。远远地，我盯着那张脸看了很久，他在人群中谈笑风生，并没有丝毫的自卑，只是和他说话的人面色有些怪异，赔着笑脸，不敢与他对视。我想这也是人之常情，我很难想象要是他和我说话我是什么样的，在旁观者看来，我可能更滑稽吧。

没想到的是，很快，他和我说上话了，那应该是在一次打架中。顺便说下，青马镇那时候群殴事件十分频繁，因为新建的硅铁厂吸引了大批外地人来打工，于是，移民和本地人的永恒冲突开始爆发，就连我们孩子也不能幸免，有时，正是我们孩子在推波助澜。我作为"土鳖"的一员，跟在队伍的末尾，手里提了把扫帚作为武器，心里忐忑不安。刘大山的鬼脸突然漂移到了我的面前，他朝我哈哈大笑，说："你就拿把扫帚？"我不敢看他，他笑起来太狰狞了，我真怕他，我唯唯诺诺地说："嗯，是的，教室里只剩下这个了。""靠,这个不行的,"他很仗义地递给我一条自行车链条,说:"这个好,记着,专往脸上打。"然后他就走开了,大步如飞,我看到他手中提着根很粗的大木棍,那玩意儿可是要人命呢。

那一架,我们打赢了,具体怎么赢的我不知道,因为打了一半的时候我就变逃兵了。自行车链条真他妈的不好用,好几次都打到我自己了,还不如扫帚得劲呢!我也没想到要把自行车链条还给他,而是往草丛里一丢就撒腿跑走了。我后来听说,我们能打胜是因为刘大山把对方首领的鼻梁骨给打断了。从那以后,我再也没见过他,那张鬼脸消失了。据说是被学校给开除了,然后便下落不明。

说真的,我对他的记忆就这么多,已经隐蔽在大脑的角落里很多年了,那张鬼脸因为非常可恶,所以我的大脑早已刻意清除了。没想到现在,衰退的神经元被这恐怖的鬼脸给重新激活了。至于他有个叫小山的弟弟,以及他们还是双胞胎我闻所未闻。

我长吸一口气,故作平静地说:"刘大山啊,你早点说是你不就好了吗?还故弄玄虚搞这么多事情。"说完,我的内心紧张极了。要是换作别人或许还好,可这个疯狂的家伙是什么都做得出来的啊!

"我一直在提醒你,是你贵人多忘事,老想不起来而已。你是不见鬼脸不认人啊!哈哈哈哈……"

他狂笑了起来,他的自我嘲讽并没有让我觉得亲切,而是更加毛骨悚然。

我硬着头皮问他:"你后来去哪里了?我是说,你被学校开除后。"

"你真想听?"

"真想。"我点点头,郑重其事地说。他找我来,无非是把我当作了一个特殊的听众,我应该主动演好我的角色。

"好,你别急,我迟点会告诉你的,因为在讲我的故事之前,我要先讲讲你的故事。"

"我的故事?"

"对,你的故事。"

我一脸愕然,那张鬼脸又蠕动着笑了起来,他说:"听听吧?"

没想到,他倒要讲我的故事了,真是匪夷所思。

我冷笑了下:"好啊,你说。"

他用舌头舔了舔破碎的嘴唇,略带得意地开始了叙述:"我太了解你了,就怕你没耐心听,我就长话短说吧。你小时候学习还不错,因为你很用功,等后来上了中学你就很平庸了,高三的时候,你冲刺了一把,又赶上高校扩招的好时机,考上了大学,那所大学不好不坏,你在大学的表现也是不好不坏,你觉得以后找个不好不坏的工作也就算了,可毕业的时候,你去应聘了好几家单位都失败了,这对你的打击很大,因为和你条件差不多的人都找到工作了,甚至有些你平时看不上的人,也都有了不坏的去处,你不知道自己何故总是屡屡败下阵来,当同宿舍的人都去单位实习的时候,你一个人待在宿舍里快要疯掉了。

"有天晚上,有个哲学系的朋友找你喝酒,朋友也没有找到工作,不过他家里有钱,倒不是特别在乎工作的事情。你们坐在学校附近的一家烧烤吧里,喝着啤酒聊天,聊着聊着他对你说,有时候人的命运可能被长相所决定了。你笑话他说,想不到你还那么迷信,看相算命的话怎么能当真呢。他说,不是看相算命的那一套,而是人说到底还是视觉性的存在,脸作为个人信息的集中体现,会影响、引导甚至主导人们之间的交往。他的这番话让你很有感触,这也是你第一次认识到脸的问题,脸不仅是容貌的体现,更是有着哲学的深度。你想到你的好几个朋友都是公务员,而那个长着一副体制化特征的脸的朋友,的确要比其他人走得更顺一些。于是,你就问朋友你的脸看起来怎么样,他说你的脸毫无特征,很难令人有深刻的印象,你不算帅,也谈不上丑,但人们总是记不清你的样子,总觉得你很模糊,没有一个鲜明的形象。你听了之后非常沮丧,你问他那你适合做什么工作,他说你不适合群体性的工作，比如政府机关、大公司等等，在那样的地方想出头必须要给上司留下鲜明的印象，像你这样的肯定不行，你应该去做些个人化的事情，有能力的话自己去创业当老板，不行的话去当记者什么的吧，文字是人的另一张脸。

"他的话给你的启发很大，你决定去搞文字行当了，只不过你当了作家，而不是记者。说来也可笑，你的简历就是通不过报社的人力资源部，所以，你当作家也是迫不得已的选择。作家嘛，在这个时代自然赚不到什么钱，再加上你这张没有特征的脸，让你连续交了两次女朋友都失败了，而且失败得相当耻辱，都是红杏出墙，让你深刻体会到了背叛与嫉妒的双重残害。哈哈，此后，你便开始奉行单身主义，一个人租住了一间巴掌大的小屋，还是蜗居在脏乱差的城中村里边。你白天写写小说，像是做白日梦一般，晚上无所事事，靠看A片打发时间，你经常自渎，也就是俗称的打飞机，你让你床边的那面墙上溅满了淡黄色的污渍，但你居然视而不见，因为你早已习惯了那种污秽的环境，你的生存已经到了十分脆弱的边缘，你靠着想象在现实中浑浑噩噩，任何揭穿你脆弱现实的事物都会让你变成惊弓之鸟。你尽力掩饰着自己的一切，尽量不参加朋友间的聚会。你这次回到海市是你近几年来最快乐的时光了，因为与你相聚的都是小学、中学的同学,他们对你的现状一无所知,只知道你待在一个比海市大的城市里边,在他们看来你应该混得不错的,要不然你早应该回到海市找个什么工作,和他们一样娶妻生子了。你一方面很高兴他们的恭维;另一方面,你也知道,你在海市更混不下去,因为小城市更是人情社会,你没有特征的脸是应付不了这种频繁的走动与交往的。你和他们喝酒的时候,最为起劲,因为你心里憋得难受,你需要释放。当你在喝醉酒的第二天被小山绑走的时候,你虽然嘴上嘟嘟囔囔的,但实际上你根本没有反抗,因为你已经失去了正常人的反抗意志,你反而好奇你的命运究竟要往何方去,也就是说,你已经放弃了你的人生。

"呃……这就是你,一个真实的你,我描述的对不对?这番话自从我看到你的小说后就开始酝酿了,今天当着你的面倾泻而出,真是爽快呀,我觉得我表达清晰,文采也不错,要是好好训练训练,当个作家应该也没啥问题的。哈哈。"

要是我面前有面镜子,我就可以看到我此刻的表情,肯定混杂着悲愤、羞愧以及万刃钻心的痛苦吧,那是一种什么样的表情?我这张毫无特征的脸会因为这种奇特的表情而变得个性起来吗?可惜的是,我的面前没有镜子,我的面前只有一张狂笑的鬼脸,那些烧坏的褶皱和脸部的肌肉运动完全不搭边,它们彼此撕扯着,让人觉得那张鬼脸一不留神还会变得更加破碎,更加惨不忍睹。

"你,你,你怎么知道我的这些事?你怎么连我的心理活动都知道?你是人是鬼啊!"我说话的时候,能感到我的嘴唇在哆嗦,像是在风中摩擦的两片落叶。

"咳,你是作家你应该比我更清楚啊!深入的调查,掌握事实,还原每一个细节,你的心理状态自然就会水落石出的。看你的样子,你不用再解释什么啦,我知道我全都说对了,是吧?!呵呵,你还有什么要补充的吗?"

鬼脸说完愈发得意起来,假如我手里有把枪,我会毫不犹豫击碎那张得意洋洋的烂脸。但可惜的是,我手边也没有枪,我什么也做不了。我更不敢扑上去和他肉搏,倒不是怕他们二比一对我,我打不过他们,而是我的内里已经毫无勇气,他的那番话的确属实,句句如子弹打在了我最致命的地方,支持我生存的精神支柱摇晃着就要倒塌了。我已经奄奄一息,只能瘫在这把椅子上坐以待毙了。

我无力地指责他说:"你太无耻了,你居然在背后调查我。你究竟为了什么呢?我和你无冤无仇的。"

鬼脸用舌头舔舔破碎的嘴唇说:"好了,我现在讲我的故事了,你仔细听啊,我想你应该会慢慢明白的。"

我点头说好，虚弱如病人，已经全然没了刚才的底气，像是砧板上的一摊鱼肉。

他说："我从退学后开始说起吧！我被狗日的学校开除后，就去了海市，我发誓我一定要干点什么才回来，要不然我就永远也不回来了。我在海市的第一份工作是去建筑工地搬砖，我去的时候，那家工地正好招满人了，我摇摇头准备离开，结果工地负责人发现我后，马上就破格要我了，我当时觉得他是怜悯我，我也挺感激他的。我在那里干了三个月，别的都不会做，只能搬砖，我干活不是最卖力的，但给我的钱一直是最多的。周围的工人对我也都很好，见我就发烟，那段日子我还蛮高兴的，我觉得社会和学校差不多嘛，也没有传说中的那么险恶。但是后来我发现他们一直和我保持着距离，还在背后说我的坏话，我一看他们，他们就把头低下了，他们就是怕我！我最没想到的是，老板知道我这个人后，连他都怕我！他的怕是很有价值的，我在工地搬砖三个月后的一天，老板叫我去他办公室，问我愿不愿意做保安队长，我惊讶极了，说我能做吗？老板看了我一眼说，只有你才能镇得住，非你莫属！做就做，怕个鸟，我一下子就成了工地上的保安队长。那些保安都是从部队上退役下来的，每个人都有两下子，所以他们怕我却并不服我，经常对我的话敷衍了事，我明白要确立起威信我必须打一架。机会很快来了，那天几个工人把许多短钢筋藏进废料堆里，打算去卖，这是绝对不允许的，我接到其他工人的举报后，就马上带着保安队过去抓人，去了之后，一个大个子保安说其中有个人是他的老乡，问我能不能算了，我说不行，坏了规矩以后就麻烦了。他很生气，不知道骂了句什么，我说你再骂一句？他的火气也很大，结结实实骂了我一句：你个鬼脸！我拿了一截子钢筋便扑了过去，他个子很大，一把抱住了我，和我厮打在了一起，我的力气不够他大，几个回合下来我便处于劣势了，但我发现他不敢正视我，我就利用这点，龇牙咧嘴地向他的正面进攻，我像野兽一样去咬他的脸和脖子，我知道我那时的样子是连自己都不敢看的，果然，他扭身逃跑了，还边跑边喊：鬼吃人哩！我不和鬼打架！从那天起，我说的话没人敢不听的了。

"我看到你脸上有笑意了，没关系，笑出来吧，我知道这很有黑色幽默的感觉，连我自己都想笑。哈哈。从那天起，我才明白了这张鬼脸并不是我的负累，恰恰相反，它才是我最大的资本，我要学会去使用它。

"后来，我看中了工地上一个叫小红的女孩，她刚刚十八岁，漂亮得很，我叫一个保安把她带到我的办公室,我直截了当对她说,做我的女朋友吧,我不会亏待你的。说完后,我就瞪着眼睛死盯着她,她吓得哭了起来,嗓子却连声音都发不出来,我上前二话没说就搂住了她,发现她浑身在颤抖,居然连反抗的力气都没有了,我很容易便得手了。小红是个好女人,我后来给她买了一套房,她现在过得很幸福,还给我生了个儿子。本来我是真心想娶她的,但这时候我又有了一个新的机会。老板有事要去国外半个月,他交代我一定要看好他的家,以及他那娇生惯养的女儿。这样,我就认识了老板的女儿露露,因为母亲早死,她成了个被宠坏的胖女孩,任何人有一点不顺她的意她就会大发雷霆,所以她谈了不知道多少个男朋友了,一个也没有成。但是我让她感到畏惧,第一次见面的时候我立马意识到了这点,于是,我做出凶狠的表情,试着命令她,结果她谦卑地点着头,真的乖乖去做了,温顺得像小猫似的。我坐在老板家里,对她发号施令,让她给我倒水做饭,刚开始的时候,她还有点抗拒,长期的娇生惯养使她干活拖拖拉拉的,但是经过我一段时间的调教后,她动作麻利,像是女仆一般勤快和熟练。我对她的奖励便是让她晚上坐在我的身边,我命令她用手触摸我的脸,她好奇、害怕又紧张,手指哆嗦着触碰到了我的脸上,沿着伤疤滑动,我转脸看着她,她吓得闭上眼睛又偷偷睁开一条缝来偷看。我呵斥：闭上眼睛！她便闭上了，我俯身吻她，她吓得尖叫却并不回避。就这样，我征服了露露，说真的，我也知道这种关系很畸形，但是它却格外稳固。我和露露都是性格残缺的人，但我们真的很互补，就像两个齿轮卡在了一起。等到老板回来的时候，我们已经生米煮成熟饭了。老板起初坚决不同意，我不说话，只是阴郁地望着他，他看了我一眼，身子明显抖动了一下，他或许在想，鬼脸的报复应该是他难以承受的吧，他思来想去，终于投降了，他跺着脚说，随你们啦，但是你，他指着我说，你一定要去整容！我当然不会去整容了，傻子才去呢，我要整容了我马上就会一无所有，就像我弟弟小山似的，有张那么漂亮的脸却窝囊得连个工作也找不到。我说小山弟，你听了这话也别难过，我的一切都有你的一半！好了，我继续说，老板叫我整容，虽然我不想，但是我总不能什么也不做呀。我终于想到了一个好办法，那就是根据小山的脸，我请人做了一个仿真的软胶面罩，平时我就戴着它，尤其在老板面前，我只在发怒和睡觉的时候才取下来。也不怕告诉你，露露和我做爱的时候，她喜欢在快高潮的那瞬间一把扯掉我的面罩，看到我龇牙咧嘴的样子，她说那样她会有一种超现实的快感。我嘲笑她，你是不是把我当成电影里的铁血战士了！哈哈，管她的呢,她爱咋样就咋样吧,反正我和小红在一起的时候是戴上面罩的,小红经常说我的脸要是没烧坏就好了,我说,那你就多看看小山吧,只是别喜欢上他就好了,小红说我都是你孩子的妈了,还胡说什么呀。嗐,她真是个好女人。小山啊,我警告你,你可别乱来哦。玩笑了,开个玩笑,我喜欢开玩笑,我也知道我开玩笑其实更让人恐怖,所以我的玩笑都是自娱自乐罢了。遗憾的是,虽然我的小山弟是不怕我的,他应该对我笑的,但是他的表情却少得可怜,他真的很像你小说里那个丧失了表情的女主人公一样。不管怎样,我理解他,我们的心是相通的,谁让我们是同一个受精卵孕育的呢。当然啦,这些都是题外话。

"再后来,有了老板这个靠山,我就开始大展宏图了。我在老板那里学到了不少经商的方法和理念,也学到了不少坑蒙拐骗的坏水。不过老板得到的更多,他有我的辅佐,简直如虎添翼。每次和客户谈项目,都由我来做最后的发言陈述,假如对方丝毫不妥协,我便气急败坏地扯掉面罩,用鬼脸恶狠狠地逼视着他们,让他们惊叫着颤抖不已。一般来说,对方看到这样的情况,总是会做些适当的妥协,仿佛不妥协,我就会真的像恶鬼似的毁了他们的生活。当然,也有例外,其实现在说来我还要感谢那次例外呢!那次,一个客户就是不妥协,那人是个一米八几的东北大汉，一副天不怕地不怕的鸟样，我当时就和他较上劲了，每天晚上，我就站在他宾馆房间的门口，什么也不做，就站在猫眼前的位置往里看，一直坚持到天亮他出门为止，第一天早上尽管他被吓得够呛，但是他的嘴还是很硬，坚称自己从不知道什么叫害怕。我毫不气馁，这样坚持了三天，那大汉终于顶不住了，彻底败下阵了，他魁梧的肩膀瘫了下来，对我挥动着手臂说，好了好了，我怕了你了，天天晚上睡不着觉，我瘆得慌，那批货的价格再给你打个九折吧，我基本上没赚头了。我冲他笑着说，谢谢您咯！可他哎哟了一声，扭头就走，他使劲晃着脑袋说，你怎么还拿鬼脸来吓我啊！

"这次的巨大胜利让老板终于把公司的大权交给了我，他退居二线当董事长了，我不知道这是因为他对我的能力放心了，还是更加怕我了。从我内心来说，我还是希望他肯定我的能力的，但是，我也知道，没有这张鬼脸，我什么也做不成。我只能把鬼脸当作是我的一种能力，也就是说，我不仅必须接纳这张鬼脸，还得感激这张鬼脸，而这张鬼脸比我天生的那张脸更接近我的本来面目。你提到'内脸'这个概念实在太有意思了，我有时也在想，我的内脸就是一张鬼脸，只不过是一把火揭开了真相，唉，我只是个倒霉蛋罢了，我知道很多人的内脸比我的鬼脸还要丑陋。……但这些和你的失败比起来都无所谓啦，在今天，谁有钱谁他妈的就是成功人士，你这辈子肯定是没希望啦。告诉你吧，我现在挣了三辈子都花不完的钱，有钱有势，更何况，我还有这张鬼脸滋生的权力，基本上我没什么做不到的事情了，人生至此，夫复何求？近来我读《圣经》，也觉得撒旦比上帝更有力量……好了，不说了，不说了，说太多了，我好渴，我要是不注意喝水的话，嘴就会裂开，因为我已经没有嘴唇了。"

小山赶紧倒了一杯水，给他递了过去，他一饮而尽，然后嘎嘎嘎笑了起来，像只欢快的鸭子。他问我："我的故事比你的故事精彩多了吧，你怎么想的？说说吧！"

我不得不承认，他这番话虽然说得天花乱坠，却震撼了我，我真的想不到他会混得那么好，要是让我来预计他的命运，我想他应该是混得非常惨的，就是那种坐在街边乞讨的角色。可谁知他的人生居然是这么一帆风顺，顺得令人难以置信！顺得令人都有些因嫉妒而愤怒了！凭什么呀？！我不愿意相信他说的那些是真的，正如我不愿意相信自己的失败一样。一张鬼脸真有那么大的能耐吗？听说过"小白脸"靠脸吃饭，还没听说有人靠一张毁容的脸发家致富的。我鼓足勇气，小声说："你的故事的确很精彩，精彩绝伦，但我总觉得荒诞不经，是你瞎编的吧？"

"我就知道你会这么说，"他从桌上的皮包里掏出一张脸皮来对我说："看，硅胶做的，和肉一样软。"我看到那团淡黄色的东西在他的手中颤动不已，像一片肥猪肉，他用双手撑开那玩意儿，向脸上蒙去，顿时，我眼前出现了一个和小山长得非常相似的人，只不过这个人看起来虚假而呆滞。

那张橡皮脸望着我，面无表情，默然无语，接受着我的观摩和研究。我觉得他戴上这张面皮的确阻断了威慑力，起码我可以直视他了。他似乎也感到了这点，他刚才的张狂劲也收敛了不少，甚至他的样子都有些不自在了。他呆立了一会儿，突然没头没脑地说："走吧，我请你吃饭。"

他没等我回话，就径直向楼道走去，让我瞠目结舌，不知所措。小山适时走了过来，又对我做了个请的手势，说："放心吧，好好去吃顿饭，大家都饿了。"我的心又软了，我站起身跟着小山也向外走去，楼道里依然阳光明媚，天气好得让人想干点儿什么，但此刻我的心情阴郁极了，已经完全不比来的那会儿了，我这个失败者残存的最后那点心气被鬼脸一番羞辱，已经耗费殆尽了。我全身极为虚弱，双腿沉重得像是潮湿的树根，仿佛一场大病即将来临，疾病的乌云堵塞了我的五脏六腑。

奇怪的是，他们并不下楼，反而向楼上走去，这电影院就两层，再上去就是楼顶了啊，我有些胆怯了，莫不是他们要去楼顶对我做些什么吧？我在楼梯口停了下来，小山看透了我的心思，说："上来吧，我们不会对你玩阴的，你真的不用怕，等会儿你可以好好放松下。"

我说："既然你说我们是老朋友，我就再信你一次！"

我跟随他们上到楼顶的时候，眼前的景象让我目瞪口呆了！这次倒不是有什么恐怖的东西，而是我不敢相信我的眼睛：楼顶上居然停放着一架银灰色的直升飞机！它体形轻巧，比法拉利跑车大不了多少，在阳光下闪着迷人的光泽，宛如童年时的玩具被骤然放大了。鬼脸大山率先拉开舱门，坐了进去，然后他向我招手说："快来吧，你是作家，应该好好体验下飞翔的感觉。"他这么说，给我的好奇浇了一桶凉水，我又胆战心惊起来。体验下飞翔的感觉？他们等会儿是要把我从万米高空上丢下去吗？小山站在我身后，他催促我："快上去吧，我的驾驶技术还是不错的。"我毫无退路，只能硬着头皮坐在了后排的位置。小山把我这侧的舱门使劲关好，这才绕到前边，坐在了主驾驶的位置。我暗暗想，他真是他哥的一条忠实走狗。

"坐好了，系好安全带。"大山说。戴上人皮面具的他,还是有点人样的。

"没想到,真没想到,你会有直升飞机。"我的语气简直像个乞丐。

"这有什么,中国有钱人越来越多啦,你没看新闻,不是还有人开直升飞机抓小偷的吗?"大山感慨道:"那才是牛人啊!"

"你比他还牛,你开直升飞机抓我,只是为了显摆吧?"

"我还没想到这层,我平时出行都是坐这玩意儿,比汽车方便多了。"

这时,螺旋桨发动起来了,巨大的轰鸣声冲进了鼓膜,我感到一阵眩晕,我揉揉耳朵才想到,这是瞬间的超重现象。随后,我看到青马镇在我脚下铺展开来,并逐渐离我远去,我低头向下望,青马镇电影院的屋顶也变成了一个小碎屑。

第一次坐直升飞机的新奇让我暂时忘记了恐惧,我小心翼翼地抚摸着机舱内的一切,问:"这架直升飞机得多少钱?"

"不清楚,小山去美国订购的。小山,多少钱呐?"

小山正在专心开飞机,他说:"我想想,我当时选了这架不太贵的,大概一千五百万左右吧。"

"听见了吧?"大山说。

"有人一辈子挣得钱也买不起你这架飞机。"我想到了自己，心中一片灰暗，我用指甲狠狠抓着坐垫，带着一股子仇恨。

"中国的航空汽油太稀少了，光是燃料这笔费用就够大的了，可以养几辆宝马奔驰都没问题。"

我不想和他扯这些炫富的话题，我有气无力地问："我们这是去哪里？"

"我家。"

我知道他是想让我眼见为实，看看他所拥有的事业与财富。其实，自从我看到这架直升飞机，我就无法再怀疑了。我知道他说的都是真的，他那张鬼脸的确有种诡异的权力，获得了人间的荣华富贵。

"我去你家合适吗？你怎么解释我这个人……"想到他提及的那些女人，我自卑起来，内心不断地坍塌着。

"哈哈，这有什么啊，就说你是我的老朋友，况且，本来就是。"大山并不回头看我。

我不知道该怎么说，嗓子眼里嗯了一声。和他算哪门子老朋友呢，说得好听罢了，只要他不伤害我，我就谢天谢地了。

直升飞机没有普通航班那么稳，飞行高度也没那么高，不过我很快就适应了，并且有了享受的喜悦，真不知道有什么好喜悦的，我对这种喜悦感到耻辱，但是毫无办法，飞翔的感觉的确很棒，难以替代。

飞了大约只有二十分钟的时候，我就看到了海市的那幢百货大楼，它是当地的最高建筑，平时大家没事干的时候都往那里涌，现在从空中看起来那东西太平庸了，就像一面立起来的巨大磨刀石，毫无美感可言。飞机并没有进入市中心，而是循着一个优美的弧度飞向了郊区。我看到青马河越来越近，像一把闪闪发亮的弯刀。

大山说："快到了，我家就在青马河边上，看到没有，红色那栋。"

我顺着他手指的方向看到了河边的别墅区，红色那栋是其中最大的。飞机盘旋着，准备降落，我又有了失重的眩晕，耳朵疼，心也慌。大山得意洋洋地说："还是直升飞机方便啊，去哪落哪，很少拐弯，直来直去，真正的两点一线。"我真想说，掉下去也是一条直线呢！但我忍住没说，我不想激怒他。

小山的驾驶技术的确是不错的，飞机慢慢降落在了别墅顶上，很稳当。等停稳后，我才发现这楼顶太大了，刚才在空中不觉得，现在才觉出了大，应该有半个足球场大，或许还不止，开阔极了。我们走下飞机，大山大声笑着说："你马上就要见到我的露露夫人了，我刚才对你说的那些话你可要保密哟！"

我开个冷玩笑说："你打算给我多少封口费？"

"你会知道的！很多！"

我们从楼顶下到一楼,我数了下,总共就三层,但每一层都很高,姚明在里面打篮球都没问题。尽管我还没有进到房间里去,但走廊的装修已经奢华至极,烦琐的洛可可装饰风格,墙壁上挂着的名人字画,令人有种目不暇接的感觉。来到一楼的客厅里,我看到一个肥胖的女人坐在沙发里,正搂着一只褐色的猫,那只猫的眼睛是金黄色的,显得极为诡异。大山对那女人说:"露露,家里来客人了,是个作家。"露露的脸圆得像个西瓜,眼睛却小得像枣核一般,她的眼神在我身上逗留了一瞬便跳开了,她说:"没想到你现在还学会附庸风雅了。"大山大声呵斥道:"你懂什么呀,乱说话!"露露吐了吐舌头,冲我笑了笑说:"你们聊吧,我不妨碍你们了。"大山说:"记得等会儿六点钟准时回来吃饭啊!"露露摇晃着肥嘟嘟的身子走远了,嘴里说:"我记住了啦。"那神态和个没长大的小女孩似的。

"我说的没错吧,这就是完全服从我的露露,哈哈!"大山得意地大笑,那层硅胶面皮皱了起来,像是即将蜕落的蛇皮一样。

尽管露露不怎么漂亮,但我心里还是感到了难受,一股由嫉妒而生的难受。我默默吞咽着这股难受,胸间像放了一块满是棱角的岩石。

他看我不说话,继续道:"你要是还不相信,我等会儿可以带你去看小红,她住在市中心的一套高级公寓里,我让她亲自下厨给你做菜吃,她很会做饭。"

"不必了,我信。"我说。

我一方面越来越相信他所说的一切,但是另一方面我越来越疑惑了:他这样向我证明他,都有些讨好似的了,到底居心何在呢?不会仅仅是为了在故人面前炫耀的虚荣吧?即便如此,他也没必要找到我这样一个生活失败者来对比啊,完全不具有可比性,成就感何在?就算退一步讲,他把我当成他的一个特殊的倾诉对象,他就更没必要如此卖力地证明自己呀!像他这样的生意人做什么事情都是利益为重的,他可没有什么闲情逸致来叙旧。我想,他所做的这一切肯定是有一个明确的目的,只是我暂时猜不到而已。

他说:"你想什么呢?你能相信我就好,我就怕你不相信我。其实除了小红,我还有好多情人,她们都住在高档的公寓里边,有的人我都忘了具体的地址了,唉,皇帝的三宫六院也无非如此吧。"

我感慨道:"你比皇帝还要惬意吧,你无忧无虑的,而皇帝可是世界上最危险的职业。"

他转脸来看我了许久,那张假脸似乎想表达一种友好的亲切,他说:"你真这么想?你不会讨厌这种奢侈和糜烂的生活吗?"

"我想没有哪个男人会讨厌这样的生活。"

"那就好,那就好。"他喃喃自语,像是念着符咒。

接下来的这段时间,他带着我参观他的别墅,里面曲曲折折,房间多如蜂巢,每个房间都是金碧辉煌的,宛如宫殿。光是打扫卫生的用人就有十几个,更别提高薪聘请的许多厨师,的确是王室一般的生活。我问:"你没把你父母接来享福?"大山说:"他们住在另一栋较小的别墅里,我怕住在一起问题多。"我说:"父母老了会孤单吧。"大山说:"没办法,不知道你还记得不?他们原来就是在咱们学校门口的街边修鞋的,现在过上了好日子根本不习惯,隔三岔五就生病,真是没有享福的命!"我说:"你就没想过用钱做些慈善事业?毕竟你也是穷人出身。"没想到,他听了这话很激动,吼道:"做慈善是他妈的富人的事情!"我惊诧极了,问:"难道你还不是富人吗?!"他说:"我现在只是钱多,但我骨子里还是个穷鬼!我不知道哪天就会失去这些!因为我毫无背景,没有后台,鬼脸的权力再牛逼也比不过更大的权力!"我被他的话震撼了,我还真以为他天不怕地不怕呢,我说:"你既然什么都明白,你不是更应该怜悯穷人吗?"他说:"叫我怜悯穷人,他们怜悯过我吗?!你怜悯过我吗?!"说完他恶狠狠地扯下了面皮,死死盯着我,那些褶皱蠕动着,像是无数条蚯蚓在爬动,我知道他是真的生气了,不由得打了个冷战。

"我们去院子里坐会儿吧,晒会儿太阳,喝点果汁。"沉默很久的小山出面了,他是个出色的调停员,他拉着我和大山的胳膊向外面走去。

户外的庭院采用了江南园林式的设计,开满荷花的小湖映衬着亭台与假山的倒影,石板铺就的小路穿过一片竹林,通向青马河畔。简直是公园一样的精致美景,我感叹不已,在其中流连忘返地走了好几遍。这时,小山叫我,我跟着他来到河边的一座小亭子前,上面写着"观景台"三个字,大山说:"这是我的书法,你觉得怎么样?"我又抬头看了一眼,觉得那字的笔画充满了一种狂躁不安的东西,与"观景"所需的心态完全相反,更是和书法的精神毫不搭边,但我嘴里却说:"蛮好的。"大山听了很得意,说:"你这个书法世家的人都这么说了,那就是真的好了。"我祖父的书法在青马镇颇有名气,当年很多商店的名字都是他写的,没想到大山也知道这些。我含糊其词地说:"在这儿看风景是很不错。"然后哈哈笑了两声,缓解下心中的尴尬。

不知道怎么回事,我现在对他谦卑了起来,真奇怪,刚见他的时候我心里那么害怕嘴上都是硬的,现在没有危险了,嘴上却软了,怎么回事?究竟是因为我的失败被揭穿了,还是因为他的强大在不断地变成现实？或者是骨子里就有种对权贵的怯懦与谄媚？一个完全失败和绝望的人，心里怎么还会有这些东西？

我和他们坐在亭子里，喝了杯橙汁，然后又和他们去河边钓鱼。青马河上冷冷清清的，偶尔才有一两条黑乎乎的小船经过，不知道里边装的是什么。大山说："以后这里肯定要禁运，要变成自然风景保护区，到时候就更美了。"我说："以前青马河不是一条挺重要的运输河道吗？难道仅仅为了一片好风景就禁运？"大山说："这算什么，你不知道这片别墅区原来还是个渔村吗？"我不再说什么了。我把鱼钩使劲抛向河面，静静等着鱼儿上钩，但是我等了很久，脖子都酸软了，还是半条鱼都没钓着。他们也一样。小山为了安慰我，说出了真相："其实在这儿我们从来都没钓上过一条鱼，都不知道河里还有没有鱼，上游的化工厂虽然搬走了，但水质还得几年才能恢复。"大山听了又说："所以该禁运嘛！"

时间过得很快，黄昏来临了，微风习习，垂柳在水面上懒懒地抚摸着涟漪。夕阳无限好，夕光让青马河上荡漾着无数的金光，大山感慨万千地说："我就喜欢这种景色，我的财富如果换成黄金，估计就是这样的壮观！走，我们去吃饭！"

我们来到饭厅，露露已经在那里等候了。饭桌很大，坐下后，四个人显得格外孤单。用人们开始上菜，一个个都小心翼翼地，还真像宫里的太监。这顿晚饭吃得非常丰盛，除了普通的菜肴，还有好多我不知道的野味。不过，我没什么胃口，除却心情的阴郁之外，灯光下大山那张脸在放肆地撕咬与咀嚼，让我觉得格外恐怖。虽然他已经戴上面罩了，但我现在已经能看穿那张面皮而想象出里面的鬼脸了，那让我想到魔鬼在咀嚼着人肉。我的胃部开始隐隐作呕。

大山说："我最喜欢吃的就是鹿肉了。"坐在他身边的露露赶紧给他夹了一大块鹿肉，一副低三下四的样子。但是，自始至终，露露没和我说上半句话，她面对我的时候，就是一副很高傲的神情，好像我是来蹭饭吃的，不怎么搭理我。我心中非常窝火，暗暗骂道：真是个不要脸的贱人！一个与鬼同眠的受虐狂！

吃完饭，露露说她要看电视去了，大山说他晚上还要外出，让她一个人先睡。她撒娇说："我想等你一起睡。"大山眼睛一瞪，吼道："又不听话啦？"她吐了吐舌头，上楼去了。大山意味深长地看着我，说："从来没有女人这么臣服于你吧？"我摇摇头，心里难过极了。大山说："爱和怕往往是可以转换的，你不能让一个女人敬畏你，自然也不能让她死心塌地地爱你。"我叹了口气，要搁以前，我肯定认为大山在扯淡，但是现在却觉得他说的很有道理。我还真的管不住女人，以前那两个女人都嫌我太窝囊了。我当时就想不明白了，怎么能说我窝囊呢？我是凡事讲理，与人为善的呀。现在，我在大山这里看到了我的幼稚，原来女人不需要讲道理，女人只是需要畏服的，你能让她畏服，她就能慢慢爱上你，连大山这样的鬼脸居然都有人爱……

"我真是太失败啦。"我不禁脱口而出。

大山点了点头，拍拍我的肩膀说："别想那么多啦，你的那些事都过去了，重要的是今后怎么重新开始。"

他这句安慰的话让我心里一热，看来他还真把我当老朋友了，不过，我想到我今后的日子，不禁一阵茫然。我能让谁畏服我呢？要不然我去乡下找个纯朴的女人算了吧？可是，如今的乡下，年轻人都出门打工去了，还会有纯朴的女人吗？

我呆坐在那里，像是泥塑一般。冰冷的情欲蜷缩在身体的一角，一不留神就会弄丢它。没有了它，我的生命将失去最美的色彩，变成时间无情流逝的容器。

大山看了我一眼，似乎下定了什么决心似的，咳嗽了一声，吞咽着口水。他抬手看了看表，突兀地对我说："嗯……时候不早了，我们还是回青马镇吧。"

"回青马镇？"我呆愣住了。

"是啊,我们还是去电影院说话吧,我喜欢那里,我没事干的时候经常一个人跑到那里去。"

"这么说你是个特别怀旧的人,对吗?"

"也许吧,我觉得青马镇电影院对我来说是一个非常独特的空间,它仿佛独立于时间之外,能让我彻底静下心来。对了,我已经买下它了。"

"真是想不到!"我大张着嘴巴,那样子像极了弱智的儿童。

"小山,准备出发!"

大山只要想做什么,都是雷厉风行的,他站起身来,开始穿外套。

我跟着他们又爬到楼顶,钻进直升飞机,在黑茫茫的夜色中又向青马镇飞去。海市灯火辉煌,一派繁荣富足的景象,可是没有我的份。我失落吗?我渴望那样的辉煌吗?我不知道,我只知道自己已经心如死灰,大山让我去哪里我就去哪里,心间早已没了恐惧。

这次好像飞了很久,或许是黑夜的缘故吧。这个夜晚,天上没有星光,也没有月光,黑乎乎的一片。从窗口望下去,偶尔能看到几粒闪烁的灯光,就像是星星,而天与地仿佛已经倒转。直升飞机单调的轰鸣声也没白天那么震耳欲聋了,好像螺旋桨为了拨开这无边的黑暗也费尽了力气。

飞机停在了青马镇电影院的楼顶上,大山打了个哈欠,原来他刚才睡着了。我也累极了,却毫无睡意,好像连睡眠也背叛了我。我们下楼,来到了之前的那个房间。

"坐啊。"大山说,他对我越来越亲切了。

我坐下了,这种感觉还是很奇怪,我觉得自己像是在小黑屋里受审的罪犯。

"你还想聊些什么呢?"我望着大山,他的脸像是塑料模特一样,硬邦邦的,没有生命的迹象。

"还有很多要聊的啊,自从看了你的小说后,我就一直渴望着和你好好聊聊。"他也坐下来了,对小山说:"去给我们倒杯茶。"小山答应着走出去了,只剩下我和大山两个人,我的心里还是有些慌乱了。

我干笑了两声说:"今天聊得还不够多吗?你还想聊些什么呢?"

"不够不够,我总觉得有好多话要对你说呢。"大山用双手轻轻拍打着脸,说:"这面皮戴久了很不舒服,我脸上还有几处地方有汗孔,出汗后像小针扎着似的刺痛。"

"这样啊……总会习惯的。"他是想摘下面皮来吧?我可不给他顺水推舟的机会,我不想见到那张鬼脸。

这时,小山进来,端着两杯茶,都不知道他从哪弄的,看来,这电影院已经和他家一样了,日常用品是一应俱全。

我对小山说声谢谢,这种客人般的感觉让我舒服了不少,我想,开门见山的时候应该到了,于是我直截了当地问大山:"现在你已经向我证明了你的故事的真实性,我不但相信了,而且见识过了,那你可以告诉我你的目的了吧?你究竟想做什么呢?你要在我这里得到什么呢?"

"这个问题提得好,"大山鼓起掌来,他说,"那我们切入正题吧,你以作家的思维来考虑下,我到底需要你做什么呢?"

我说:"嗯,你希望能在我的失败面前显出你的成功是多么牛逼?"

大山说:"人都有虚荣,我也不例外,但为了这点虚荣,我是不可能对你付出这么大精力的。"

我说:"你寻求一种理解?尤其是对脸的各种理解?你觉得我写过《内脸》这样的小说,可以和你聊得更深入一些?"

大山说:"这个是自然的,但我并不觉得你真能理解脸的含义。除非……"

"除非什么?"我的心紧缩了一下。

大山一把撕掉了面皮,露出了龇牙咧嘴的鬼脸,那张鬼脸被捂得通红,像是红烧的猪头肉,丑陋又滑稽。小山递给他一条湿毛巾,他擦完脸,长叹一口气说:"唉,我自从毁容后,就再也没有照过镜子,凡是有可能看到自己的地方,比如窗玻璃、金属片、光滑的影碟、平静的水面,等等,我都极力避开,实在避不开我就闭上眼睛。我明白了没有人能够抵御住这张鬼脸带来的恐惧与丑恶,我自己也不能。我讨厌自己的形象,我觉得万分孤独,孤独得全身发抖,就像是流落在人间的最后一只鬼那般孤独。我之所以买下了这家电影院,就是因为我一个人待在这里的时候,就像待在童年的记忆里似的,这里没有脸的存在,不需要脸的存在。在这里,我才能感到我的存在,感到我的完整,而在外面,我感到自己的存在是残缺的,灵魂是丑陋的。"

"我理解……"我喃喃说道。

大山继续说:

"虽然我不照镜子,不想见到自己,但是人的天性中总有看到自己的欲望,我也不例外,每当这个时候,我就看着小山,我就把他当成是我,一个假设中原本的我,一种可能中真实的我。但是,那毕竟是小山,而不是我大山,就算是我们是再亲的兄弟,就算我们是一卵所生,可他还是他,我还是我,这种界限分明的隔阂是无法取消的、无法突破的,你能体会到吗?我想,要不是有这种隔阂的存在,小说也就没有存在的必要了吧?你这个小说家想到过这点吗?"

我连连点头,说:"是这样的……"

大山站起身来,郑重其事地对我鞠了一躬,说:"所以,我请你来,只是求你一件事。"

"什么事,你说。"我的语气听起来像个讲义气的老江湖。

大山沉吟了下,压低嗓音说:"理解我。"

我很纳闷,右手抓挠着耳朵说:"我已经在尽力理解你了。"

"不够,远远不够。"

"那怎么样才行?"

大山抬起头来,用鬼脸死盯着我,一字一顿地说:"做第二个我。"

我腾地站了起来,紧张地问:"你是什么意思?怎么做?"

大山哈哈大笑了起来,那张鬼脸扭曲到了难以描述的地步,已经完全失去人类的形象了,他说:"我想让你也有张和我一样的鬼脸。"

"不,不!!"

我绝望地大喊了起来。那声音响亮却空洞,仿佛被周围无尽的虚空给吸纳掉了。

大山把话说出口后,好像一下子变得轻松自在了,他说:"你先别急着拒绝我啊,我不会让你白做的。"

小山把随身带来的黑色皮箱打开了，里面装满了绿色的美钞，大山说："这十万美金只是我送给你的见面礼。你要是同意我的提议，我会给你公司百分之十的股份，市值应该在千万以上。文件我都带来了，只要你一签字就马上生效了。"

"但，这，这，这都是为什么……"我完全蒙了，像是掉进了一个无法理喻的梦境。

"我说过了，为了让你更好地理解我。"

"……我的理解对你有那么重要吗？"

"真的很重要。"

"为，为什么？"

"因为你会分享我的孤独，那样，我就可以从濒死的孤独中活过来了。"

"我可以用小说来理解你吗？"

"不行，只能用真实来理解了。"

"我拒绝……"我喘着气说，一屁股跌回了椅子上。

"不要急着拒绝，这些钱你一辈子都花不完的，而且，我会送一套房子给你，就在我家旁边，我孤独的时候就可以过去找你聊天。"

"不……"

"我还会给你安排用人，照顾你，你到时就可以把你老爸老妈接来享福啦，他们养大你很不容易啊，这几年你好像都没给家里寄过钱吧？你爸爸下岗两年了，他们太辛苦了。"

"你居然还去调查我家人……"

"我不但会给你安排用人，我还会给你安排女人，从公务员、老师到在校大学生，都由你挑选，你到时候就会发现女人是多么爱你。"

"我不配有爱……"

"到时你就能体验到女人又怕你又爱你的感受啦！那种感受太美妙了！说真的，你现在这张平凡无奇的脸实在是太没用了，它还没有害惨你吗？你还要和它一起待到死吗？你没看人家韩国人对自己的脸稍微有点不满意，就去修整一下吗？"

"人家，人家那是为了更好看，你是要毁……"

"毁什么呀！难道你想当小白脸吗？有个屁用！你想给富婆当鸭子去吗？！"

"你，你，你……"我已经说不出话来了。

"小山，把他的手绑起来。"

小山开始绑我的手，我躲闪着，抵抗着，可却是那么无力，就像是饿了好多年的饥民，小山很快就把我的双手绑在一起了。

"我早说过了吧，这绳子还是要绑回去的。"大山咧开嘴，微笑了一下。

"别……"

小山不但认真绑好了我的手,还把我整个人紧紧绑在了椅子上,让我动弹不得。小山体贴地说:"绑紧你,是怕你受伤。"然后,小山转身在桌子下面找到了一个汽油瓶和一支毛笔,"哦,对了,"小山往肩膀上搭了一条滴水的湿毛巾,关怀备至地说:"我会很快扑灭火的。"

大山站在我的面前,全身激动得有些颤抖了,那张鬼脸上的褶皱都在跳动着,像是即将死去的昆虫。小山倒是不紧不慢的,他用毛笔伸进汽油瓶里蘸了蘸,然后把汽油涂在了我的脸上,他涂得很仔细,很均匀。汽油那种令人恶心的浓香冲进了我鼻腔,在我的大脑深处炸开了,我忍不住连续打了好几个喷嚏。这时,小山手中的打火机"啪"的一声打着了,火苗蹿得很高,足足有十公分。

"慢!"我吼了起来。

"你还有什么条件,可以提。"大山的破嘴在瑟瑟发抖,他是咬着牙说话的。

"把文件拿来,我还没签字呢。"

大山拍拍脑袋说:"对啊,对不起,我忘了!"他急匆匆地拿着文件递给我,对我点头哈腰的,好像我是他的老板。那张鬼脸上满是谄媚的笑容,我恍然觉得自己是阴间的阎王,面前这小鬼是我的办事员。

我仔细看过文件,签上字。我的手被绑了,所以那字写得有些歪歪扭扭，本应该写得更好看些的，但是我懒得让小山帮我解开了。

我闭上了眼睛，想到了庞德那首很有名的诗《在地铁站》——

人群中幻影般浮现的脸，
潮湿的黑树枝上的花瓣。

多么形象啊……我的脸马上就会脱离生命的树枝，像风中的花瓣那样坠进无尽的黑暗深渊了。

"啪！"

我感到一阵热浪包围了我，我看到太阳落在了我的眼前，无数阳光刺痛了我。我喃喃自语道："就让虚空的归于虚空吧。"

没有指纹的人

单位要打卡了,每个人都抱怨不已,本来偶尔偷偷懒,小小迟到一下,也并不影响工作的开展,但是,在今天的全体员工大会上,领导宣布:"从下周起,全社员工都要打卡考勤,要不然工作纪律太松散了,在市场经济越来越深化的今天难以适应新形势了……"这话一出,石破天惊一般,整个会场吵成了马蜂窝,过惯了舒服日子的我们面对这样的严厉要求,一个个都快崩溃了,这和单位突然取消我们的福利津贴没有什么区别,很多人之所以还待在这个单位,就是因为这里比其他地方"好混",如今要打卡了,怎么往下混呢?领导在话筒前使劲咳嗽着,脸涨得通红,他喊道:"安静安静!为了防止有人在考勤上舞弊,单位特买了最新款的指纹识别打卡机……"这话让原本就喧嚣的马蜂窝更加炸开了,这些平时温良恭俭让的老实员工们突然忘记了对领导的恭敬,放肆地左右交头接耳，脸部表情变化多端，拼命诉说着，像是天要塌下来了。

不过，在这堆人当中，只有我知道，这件事真正意味着什么，对我来说，才真的是天塌下来了。

我偷偷伸出双手，看看我的十根手指，指腹那里光秃秃的，光滑如同美丽的鹅卵石，不知道打卡机对这样的手指持什么样的态度，我想，肯定不会太友好。是的，我是个没有指纹的人，自从我生下来就没有指纹，我是个人类中的异类。

我第一次正式意识到这件事情，是六岁的时候母亲发现的，说起来，我母亲也够马虎的了，生下我都六年了，她居然都不知道自己的儿子没有指纹。我刚生下来的时候，医生也留了我的小脚印，可他们却没发现这个秘密。他们虽然看到了一个模糊的印迹，但他们也并没在意，更不会深想，只会认为这没什么大不了的，也许在按的时候我动了动吧，那是个乡镇的小医院，能平安迎接我到这个世界上来已经尽到责任与义务了。

六岁的时候，我上小学一年级，有一天，我母亲不知道在外边和什么人聊了天，回来叫我摊开手掌，说她要看看我的指纹，要看看我今生今世的是非曲直、富贵灾祸。我幼小的心灵疑惑极了，难道未来早就已经注定了？我在一阵战栗中伸出了双手，递给了我母亲，她看了半天，才说："奇怪啊，怎么什么都看不到，你的指纹哪里去了，是不是太脏了，没洗手？快去洗洗手。"我很听话，乖乖跑去洗脸池那里，抹上香皂，洗干净手，又跑过来把手递给了我母亲，她又一次仔细研究了起来。这次，她戴上了眼镜，她平时很少戴眼镜的，只在没办法的时候才被迫戴一戴。她看了一会儿，摇摇头，又拽着我走到屋子外面，那天阳光很好，万里无云，天空如洗，麦芒似的光线扎得我睁不开眼睛，我只是感到盛满阳光的掌心暖烘烘的，舒服极了。

我听见我母亲说："你真是个怪孩子，你没有指纹，真的没有，怎么会这样呢？"

她的声音充满了莫可名状的诧异，以及一种难以置信的悲哀。我至今只要一想起来，就好像自己犯了什么不可补救的滔天大错，浑身上下充满了负罪感。

本来她是要带我去看医生，但是，正好我父亲下班回家了，他听说这件事情后，也大感惊异，他捧着我的手也在阳光下看了半天，然后连呼奇怪。不过，他并不同意我母亲说的，要去医院看病。他说："这怎么能算是病呢？孩子全身上下都很健康，只是没有指纹，医学再发达也不会帮他弄出指纹来啊，指纹是天生的东西。"我母亲摇着头，眼睛里似乎蓄满了泪水，她说："只是，只是这太不符合人的特征了……"

我父亲打断她的话说："什么叫人的特征，所谓每个人的指纹都是不同的，这只是一种基于统计学的假设，并不是一条不可辩驳的科学定理，我看没有指纹也是一种特征吧，而且指纹这东西有什么用呢？咱们的孩子又不是没有手指。"

我至今仍为我父亲这段雄辩唏嘘不已，他的口才太好了，他是一名科级的芝麻官，平时负责写各种各样的公文材料，不知从什么时候起，他的口才越来越好了，估计是经常给领导写讲话稿的缘故。我的母亲显然也被这些话给说服了，是啊，没有指纹算什么病呢，不痛不痒，又不是少胳膊断腿了，连个感冒咳嗽都算不上。

我的这个秘密就这样被匆忙塞进了黑暗的一角，我的父母没有再为指纹的事情和我说过什么，不知道他们是打算用守口如瓶保管好这个秘密呢，还是觉得这压根就算不得什么事情？我不得而知。不过，说起来，在那个时代，指纹什么都不意味，除了某些时候有些闲人看谁的"簸箕"多，"箩筐"多，然后来总结说谁的福气多、命好什么的。我从父母的指头上见过那样的花纹，不知道是不是我自己没有的缘故，我觉得那样的花纹美极了，简直比冬天窗户上的冰花还要美，还要神奇。因此，我看着自己光秃秃的手指，愈发自卑了，每当大家数"簸箕"和"箩筐"的时候，我就借故躲得远远的。

但人算不如天算，有一次还是没来得及躲开，被几个人逮住了，说要看我的指纹。

我涨红着脸说："指纹有什么好看的，你们自己没有吗？"

或许是我的反应有些过度了，反而引起了他们大大的好奇，不让他们看，他们更想看了。他们说："没见过你这样的人，又不是扒你的裤裆，你这么扭扭捏捏做什么？"他们一起动手，来抓我的手，我紧紧攥着拳头，手掌被挤得发白，手腕上也青筋暴起，他们越来越好奇，用全力掰着我的拳头，好像我攥着一件价值连城的宝贝似的。他们人多，力量大，我渐渐支撑不住了，我的意志也在松动，不过我想到了我的秘密泄露出去的情况，他们会如何看我？会怜悯我吗？那是绝对不会的，他们一定会视我为异类！我会被安上非常难听的外号，而这个外号又会让更多的人知道我的秘密，到头来便是无人不知，无人不晓，我的秘密将会变成我的耻辱。想到这些，我不寒而栗，我必须抗拒到底了！我突然发力，推开众人，然后蹲下身来把双手狠狠向地板上俯冲而去，粗糙的水泥地面瞬时就让我的双手有了火辣辣的感觉，我使劲来回摩擦着，待到他们制止我时，我的双手已经血肉模糊了。

我摊开血淋淋的手掌向他们展示着,说:"你们看啊,看啊,看看我以后是福还是祸……"

他们愣在那里,一个个瞠目结舌,说不出话来,他们看着我的眼神完全是在看一个疯子。

我看着他们,突然笑了,说:"我不让你们看我的指纹,是我认为未来不可预知,不想你们因为我的指纹而说我未来会怎么样,从而影响到我今天的所作所为,你们能理解我吗?"

他们摇着脑袋走开了,有人对我说:"即使你说的有道理,你也不用那么发疯伤害自己吧?"我说:"在极端情况下用极端方法应该是不得已的,以后不会了。"

话是这么说,但他们还是疏远我了,他们肯定觉得我是一个难以索解的自闭症患者,要不就是个偏执狂。他们并不当面给我脸色看,只是对我敬而远之。对这一点,我已经非常知足了,相较于最差的结果,现在简直是天堂了。一个人脾气怪点、暴烈点有什么关系呢?这也谈不上耻辱,或许还是一层令人敬畏的保护色呢!

从那以后,没有谁再留意过我的指纹,我一路平顺,和同龄人一样考上大学,然后毕业、步入社会、工作谋生,直到今天。我早从那阴影当中走了出来,我深信自己是个无比正常的人。我想,我的秘密应该可以保守到坟墓里去了吧。

可谁曾想到,随着技术的发达,指纹竟会被当作人类的主要特征来对待,以此为基础,出现了很多新玩意儿。我总是抱着侥幸的心理,我只要安心做一个时代的落伍者,就没问题的吧?结果,噩梦的到来总是很快的,今天的大会彻底毁灭了我的侥幸,我该怎么应对呢?

晓虹是和我关系最好的同事,我们之间的关系应该能够称得上朋友了,现在,她坐在我的左边,对我诉苦说:"以后怎么办呢,你也知道我住得远,要在规定时间上班只能早起一个小时了,那就是说我早上六点就得起床,天呐!"

我没有搭腔,不知道该怎么安慰她。她又说:"还指纹打卡?难道连个作弊的办法都没有了吗?太可恶了!"她说完,连连摇着头,叹着气,一副苦大仇深的样子。

本来我的脑海中一片晦暗,但突然间,听到她说的"作弊"两字让我遽然一亮,也许,这正是对我的一个神启哦!只有想办法作弊才能继续生存下去。啊,啊,我将变成一种作弊的存在?难以想象!这算是对生命的亵渎吗?本来,我都想着辞职了,但是辞职能解决根本问题吗?别说现在工作非常不好找,就算辛辛苦苦找到另一家单位,难道就不会碰到指纹打卡的问题吗?指纹打卡机已经成为这个时代最为精密的控制机器了,它小巧而隐蔽,却将人牢牢抓在手中。

想到这里,我对晓虹说:"道高一尺,魔高一丈,我相信肯定有作弊的办法。"

晓虹刚才肯定只是随口说说而已,没想到我会当真了,她一下子似乎失语了,只是瞪大了眼睛疑惑地盯着我。

我微笑着说,我等会儿就上网搜搜去。

不出我所料,果然有作弊的方法,技术时代的好处就是正与反的力量是交织在一起发展的,就像我们这个时代的思想一样,没有有力的大思想,却充斥着局部的小思想,它们像布朗运动一样随意跳跃着,甚至互相抵消着……扯远了,指纹打卡的作弊方法其实很简单,任谁都想得到,那就是想办法把那皮肤上的花纹复制下来就可以了。网上有几家商店提供这样的服务,我和其中一家的在线客服人员聊了起来,客服人员告诉我只要将指纹印在一个干净的硬塑料片上寄给他们就行,他们会把指纹印在一个硅胶制成的指套上,那指套的颜色非常接近肉色,戴在手指上,一般情况下是难以被发现的。我高兴极了,有种获救般的感觉。这时,客服人员对我说,他们严禁任何的犯罪行为,以后出了什么事情,他们可不承担法律责任。我说我只是个小职员，应付下打卡而已。不过，我仔细琢磨了一下，确实感到这项服务蕴藏着巨大的风险，万一杀人犯戴着这样的指套去杀人呢？

我摇摇头，独自笑了，这不是我应该担心的问题，刑侦的技术应该更高明吧，我的当务之急是，谁肯借指纹给我呢？

这才是最困难的问题，因为我并不是偶尔迟到让别人帮我打下卡的应急之用，我是无限期的使用，别人肯定会问我为什么的，那样的话，我没有指纹的秘密就保不住了。看来，只能偷了，偷取别人的指纹。

下班的时候，晓虹和我一起走路去地铁站，我跟她说了可以指纹作弊的事情，她竟然听得哈哈大笑起来，好像我在讲一个非常好玩的笑话似的。

"真没想到这个世界无奇不有啊，"她笑得上气不接下气地说，"只要有这个需要的人，就会有提供这种需要的人。"

我也赔着笑脸说："那当然啊，商品社会嘛，怎么样？我们去买个指套吧，以后就可以互相帮忙了。"

她笑得花枝乱颤了，说："到时咱们找个最勤快的人，让他的十个指头，不，九个指头都戴着别人的指纹，一口气就可以拯救九个人了。"

"没错啊，哈哈，"我赶紧附和道："我们买吧，以后谁来得早谁就先打。"

说到具体的行动上，晓虹不笑了，她显得有些忧心忡忡，她说："总觉得怕怕的，万一指纹泄露了，或是到时被单位抓住现行了，不知道会怎么样呢……"

"没关系，不会有事的，我今天上网看到很多人买呢。"

"唉，我再想想吧……以前的生活也的确太懒散了，我想，或许这也是一个调整的机会啊，生活会重新变得健康起来，紧凑起来，你不觉得吗？"

我听了这话吃了一惊，她的思路变化也太大了吧，突然之间就能在本来烦恼的事情中找出良好的元素，进而让自己的心灵安宁下来，这应当算是一种生活的智慧吗？

"晓虹……你不是说你家远来不及吗？"

"先试试吧，看看能不能习惯，咦？你家那么近，为什么你也那么痛苦呢？看你平时也很少迟到的啊？"

"嘻，问题不是这样简单的啊……"我一边说脑袋一边赶紧琢磨着怎么应对，嗯，我想到了，我对她说："问题不在于我迟不迟到，而在于这种管制的形式，这让我觉得压抑，觉得是种强迫，我最反感这种强制性的力量了，这是暴力嘛！你有这种感觉吗？"

晓虹皱着眉头想了想，说："这种感觉我也有点的，太形式化的管理，好像让我打心底里有种逆反的情绪啊。"

"是啊，就是那样的！"我痛心疾首地嚷嚷着，想使劲把她拽下水。

"唉，没办法啊，总要混饭吃的，人总不能事事如意吧。"晓虹叹着气，一副无助的样子。

这个时候，我们已经到地铁站了，我们住在不同的方向，故而分道扬镳了。我回头看了一眼晓虹的背影，她的步伐很快，幅度却很小，让人感到怜惜。我觉得她在困境面前的表现也是很无力的，尽管情绪很大，牢骚很多，但是却不敢越出雷池半步，永远是小心翼翼地活着。

或许，我也是那样的人，但现在为了生存，我不得不铤而走险了。

偷谁的指纹呢？陌生人的指纹还不能偷，因为不知道那是个什么人，万一运气不好，偷了一个杀人犯的指纹呢？那估计会惹下很大的麻烦吧。

就在我坐在家中发愁不已的时候，突然门铃响了，我跑去开门，看到门口站着许久不见的老丁。他是我大学时候的同学，关系一直不错，他现在就职于邻市的某政府部门，忙得要死，平时是难得一见的，不知道什么风把他给吹来了。

"快请进,老丁啊老丁,你可是稀客,贵客啊。"我说着把他迎了进来,并忙着给他沏茶,老丁坐在沙发上,把头惬意地靠在沙发背上说:"我今天过来开会,顺道来看看你,咱们喝几杯吧?"

我知道他虽然酒量不好,但是却喜欢喝醉的感觉,喝醉了,他的话匣子便打开了,你问什么他就说什么,在那样的时刻,他属于这个世界上最真诚的一类人。

"想喝什么酒?我现在下去买。"我问老丁。

"不用麻烦了,我带了!"他说着从脚下拎出一个我刚才没怎么留意的黑色环保袋来,从里面掏出一瓶轩尼诗。

"嗯,今晚聚餐的时候,一家企业老总给在座每个人送了两瓶。"

"哈哈,我笑了起来,说,你这算不算受贿啊?"

"这算个屁!"老丁激动起来,说:"我本来考公务员就是想有个稳定的工作,你也知道我这人胸无大志,目标不高,是很容易满足的,但是我现在才发现,在这种单位没有个一官半职简直活得毫无人格!"

没想到老丁还憋着一腔的委屈,我笑着呵斥道:"你怎么还没喝酒就醉了?你说得也太夸张了吧!"

"怎么夸张了?你在企业里自然明白不了我的

苦衷啊，没有地位，没有权力，我觉得自己就像个无名氏一样。"

"无名氏有什么不好？千千万万个无名氏创造了历史嘛。我也是个无名氏。"

老丁噌地一下站了起来，涨红着脸说："你误会我的意思了，可能我表达的不清楚，我说的无名氏不是人，而是一种状态，一种被忽视和压抑的状态，就像是一个人失去了他的特征，而变得像人又不是人了……"

"啊，你是被'异化'了？"

老丁使劲摇晃着脑袋，说："这个词太大而无当了，就是一种失重，无限的失重……"

老丁的脸涨得越来越红了，他打了个嗝，嘴里喷出了难闻的酒气。我这才恍然大悟，原来这家伙是喝醉酒才跑来的。老丁是有名的酒后撒疯症患者，今晚被他粘住是肯定脱不开身的。果不其然，他已经把酒打开了，在我家像主人一般招呼我这个客人，他口齿不清地嚷嚷着："来米米，坐下，咱哥俩好好喝一杯……"

没办法，只好陪他喝了起来，喝了半瓶之后，他的头一歪，就栽倒在沙发上睡过去了。我的酒量本来就很差，现在脑袋里晕乎乎的，但我还是挣扎着站起来，打算抬他进客房，让他睡在床上，但这家伙突然哇哇干号着呕吐了起来，弄得满身都是，一片狼藉。吐完后他继续睡了，还发出很响亮的鼾声。我看着他，也感到呕吐的冲动越来越强烈了，我忍住恶心，喝了杯白开水，蹲在老丁面前说："别怪老同学无情无义，我没办法对付你，你今晚就在这沙发上凑合凑合吧。"

我上床倒头便睡，待我早上醒来的时候，老丁已经走了。我打开手机，看到他给我发了一条短信，说他没事，已经去上班了。我来到客厅，发现老丁还是不错的，把他的那些脏东西全都收拾干净了，好像昨晚的一切都是我的幻觉似的。

只有桌面上透明的玻璃茶杯他没动，估计是忘了，茶叶静静躺在那里，隔了一个晚上，茶水的颜色也变成了墨绿色。我伸出右手，准备拿去卫生间倒掉，但突然间，我在清晨阳光的照射下，在玻璃杯的表面上看到了非常清晰的指纹！难道这不是天意吗？我不由得想，真是踏破铁鞋无觅处，得来全不费工夫。老丁那个人我了如指掌，又在政府部门任职，勤勤恳恳，兢兢业业，他的指纹绝对是非常保险的。我赶紧找来保鲜袋，仔细包好玻璃杯，然后打电话叫快递公司。半个小时后，一个小伙子出现在我家门前。

"寄什么物品？"他问。

"一个玻璃杯。"

我递给他，看着他满脸的疑惑，心里暗暗发笑，也不多加以解释。他是个负责任的员工，他从绿色的背包里掏出塑料泡沫和气囊袋小心翼翼地包好杯子，拿着我填好的地址单走了。是的，我已经在网上和一家网店的人联系好了，不过他们应该不会想到，他们收到的会是一个玻璃杯。

打卡制度下个月就要开始实施了，但网店那边还没消息，我心急如焚，连连打了好几个电话过去催促，终于，在这个月底的时候，他们说搞好了，给我立刻快递过来。第二天，我收到了渴盼已久的指纹套。

没想到，包装盒还很精美。我以为这种见不得人的买卖肯定是敷衍了事的，但他们不，他们经营有道，光看这个高档的木匣，就大大降低了人们的罪恶感，甚至令人觉得，这里面装的是一件珍贵的艺术品，也许，这本来就是一种行为艺术？

肉色的指纹套静静地躺在白色的丝绒棉上面，我惊叹，做得太精细了，太逼真了，连指甲和真人的都毫无二致。这真的很像是古代战场上的战利品，那时候人们会把敌人的手指切下来作为武力的勋章，一个指头代表一个生命，而现在，这假指头却会赋予我真生命，冷冰的社会生命。怀着这样古怪的心情，我拿起指纹套仔细观摩了一会儿，然后戴在了右手的食指上。

非常紧,我的食指弯曲了几次,感到非常吃力,不过要是不紧的话就很容易显得粗大,从而被发现。它的颜色比我的手要白嫩一些,这个好办,想办法弄脏点就好了。最重要的部位是它的指腹了,我伸直食指,放在我的眼前,我看到了那美丽的花纹,啊,我有指纹了,真的太神奇了。老丁啊,老同学在心里头感谢你哟!

唯一的缺憾是手指和手掌的接缝处,分界线太明显了,怎么办好呢?我抬头望望窗外,看到有几枚枯黄的树叶从树枝上飘落了下来,我突然想到其实太容易了!现在已经是深秋时节,天气寒凉,可以戴手套了。不是有那种把五个指头露在外边的手套吗?只要戴上那样的手套,一切都不再成问题。我立即出门,去买了那样的一副手套。我戴在手上,果然效果非常好,如果不是凑近到十厘米的距离以内,绝对是不会被发觉的。

万事俱备,只等那一天的到来了。

人事部贴出通知了,本月一号下午三点,在会议室采集指纹,全体员工务必到场。在单位的走廊里,晓虹见了我,笑笑,吐吐舌头,露出了不大整齐的牙齿,她温柔的牢骚已经再也听不见了。她认命了,我也以另一种方式认命了。

下午三点，整个会议室挤得满满当当的，人事科长组织大家，让大家排好队，一个个上前去按下指头。那阵势还挺壮观的，就像是旧社会去按卖身契的感觉。不过，这个时代可不会接受你的卖身，它只会想着法子摆脱你，让你什么都抓不到摸不着。

我在队伍里慢慢向前挪动着，心里还是有些紧张不安的，万一机器识别不了，我可怎么办？我和前面的老王攀谈了起来，他正好是办公室的，对这些器材什么的还是有一定了解的。我问他："老王啊，咱们这个打卡机是什么原理的？据说有好几种类型的，对吗？"老王说："好像是激光的，这种最普及了，识别度也高一些。"我听了略略有些心安，因为激光打卡的原理还是在成像上，而这一点硅胶上的指纹是很清晰的，应该没有问题。

有几个人的指纹好像出了问题，按了好几次才弄好，期间还换了好几个指头。到时候不会叫我换指头吧？早知应该弄十个指纹套，每个指头一个，简直万无一失，我恶狠狠地想。

轮到我了，负责打卡机的吴娜看了我一眼说："你还戴着手套？"

"哈哈，"为了掩饰尴尬我大声笑了起来，说，"谁叫天气这么寒凉呢，反正不碍事，你看我的指头都在外边呢。"我伸出双手，在她面前晃了晃。

"好了，别贫啦，快按手指！"吴娜铁着脸对我说。看来她不怎么喜欢这个突然多出来的工作，每个月要统计一次数据，也是很麻烦的事情吧。

"在哪按？"我问。

"诺，"吴娜指着那台小机器前方的一个玻璃平台说："就这里。"

我伸出右手的食指，迅速飞过去，在那里按了一下。

"不行，没反应，太轻了！"吴娜说，"小伙子你没吃午饭吗？"

我又伸过手去，按了一下，这次用了力气。

"不行！你抖什么呀，又不是送你去坐牢！"吴娜说着自己扑哧笑出声了。

"太冷了，太冷了啊！"我装出瑟瑟发抖的样子，重新伸出食指，稳稳地落在了那块玻璃片上。

一道红光闪过。"好了，"吴娜说，"再按一次。"我疑惑地问："还按？"吴娜说，"嗯，都要按两次，会识别得更精确。"

我又按了一次，也成功了，我心里一块石头落地。我问吴娜："有没有不能识别的人啊？"吴娜摇着脑袋说："倒是有人的某个指头识别不了，估计是干活干出老茧来了吧，只要换个指头就好了。"我说："要是有些人十个指头都不能识别，那就好玩了。"

吴娜咧咧嘴说:"那样的人没长指头,长了十根橡胶棒,哈哈。"

橡胶棒?这个比喻很打击我,我坐在办公室的时候,还郁闷了半天。我盯着自己的手指看,好像它们真的没有生命特征似的,显得丑陋极了。不过,吴娜不会想到,今天正是类似"塑料棒"的食指才打了卡,这对她的话无疑是一种无言的讽刺吧。无论如何,现在最艰难的一关已经跨过去了,以后打卡的时候只要别凑热闹,和其他人错开时间,应该就没什么问题了。

不过,我还是把问题想简单了。

我忽略了人情世故。晓虹一直把我当朋友,甚至,我隐约觉得她对我或许还有点那方面的意思。原本我们就一起下班走路的,现在实施打卡以后,她更是喜欢和我一起下班,一起去打卡,好像这种行动里面有某种乐趣存在似的。我们站在打卡机前的时候,她还总是让我先打,我说你就别谦虚了,快打,她吐吐舌头说,不好意思,那我就先了哦,听起来好像这是一件类似赴宴的好事一样。最令我不自在的是,我打卡的时候,她总是盯着我的手指看,我总觉得她发现了我的秘密。有一次,我终于忍不住问她:"你老盯着我的手指看什么呀?"她摇摇头说:"哪有啊,我只是觉得你每次打卡的样子很好玩,像个孩子,特别天真,嗯,就像在做恶作剧似的。"

"啊，啊，怎么会这样呢？"我嘴巴里嗫嚅着，感到有些无语。

晓虹看着我，笑得很开心，她说："我觉得你是个特别真诚的人，我能看出来，你内心那种对体制的反抗、嘲笑与无奈。"

这番话令我哭笑不得，我说："晓虹，你心里不也是这样的想法吗？"

"是啊，所以我觉得我很理解你，我们是同一类人，不是吗？"

"我没想过这个，呵呵，当然，要是我们不是一类人，我们也不可能成为朋友了，对吗？"我说着，朝她讨好地笑了笑，她也微笑了起来。我真的不确定，我和她是不是一类人，我只能确定，我和其他人都不一样，也许，能遇到一个能接受我秘密的人都是我的福气了。

但是，我对自己的人生充满了怀疑，我会有那样的福气吗？

因为我们是"一类人"，晓虹更是坚定了和我下班同行的决心，一下班，她就过来问我走不走，我故意说很多事情要忙，你先走吧，她也不说话，只是掉头回自己办公室了，待我磨蹭半个小时，偷偷锁门准备离开的时候，她突然就出现了，好像随时用摄像头监控着我似的。我感到有些不自然，甚至尴尬，我说:"你怎么还没走?"她笑笑说:"我等你啊,一起走。"我说:"以后如果你先忙完,就不必等我,要不然我多过意不去。"她眨眨眼睛说:"没关系,真的没关系。"

日子就这么一天天过,我每天和晓虹一起下班,走路去地铁站,这段路其实只有八分钟,走得再慢,十五分钟也就走到了。为了这么点时间,晓虹却为我做出了很大的努力,就算我是个木头人,内心也不能不有所动摇了。其实说起来,晓虹并不属于我喜欢的那种女孩,她太瘦弱了,尽管她这种类型的美女是这个年代最流行的骨感女郎,可我还是喜欢健康、结实一点的,也许我是个没有安全感的人吧,总觉得女人当然可以依靠我,但我也得依靠女人。人生路不好走,互相搀扶着向前摸索吧。而晓虹,她能经得起风吹雨打吗?比如她要是得知了我没有指纹的事情,她能做到心平气和地接受,然后不离不弃吗?对这点,不论她还是我,都没有把握。我想,她终究会因为失望而离我远去的。那么,既然如此,何必和她有一个错误的开始呢?

我开始疏远她,故意下班搞得很晚,晚得都不像样子了,我想,晓虹啊晓虹这次你该先走了吧,只要你先走了一次,以后就好办了。但晓虹不,她的韧性超出我的预计,她还是那么默默等着,不管多晚,都在等待，而且连一句抱怨的话都没有，弄得我很不好意思。但我告诉自己，现在不残忍，以后会变得更残忍，因此我越来越晚，有一天都晚上八点了，我还待在办公室里，忍着饥肠辘辘，和晓虹在那里干耗着。我假装去上厕所路过她的办公室，我趴在她办公室的门框上故作诧异地说："你怎么还不走啊，今天我事情比较多，你就先回去吃饭吧。"她抬头看我一眼，就把眼睛低下去了，说："没事，你忙你的，我正好也有些事情做。"她的样子看起来好像不是在等我，而是真的在加班，我如果再劝她别等我反而显得自作多情了。无计可施，我只得无奈地说："那好，你做事情吧。"

那天晚上，我拖延到九点半，才蹑手蹑脚地准备回去，本来，我打算偷偷溜了，但是我看到她依然亮着灯的办公室，有些于心不忍，唉，谁叫我的心太软呢。我没有敲门，径直推开她办公室的门走了进去，发现她趴在桌子上睡着了，头发乱糟糟地垂在桌面上，电脑的屏幕保护程序都已自动开启了，闪烁着不规则的花纹图像，证明她已经睡着了挺久的时间了。看着她疲惫不堪的样子，我突然感到一阵难过，晓虹这么好的女孩子是打着灯笼也找不到的啊，假如我错过她，也许今后的生命将再也没有阳光出现了。我应该把握好此时此刻，对于未来的担心应该交回给未来。

"晓虹，晓虹……"我叫她，用手背轻轻碰了碰她的肩膀。她一下子就惊醒了，有些茫然失措的样子，待到她睡眼惺忪地看见是我，马上就笑了起来，说："不好意思，我累了，昨晚没睡好。"我没说话，拿起椅背上的外套递给她，又帮她关电脑，关窗户，关饮水机，我还是第一次这么略带强制地关心一个人，做完这一切，我看到晓虹站在那里诧异地望着我，我微笑着说："还愣着干什么？我们回去吧。"她这才回过神来，脸微微红了，说："不好意思，我觉得自己还没睡醒呢。"我说："辛苦你了，我们一起吃晚饭吧，好吗？都这么晚了，难道你还回去做饭啊？"

她略带羞赧地点点头，说："好的。"

我等她出门，然后帮她锁好门，我说："我请客，你千万别和我争。"

地点选在城市大厦的顶层，我以前来过这里，这里差不多是城市的制高点了（除却电视塔），透过巨大的落地窗，整座城市灯红酒绿的夜景尽收眼底。在这里聊天，人们或许会轻声、谨慎和真诚，因为这里离天比较近。当然，话是这么说，我上次来这里，是和我的大学同学，也是我的初恋情人，我们在这里分手了，她选择回到她的故乡，而我决定留下来，在这个陌生的城市里继续打拼。也许，这和我没有指纹的秘密不无关系，我总是想把自己放置在一个陌生的环境下，那样就可以和周围总是保持住一定的距离，从而让自己心安理得。唉，我也想不到，为什么一个人没有指纹就不能心安理得地活着呢？

晓虹对我今晚的表现感到有些诧异，不过她什么也没有说，只是默默地随着我，我怎么安排，她就怎么去顺从，似乎她怀着好奇想弄清楚我究竟想干吗。当然，这只是我的猜测，也许，晓虹天天等我下班，早就在期待着这样的一场"变故"，今晚对她来说，应该是一个总会到来的必然结果？先不去管这些了，现在，她坐在我的对面，脸蛋红扑扑的，像个刚运动完的中学生，青春和可爱依然属于她。我看着她，她却把头低下了，不敢与我对视。

我们点了餐，然后静静坐在那里等待，她今晚一直很安静，当然，我也很安静，但实际上，越过事情的表面，在内心的深层空间简直是波涛汹涌，狂风暴雨，电闪雷鸣，思绪与思绪交织在一起，寻找着一个喷薄而出的路口。啊，是的，我已经暗暗决定了，今晚要说出所有的一切，包括我的秘密，如果她能接受自然最好；如果不行，我也豁出去了，大不了辞职不干了，偌大个城市，难道还找不到另外一个谋身之所吗？

我给她面前的杯子里倒满茶,然后微笑着说:"晓虹,你对以后有什么想法吗?任何的想法,都可以说出来聊聊。"

晓虹愣了一下,似乎对这个问题有点儿出乎意料,不过她很快就说:"对未来当然有期待啦,不过我的期待不高,就想和父辈一样,去按部就班地生活,让自己平安健康,发展事业,建立家庭,教育下一代……"

这下轮到我吃惊了,我没想到她会那么直率,直接谈到家庭甚至孩子,这些对我似乎还太遥远,我现在发愁的是建立感情的第一步。唉,我暗暗叹息,放在桌面下的两只手紧紧攥在了一起,我给自己打气,既然话题已经如此顺利地向目标驶去,那我就再添把柴。

我说:"那你对未来的家庭有什么样的希望?或说,你喜欢和什么样的人组成一个家庭?"

晓虹微微笑了下,看了我一眼又把头低下了,她轻声说:"一定是让我要有感觉的人。"

"感觉?这个标准听起来很抽象哦,其实,越抽象的标准往往要求越高,因为,虚比实更难满足。"我和她半开玩笑地说道。

"不,我一点也不虚。"她胸有成竹地说。

"哦?是吗……"我突然意识到了她的意思,

不禁感到有些激动、兴奋和不安，尴尬地笑了两声。正好，我们的菜端上来了，我说："饿了吧？我们先吃饭。"她点点头，我们就开始安安静静地吃饭，我以为我会很饿，会把食物一扫而光，但是，我发现我并不饿，膨胀起来的情感和倾诉的愿望堵在腹部和胸腔，我要是不把这些东西疏导出去，这顿饭甚至都不用吃了。

我吞吞吐吐地又开始说话了，我说："晓虹，你说不虚是什么意思？"

她的脸也涨红了，说："就是我并不好高骛远追求什么天边的白马王子，而是把感情踏踏实实地落在具体的人身上。"

"具体的人？看来，这个人已经出现了？"

"呃……可以这么说，是的。"

我看到她的脸更红了，只是低着头吃东西，她点了意粉，叉子却不怎么听话，不能把滑溜溜的面条卷在一起。

我咳嗽了一声，觉得到了掏心窝子的时候了。我说："假如……假如这个人因为一些秘密怕你不能接受，而不得不疏远你，你会怎么办？"

"秘密？"她瞬忽间抬起头来，直视着我的眼睛，她的眼睛亮晶晶的，富有神采，我第一次觉得她是如此的……漂亮。是的，漂亮，被忽略的漂亮。

她略带紧张地说:"那要看什么秘密了。"

我声音沙哑着说:"不是危险的秘密,更不是邪恶与卑劣的秘密,仅仅是一个与生俱来无法改变的秘密。"

"……那你可以告诉我吗?"她显得有些急切。她忘记了叙述的人称,也就是忘记了某种若即若离的虚拟情境。她抛掉假面,直接下意识地问我了。

我还是改不了恶作剧的孩子心态,我笑着说:"你干吗问我,你不是应该问那个具体的人吗?"

"讨厌!讨厌死了!"她把脸埋进了手掌。我第一次看到她如此气急败坏的样子,感到她其实很纯真呢,这样纯真的女孩子,一定会理解我、接受我的。

我打开双手,向她的面前伸去,她还以为我要握她的手,她紧张极了,一动不动,像个蜷缩的小猫。我说:"晓虹,你看看我的手,秘密就在上面。"

她这才如梦初醒,然后用茫然失措的眼神看着我的手掌,看了几秒钟后,她说:"不好意思,我不会看手相算命的。"

我差点被她逗笑了,不过我远远望着我光秃秃的指腹,马上就笑不出来了。我说:"你看看我的指头,仔细看。"

她这次留意起我的指头来,这次,她看得很认真、很漫长,忽然,她才有些惊慌失措地说:"我怎么找不到你的指纹？那里光秃秃的，像是鹅卵石似的被磨光了，你平时都做些什么呀？"

我想，她真的很天真，充满了童稚，如果指纹能被外界所磨掉，那么指纹就没那么重要了，更不会这么强烈地困惑着我。我喘口气，放大了胆子，握住她的双手说："你或许不会相信，我是个天生就没有指纹的人，连我的父母都搞不明白，因为他们都是正常的有指纹的人，嗯，这就是我最大的秘密了，我长这么大，还是第一次告诉别人。"

"天生没有指纹？"她惊叫了起来，她的手差点就从我的手掌间溜走，被我使劲挽留了。

"对，就是这个问题，因此，我怕别人不能接受。"我坦率地说道。

"哈哈，"她大笑了起来，说："不知道为什么，我越想越觉得想笑，怎么会没有指纹啊，好好玩哦。"

"好好玩？"我张口结舌，说不出话来，眼前的晓虹完全是一副小女生的顽皮样子。

"当然好玩了，太好玩了，我想问你，那你平时怎么打卡的啊？"她的眼睛扑闪扑闪眨巴着，里边露出狡黠的眼光。

我从口袋里掏出指套，塞在她的手中，她拎着那个东西，哈哈大笑起来，说："怪不得你老让我和你一起买呢，现在才知道你要作弊打卡的真正原因！

你也太处心积虑了吧。"

"没办法不处心积虑啊。"我吐着舌头说。

她把指套戴在指头上，食指像个虫子一样反复弯曲、蠕动着，"真好玩……"她嘴里还喃喃说道。

"晓虹……晓虹，你介意吗？"

"介意什么？"

"我没有指纹的事情啊。"

"啊，我觉得这好像没什么可介意的吧，只是太奇怪了而已，这个世界没有不可能的事情，只有想不到的事情。"

"你能介意你未来的男朋友没有指纹吗？"

"嗯，这个嘛，我想他的心要比他的指纹重要吧。"

晓虹的话仿佛定心丸，让我坦然面对了我们之间的感情。我对她的感情除却通常的男女之情外，还有着一股深沉的感激之情，感激她对我的接纳，从而让我回归了人类。她不是天使却胜似天使，她是我的人类使者。

男女之情一旦突破了某种固有的限定，就会像洪水一样一发不可收拾。我和晓虹迅速进入了热恋期，我们拥抱，接吻，抚摸，直到有一天我们做爱了。

我用没有指纹的手指抚摸着她光滑的身体，听着她的喘息，全身战栗着进入了她，在那一瞬间，我终于深深感觉到了活着的幸福。我心中郁积多年的阴霾渐渐消散,这么好的女人把她的一切都给了我,那就证明我是个可以托付终身的人,一个顶天立地的男人。指纹不指纹的,跟这些比起来,简直和尘埃一样微不足道了。

时间过得很快,半年过去了,这半年是我最幸福的时光,为了把这种幸福时光储存起来,我想,只有用婚姻这个容器了。

那天,是二月十四日,情人节,我买了十一支红玫瑰,当着人潮汹涌的大街,我像个欧洲的古典骑士一样单膝下跪,向她求婚,尽管她羞得满脸霞飞,但可以从她的眼神中看出她内心巨大的欢悦。啊,晓虹,我最爱的爱人,只要你能幸福,我可以为你付出一切。我掏出半克拉的钻石戒指(我积攒了几个月的工资和奖金),轻轻拉过她的手,给她戴上。她的手微微发抖,却不曾有一丝抗拒,她的另一只手掩着嘴微笑。我想,一个女人最幸福的表情也不过如此了吧。

我们利用周末的时间,分别去见了对方的家长,家长对我们的结合都很满意,并且把婚期定在了十月一号。在这之前的大半年时间,要做好各种各样的筹备工作,而这其中的重中之重,便是买房子。在这座永远陌生的城市中安下家,生出根来。

感谢我们的父母亲,他们把积攒了一辈子的积蓄交给了我们，我们拥有了购买一套房子的首期款。这段日子也够累的，我们大街小巷地去看房，想寻找一套价廉物美的房子，尽管我们深知房价的离谱，但我们还是抑制不住对家园的渴望。终于，我们看中了一套房子，才五十平方米，要价却要六十万。但想想未来的家庭，未来的温馨，我们咬咬牙，决定买下来。问题就是这个时候出现的。

我们在红旺地产公司办理买房手续，一个穿着黑色西装的女中介拿着单子对我们说："在这里按个手印。"

我和晓虹面面相觑，我说："晓虹你按吧，你按就可以了。"

晓虹说："那怎么行，这是我们两个人的房子，当然要一起按了。"

我对她使了使眼色，意思是我没法按，她按就行了。她当然明白我的意思，她笑了笑，她随意地牵起我的手，偷偷抚摸着我光滑的指尖，对女中介说："不好意思啊……我们现在突然有些急事，下午来按吧，反正诚意金也交了。"女中介满脸茫然和疑惑，说："这么突然？"

"嗯，急事！"

"那你们……可快点啊。"

晓虹答应着，拉着我的手回家了。在路上她对我说:"今天忘了带上你那个硅胶指套了,我们现在去戴上不就行了吗?"

我有些犹疑地说:"唉,晓虹,但你也知道,那指纹毕竟是我同学的啊,用来买房会不会有什么风险啊……"

晓虹说:"风险?应该没事的吧,因为最重要的是我们有房产证啦,只要房产证在手,我们还怕什么?"

我听了她这话,觉得似乎有些道理,便不再迟疑。我们回家取了指套,又匆匆回到中介公司。天气有些热了,我早都没法戴手套了,我现在喜欢穿那种袖子长长的T恤,大半只手都隐藏在袖子里边。女中介又拿来文件,说:"请按。"我点头说好,然后指头如箭般射出,然后又瞬间缩回了袖子,像只敏捷的乌龟,估计乌龟在捕食的时候就是这样的,出其不意,迅速准确。待到定睛再看时,文件上已经有了一个清晰的红色指纹。女中介看我的动作竟然如此麻利,吃了一惊,盯着我看了好一会儿,嘴巴开合了几下,倒也没说什么。接下来的事情就好办多了,按部就班,按程序行事。

一个月后,我们在这个城市顺利地拥有了自己的住房。

人们都说好运来了，幸福就会来敲门，我仿佛就听见了幸福敲门的声音，咚咚咚，咚咚咚，那种声音很轻，很柔，弄得人心里痒痒的，就像是小猫在门上磨爪子。我做梦都梦见那样的声音，然后我去开门，但每次门刚打开，我就醒了。太遗憾了，我没有看见幸福长得是什么样子。我揉揉眼睛，打着哈欠，坐在床边继续想，幸福长得是什么样子呢？

我看看我的指头，第一次觉得它们即使没有指纹也很可爱，为什么非要和别人一样呢？现代人不是都在追求与众不同吗？但对我的与众不同为什么就接受不了？实际上他们根本不可能接受真正的与众不同？想到这些，我的心就累了，我摇摇脑袋，告诉自己再也不要想这些不相干的东西。

现在，最应该想的便是，如何给晓虹一个完美的婚礼。

准备婚礼的这段日子是非常忙碌，也是非常快乐的，我们常常为了一个细节争吵不休，当然，通常是以我的让步而告终。因为，我的想法能不能实现并不重要，重要的是晓虹的想法能够实现，因为她的想法实现了，她便会开心和快乐，看她开心和快乐，我就会更加开心和快乐。我觉得自己越来越单纯了，像个无限透明的孩子。

所有的事情都很顺利，但是，这天，一个意想不到的小小阴影出现了。其实说起来也不算什么大事,就是晓虹的一个很好的朋友在英国留学,当她得知晓虹快要结婚的消息后,非常高兴,从英国寄了一件礼物过来。这件礼物就是那个小小的阴影。

它躺在红色的小匣子里,晓虹轻轻把它取出来,然后发出了一声夸张的惊叹:"哇塞,好漂亮啊!"我探头去看,看到一个绯红色的闪烁着鱼鳞纹的钱包,我大失所望,说:"不就一个钱包嘛,干吗这么大惊小怪的?"晓虹用眼角扫了我一下,掩着嘴笑道:"我说了你可不要生气哦。"我愣了下,说:"啊?我为什么要生气呢?"晓虹摇摇头,叹口气说:"这可是国外最新的时尚产品,高科技的玩意儿……这是一个用指纹才能打开的钱包。"

说真的,我完全没想到。我不知道该说些什么,心里有股酸涩的感觉,又无处宣泄,我甚至突然有些生她朋友的气了,似乎人家是专门针对我的。晓虹看着我的样子笑着说:"你看你,都说怕你生气了,你还真生气了。不准生气了!人家哪里会知道我找了一个没有指纹的老公啊。"我知道晓虹说的都是大实话,但我还是被伤到了。我没多说什么,只是吐吐舌头,算是不生气了。晓虹低头继续把玩着钱包,说:"没想到科技这么发达了,你看,它的反应多么灵敏啊,即使它丢了,别人也休想从里面拿出钱来。"听她这样说，我一下子大笑了起来，上气不接下气地说："如果它丢了，损失最大的肯定不是里边装的钱，而是它本身。这简直像极了那个买椟还珠的故事！"晓虹一听，也哈哈大笑起来，说："好像真是这样的啊！这么贵重的钱包，我才舍不得带着它逛街呢。"

我很庆幸，这个小小的阴影就这么过去了，不过，那天后，我一想到那个钱包就浑身不自在，好像晓虹把她全部的秘密都锁进那个指纹钱包里去了似的，我为我永远也无法理解晓虹的秘密而感到伤心、失落乃至绝望。我知道我这是神经质了，但是没办法，只得默默忍受着。这股情绪足足折磨了我一个礼拜，才渐渐淡了，但我没有丝毫的轻松，因为，我的百分百幸福感已经不存在了。现在我才明白，即使我再怎么努力，也只能获得百分之九十九的幸福感，总有黑暗的一点，像是不可见的暗物质，是我注定无法逾越的命运。

我掩饰着自己的心思，不让晓虹感到些什么，我仔细观察着她，好像她对我的态度一切照旧，并不因为那件礼物而对我有什么想法。渐渐地，我的一颗心才落回了胸腔。

婚礼终于如期举行了，那天阳光明媚，微风习习，可谓一切顺利。仪式按照我们设计好的环节一丝不苟地呈现了出来，赢得了大家的一致赞叹。我们受到了父母、朋友、同学、同事的美好祝福，他们说了很多动人的，甚至有些煽情的话，连我都哽咽了，晓虹更是泣不成声。我没想到，"乐极生悲"这个成语是如此的准确。我们都太快乐了，所以不得不用眼泪来代替笑容。

那天过后，我生命中的一个新阶段开始了。

婚后的生活是甜蜜和浪漫的，我们没有去外地（因为我们的钱都花得差不多了），而是选择了就在本市度蜜月。其实，尽管我们在这座城市生活了很多年，但是我们却从来没去过这个城市的任何一座公园，既然这样，我们何必舍近求远呢？

这座城市有很多公园，大大小小加起来有几十个，当我从地图上发现这点的时候，大吃一惊，我问晓虹："没想到会有这么多的公园，有些太多了啊，我们去哪家好呢？"她正在看电视，头也不回地说："一定得精选，就选上五个最有特色的公园吧。"我说："遵命。"经过了一个小时的深思熟虑，我选择了五个公园，分别是动物园、科技公园、文化公园、历史纪念公园，以及城市公园，可谓面面俱到了。我把这个结果告诉晓虹，果然，她对此也很满意。

我们先去了动物园。据说这是中国南方最大的动物园，果然名不虚传，一整天走下来，脚底都起水泡了,但还有很多动物没看到,这份遗憾只得来日再弥补了。晚上,我们两个人早早上床睡了,我问晓虹:"明天我们去哪个公园呢?"她哎哟了一声,说:"好累啊,能不能明天不去了,在家待着?"我说:"那不好吧,假期可是很宝贵的哦,在家里待着岂不是浪费了?"她说:"反正我们在一起嘛,怎么能说是浪费呢?"我想了想也是。第二天,我们就在家待着了,上上网,看看电视,时间很快过去了。晚上的时候我又问她:"晓虹,明天我们去哪里呀?"她说:"你定吧,定个新颖点的,哦,对了,那个历史纪念公园放到最后。""好吧,遵懿旨。"我想了想,说:"要不然我们明天去城市公园吧,因为其他的几座公园顾名思义,都能猜个八九不离十,但是城市公园是怎么来表现的呢?似乎还蛮有悬念的。"她说:"天天在城市待着,也是该多了解下城市,那好吧,就去城市公园。"

我做梦也没想到,我的这个决定会给我带来多大的麻烦。

这天,城市公园正好在举办雕塑展,门票要比平时贵了十块钱,晓虹很不满,说:"要不然咱们不看了。"我赶紧说:"别啊,不就五元钱嘛,雕塑展也是难得一看的呀。"她没再说话,勉勉强强跟在我身后。我买了票,花了整整一百块。我们进到里边,发现场地并不是很大，中央的一座小广场上立着巨大的宣传墙，上面有这座城市的总体介绍，以及各方面的成就概况，小广场四周分布着诸多的小场馆，那里边有更加详细的内容。我们转了几家小场馆后，晓虹说："我们还是先去看雕塑展吧，要不然那十块钱就浪费了。"我哭笑不得，没想到女人结婚后就变得这么……也不知道该用什么词来形容，因为我明白，她也是为了我们的家。我安慰她，说："老婆，我们以后会有钱的，别老跟十块钱过不去啊。"她并不领情，说："你少跟我贫嘴了，等你有钱了再说吧。"

进到雕塑园，映入眼帘的便是一座巨大的不明物体，灰褐色的身体，由无数椭圆形的曲线组合而成，我走近，看到基座上写着"城市指纹"四个大字。我的脑袋里马上炸开了，我最怕看到和指纹有关的事物了，没想到，还遇到了这么大的指纹雕塑。雕塑的下面还挂着一个小木牌，上面详细写着这座雕塑的缘起、构思与创作过程。大意就是说，城市和人一样，需要自己独一无二的个性，因此，一座城市应该有它自己的指纹，这是灵魂的指纹；这座雕塑的表面采集了在这座城市生活、工作的各行各业的人的指纹，总人数达一千人之多，基本上涵盖了城市的各个阶层，也就是说，代表了方方面面，也代表了这座城市里的每一个人。这样说来，也代表了我。我忍不住了，我对晓虹说:"其实,你不觉得没有指纹也是一种个性吗?"晓虹笑着说:"我觉得没有指纹谈不上个性,因为指纹与指纹的不同才构成个性,而无指纹和有指纹是不能比较的吧,就像是不同主题的书没法比较,那不是一个类别了。"我第一次听她那么说话,心里顿时如针扎般刺痛,但我还是强装着笑脸说:"晓虹啊,我把你的这些话当成幽默可以吗?"晓虹看着我,咧咧嘴,笑着说:"当然可以啊,你不要在任何涉及指纹的事情上就紧张嘛,有就有,没就没,心里不计较就好。"我使劲点着头说:"你说得真好,谢谢,谢谢你的安慰。"

绕过这座巨大的指纹(对我而言,简直有着进入雷区的恐怖感觉,我真想说不去了,但却无计可施,只能跟在晓虹身后亦步亦趋),突然,走在我前边的晓虹惊讶地尖叫了起来。我刚准备问怎么回事,但已经无须再问了,我看到了好多以指纹为创意的雕塑,更过分的是,还有两间以指纹的椭圆线条缠绕而成的凉亭,那是完全纯净的白色,在阳光下闪着耀眼的光泽,像是两个巨大的贝壳躺在那里。晓虹扭头看了我一眼,似乎有些欲言又止,但她还是说出口了:"我觉得真美!"我口齿不清地附和道:"是的,那是……"她说:"你也带着欣赏的心态,放开自己吧。"我有些惶惑地点着头说:"嗯,嗯,可以。"

指纹凉亭一大一小,像是贝壳妈妈带着小贝壳,而天空则是蔚蓝的大海。在大的那间凉亭里边竖着一个黑色玻璃钢制成的宣传栏,上面详细解说着与指纹相关的种种元素,让我第一次如此全面地认识了指纹。在这之前,我是完全拒绝任何与指纹有关的信息的,因为那就像是一种对伤痛的巨大提醒。但是现在,在这样的情景下遇见了,想忽略是不可能的了。而且,最要命的是,我不知道晓虹看了后会怎么想,为了应对晓虹将要发生的变化,我也得鼓足勇气把那些文字读下去。

晓虹看得特别仔细,都念出声来了:"世界上每个人的指纹模式都不一样,指纹甚至比DNA更为独特。同卵双生者拥有相同的DNA,却没有相同的指纹。指纹由一种叫作摩擦嵴的脊状突起系列组成。每条突起都分布着许多毛孔,与皮肤下面的汗腺相接。科学家通过观察指纹线的数目、大小、形状和排列方式就能辨别一个人的身份。世界上两个拥有完全相同指纹的人的出现概率为640亿分之一。"

念到这里,晓虹停下来看着我,感叹了一句:"真没想到,指纹比DNA还独特呢,不过,即便概率只有640亿分之一,那也意味着,这个世界上很可能存在着指纹相同的两个人。哈哈,那多奇特啊。"

"就像被闪电击中的人一样,是小概率事件。"

"比被闪电击中还要小概率吧,但依然存在,真是太奇特了。"

我嘲弄道:"哼哼,我更奇特,我想没有指纹的概率估计要小于 640 亿分之一吧?"

晓虹说:"所以说,你真是个奇迹。"

我赶紧接上话茬,煽情地说:"没错,我就是只属于你的奇迹。"

晓虹捂着嘴巴咯咯咯地笑了起来,脸蛋有些绯红,似乎有些陶醉了。我心里很高兴,有种反败为胜的幸运感。看来人们说的没错,女人还是喜欢甜言蜜语的。她笑了几声,觉得好像上了我的当,故作生气地瞪我一眼说:"讨厌!"

我说:"别讨厌我啊,我们继续往下看。"

"指纹与人类的历史息息相关。早在新石器时代,指纹就作为装饰出现在人类的各种器物上面。比如在半坡遗址出土的一些陶器上,就可以看到距今 6000 年的这些器皿上印有清晰可见的指纹。其实在中国古代的青铜器、陶器、玉器上有很多类似指纹的花纹,被称作'云雷纹',它是一种圆形或方形的回旋线条,其中圆弧形的是'云纹',方折形的是'雷纹'。经过我们人类祖先的想象、夸张、变形后,形成了各式各样的云雷纹。灵巧的双手是人类区别于动物的重大区别之一,这些云雷纹并非都是先民抽象思维的产物,而且还象征了先民的'双手崇拜'乃至'劳动崇拜',这是人类对自我认识与表达的一种飞跃。"

晓虹赞叹地说:"真想不到指纹对人类这么重要啊,以前我都不知道这些历史知识呢。"

我说:"你要警惕啊,人们在表明一件事物的伟大时,就会不计其他地夸大叙述,千万不要被迷惑了哦。就我看来,在这段文字里,有着很多的考古学谬误……"

"好啦,我知道你知识渊博了,但你不可否认指纹对人类艺术的启发作用嘛。"

"我没有否认啊,但是杀戮、死亡与暴力也同样启发了人类的艺术。"

"我不要和你抬杠!"

她继续小声念了起来:"……因为指纹独一无二的特性,人们在上古时代就将指纹作为一个人不可取代的身份。古代巴比伦人在泥片上按压指纹,以记录商业往来;古代中国人在纸张上按压油墨手印,用来识别自己的孩子;而在印度,目不识丁的人可以用指纹代替签名。到了1860年,指纹第一次被官方正式采用,当时英国驻印度殖民地的治安官威廉·赫歇尔认识到,指纹可以作为一种领取退休金的身份识别方法。自此,指纹识别逐渐成为现代社会管理个人的一种精密技术。"

"哈哈,看来我们对于打卡这件事没什么好难过的了,从古到今人们都要'打卡'呢。"晓虹大笑着说。

我挠着脑袋,字斟句酌地说:"但从没有像今天这样,打卡变成了对人身的监控,而不是识别……"

晓虹这次倒是认真回应了我的说法,她说:"其实监控与识别之间的界限是很模糊的吧。"

我像个酷爱辩论的大学生,语调激昂地说:"现代社会就是监控无所不在甚至变得歇斯底里的牢狱。不只像我这样没有指纹的人是囚犯,你们这些有指纹的人更是囚犯!当所有的人都被关进监狱的时候,监狱外边便成了更加孤独的监狱。"

"你看你,又来了,遇到和指纹相关的问题,你就容易激动。"

"偏激往往离真理最近。"

"我不要真理,我只要你别吵了。继续看吧,你也多了解下指纹的历史,不要因为没有,就不去了解。说句笑话,你可不要自绝于人类啊,呵呵。"

"你开的玩笑一点也不好笑。"

她咧咧嘴巴,用粉红的小舌头舔舔嘴唇,又开始念了:"科学家用砂纸、酸碱试着磨去或腐蚀指纹,但他们惊奇地发现,新长出来的指纹与原来一样。而且即便是手掌脱皮,长出的新皮肤依然是原来的花纹图形。一个人从婴儿长到成人,手指的大小在变,但是指纹的图形并未变。当一个人还在子宫内时，其指纹就已经长出来了。胎儿大约在20周大后就长出了指纹，并伴随他的一生。指纹的形成机制至今仍不十分清楚。与毛发和眼睛的颜色不同，指纹不是由基因事先设定好的。这或许可以用来解释为什么同卵双生者也没有相同的指纹。指纹的形成包含许多偶然因素，显然是基因表达和环境因素共同作用的结果。然而，遗传可以影响指纹的形成样式。例如，患有猫叫综合征（一种由5号染色体部分严重缺失导致的疾病）的人比正常人生有更多的凸纹。这种患者除了出生时像猫一样尖叫外，其口部和头部都比正常人要小，耳朵短肥，并患有严重的智力缺陷。这种疾病是胎儿在子宫内异常生长所致……"

晓虹说："哎呀呀，不是吧？猫叫综合征，简直是怪胎了……好可怕，哇，想一下都吓死人了！"

我有些气愤地说："我觉得这简直是污蔑嘛，这个人可以去写恐怖小说了，他就像是中古时代的人描述麻风病人似的，把指纹病变描述成比妖魔鬼怪还要可怕的东西，荒谬嘛！"

"好了好了，你别气急败坏了，人家只是写了一种病症，又不是写你的，咱们继续往下看嘛。"

"好吧。"我忍着性子说，"我觉得他在虚构，虚构病症。"

她对我说:"是啊,人家要是虚构的,那么你这个没有指纹的人也是虚构的。"

"我才不是虚构的呢,我的痛苦是无比真实的,你理解我的。"

"唉,其实啊,我倒希望你是虚构的,因为你在想象世界里应该会大有作为,但在这个现实世界里边,我看你的周围处处都是障碍与限制。我真的替你感到担心。"

"替我担心?怎么?你后悔和我在一起了?"我格外紧张起来。

"我不知道,说真的,有时我也迷茫了,我真的不知道没有了小小的指纹竟然会是这么大的一种……"

"一种什么?你说啊,别隐瞒,你知道我喜欢坦诚。"

"那好吧,"晓虹眨了眨眼睛,说,"是一种缺陷。"

这句话让我痛苦极了,但我是个倔强的人,我要反抗。我咬着牙,带着自虐的狠心说:"你不如说这是一种残疾。"

她的脸部明显痉挛了一下,她伸手过来,放在我的肩膀上,叹气说:"你别这么说,肯定不是残疾,残疾倒是明明白白地在明处,但是,但是你要面对的却是一个说不清道不明的战场啊,你的敌人埋伏在身边的每一个角落里，任你再强大，却无法与他们斗争，因为他们根本不会和你过招，他们只是背对着你，把你排除在外……"

我被她的话震颤了，竟无言以对，而且，我相信了她的真诚。我呜咽着，变得语无伦次："晓虹，我，唉，这可，如何是好。"

"没关系，你是我的老公，你还有爱你的爸爸妈妈，我们就像是绳子一样，把你紧紧捆在世界的深处。"

"晓虹，你说得真好，谢谢你！"我居然哭了，两行泪水流了下来，我第一次这么放纵着自己的脆弱，因为，她的话已经让我无处藏身，我像是丢掉硬壳的软体动物一般，在干燥的空气中感到一阵阵撕心裂肺的刺痛。

"好了，别多想了，我们坚持看完吧，一次性看完了，也许以后就不必再受罪了。"晓虹挽着我的胳膊说。

"好吧。"我和她坚持看了下去，我的心脏就像被放在了一朵火苗上，从来没有过这么残酷的阅读，简直像受刑一样。

不过，我做梦也没想到，接下来的这些话可谓石破天惊！

"科学家还发现，有极少极少的人生下来就没有指纹,这是违背人类的自然特征的。无指纹是一种遗传病,称为'网状色素性皮肤病',简称 DPR,以前叫内格利氏综合征,因系瑞士皮肤病学家内格利发现而命名。患这种病的人比例很小,迄今为止,发现的患者不到百人。无指纹患者有一个病症是皮肤排汗能力很差,因为他们没有汗腺。病情严重者会掉落牙齿、头发,手掌和脚掌变厚,脚指甲变形。"

"啊……怎么会这样,"刚才还保持乐观态度的晓虹一下子变脸了,她脸色乌青,眼睛睁得好大,连里边的血丝都暴露出来了。那一瞬,我觉得她很丑陋,啊啊,是的,那是见鬼了一样的神情。她平静了一会儿,才对我缓缓说道:"原来你是有病啊!"

我正好满腹怨气,听她这么说,立即爆发了,我吼道:"你才有病呢!"

她似乎意识到了自己的失态,立即把脸扭向了一边,眼光下垂,望着地面上某处,认真地说:"你这个人怎么还讳疾忌医呢!"

"我没有!我没有上面写的那些症状,你知道我的手掌经常出汗的,我是正常的,我的牙齿、头发也都牢固地坚守在原位,没有摇动的迹象,更别提什么脚掌、脚指甲了,你帮我揉过脚,你知道它们有多健康。"

"或许……或许是你还没有到病变的地步呢,不行,得带你去医院看看!"

"我不去!要去你去!"

"一定要去!"

"不去!"

……

我还是去看病了。没办法,不得不去,因为晓虹说,她不想和我生个满嘴猫叫的孩子。我的脑海里出现了一幅画面,我儿子像只小猫一样在地上爬着,而且很大声地喵喵叫着,我顿时两腿发软,不寒而栗,心中恐怖极了。就这样,从城市公园出来后,我没有回家,而是被她直接拉到医院来了。

"怎么办?没想到你这是一种遗传病,我怎么就没想到呢?"一路上,晓虹都在嘟嘟囔囔说着这些抱怨的话,刚开始我还诚惶诚恐,仿佛我真的有病了似的,但随着她唠叨得过于持久与深入,我终于忍无可忍了,我吼道:"我没病!你用不着可怜我!"

她看了我一眼说:"唉,看你,还没看病呢,你都快成精神病了。"

我只得紧紧闭上了嘴巴,免得在她眼里真的成了个精神病患者,那比没有指纹还要糟糕。

到了医院,晓虹拉着我的手在医院里上上下下忙乎着,我觉得我像是变回了孩子,跟在妈妈屁股后面懵懵懂懂地走着，经过了数不清的楼梯、白墙、走廊、福尔马林液的气息与面黄肌瘦的病人之后，我坐在了一个医生的对面。他长着一对过于浓密的眉毛，眼睛却小小的，很久才眨动一次。他冷冰冰地审视着我，威严地说："你有什么问题？"

我讨厌他这样说话，一上来就是什么问题，一个活生生的血肉之躯怎么就变成问题了，问题是个多么虚泛的字眼啊！我沉默着，不想回答。站在我身边的晓虹忍耐不住了，她赔着笑脸说："不好意思，大夫，他的病很奇怪，他……他没有指纹。"

"我这不叫病！"我顽强申辩道。

但是医生已经毫不在乎我的申辩了，他的声音提高了八度，用一种难以置信又充满好奇的语调说："怎么会没有指纹呢？不可能吧！这算是什么事？！"

"喂，你是经过严格医学训练的医生吗？怎么说的话和大街上听到的没区别。"我揶揄道。

浓眉医生也感到了自己的失控，他居然咧嘴笑了一下，笑的时候他像个满脸褶皱的大猩猩，他说："不好意思，因为我从医十五年来还从没听过这样的症状，更别说碰见了。"

"要不是疑难杂症，我们也不会花那么多钱，挂专家号呀，您说对吧？"晓虹说。我能感到她也开始不喜欢他了。

浓眉医生咳嗽了两声，小心翼翼地说："来，让我看看你的手，可以吗？"他的样子好像考古学家发现了世上最为珍贵的瓷器。

我把双手摊开，递了过去，他戴上了一副特殊的大眼镜，像个刚上岸的潜水员一般，然后，他轻轻捏住我的手指，仔细观察起来。

"咦，真的没有，真的没有耶。"他突然像个孩子样地嚷嚷着，他的神情让我真的快要疯掉了。

他抬头看着我，说："你平时有什么不舒服的地方吗？"

"没有，从来没有，我一直非常健康。"我说。

"是吗？"他的浓眉皱了皱，好像不大相信我的话，"嗯，那我们来做一些更详细的检查。"

他对我做了一系列的详细检查，我看不出这些检查和我在单位平时的体检有什么大的区别，做完这些之后，他沉吟着说："你好像是没什么问题啊，问题出在哪里呢……"

"问题出在上帝那里。"我指了指头顶上方。

"啊？！"浓眉医生的思路被我打断了，他对我的提示感到非常恼火。

"他忘了给我指纹。"我补充道。

"别胡说了，所有的问题都是有原因的，你等着，我现在马上打电话给我的博导。"

他从抽屉里拿出手机，进到里面的小房间，掩起门，打起了电话。尽管我听不清他在具体说些什么，但能听得见那种夸张的语调，似乎还有种抑制不住的兴奋。我想起了那些生物学家，他们在小白鼠身上发现一些新成果的时候，大概就是这样的心情吧。想到这里，我还突然有了一种担心，那就是他们不会抓我去做研究吧？我可不想当小白鼠！

大约过了二十分钟，他才从小房间里出来，他轻轻摇着脑袋，一副无可奈何的神情。他对我说："我导师说，你这个可能是一种基因上的突变引起的。"我说："他是否说由5号染色体部分缺失所造成的？"他吃了一惊，说："他倒是提了，但还不好说，我们会给你做个详细的DNA分析，应该下个月才能完成，到时候再通知你吧。"我笑了下，然后沉吟着说："你导师对你说了猫叫的事情吗？""啊？猫叫？"他一脸的茫然。我和晓虹笑了起来。他一脸狐疑地盯着我看，说："你这个人说话真奇怪……"我知道他的潜台词是我有神经病，我赶紧打断他的话，说："那就谢谢你了，帮我看看有没有其他的什么基因疾病。"他非常严肃地点着头，说："放心吧，我会的。"

我和晓虹回到家，晓虹洗菜做饭，等到饭菜井然有序摆上桌的时候，晓虹终于忍不住担忧地说："真怕你的基因有什么问题。"

"人有旦夕祸福,有什么好怕的,"我说,"何况谁的基因没有问题呢?就连衰老和死亡其实都是基因早就决定了的。"

晓虹瞪大了眼睛说:"真的吗?"

我指着书架上的一本书说:"当然是真的了,基因是最自私的了,它为了自身的延续,无情地抛弃了衰老的肉身,进化就是用死亡来完成的。"

"啊,真的想不到。"晓虹摇着头,眉头紧皱,像个天真的孩子。

"别想了,吃饭吧,要不然我们可能连吃饭的意义也没有了。"我悲叹道。

一个月后,浓眉医生打电话给我了,他用一种伪装成喜悦的语调说:"结果出来了,一切正常,看不出什么问题。"

晓虹对着话筒说:"不是什么网状色素性皮肤病吗?"

医生说:"不是的,你说的这个病我也是咨询了我的导师才知道的,不过他的汗腺是完好的,所以不属于这个病。"

说真的,我并不感到意外,我说:"那就好,你是医生治病救人,我没有病是好事啊。"

"可是,可是……"

"可是什么?"

他的语调迅疾变得沙哑和焦虑，我隔着话筒都感到他的嗓子眼在痉挛了，他说："可是，可是你真是太古怪了啊！连灵长类动物，比如黑猩猩都有类似指纹的线条，我，我，我真的怀疑你是不是人类……或许，你是外星人？"

"我看你是神经病！"说完我就挂了电话。外星人？还咸蛋超人呢，真是哭笑不得，我看他是科幻小说看多了。

站在一边的晓虹责怪我，说："你对人家那样太不礼貌了。"她拿起电话，回拨过去，和浓眉医生聊了起来。我懒得听他们说些什么，我走到厕所去撒了泡尿，然后回来，发现他们还在聊，我竖起耳朵听了听，听见电话那边反复在咀嚼同一句话："唉，真不知道他是怎么在这个社会上生存和立足的，奇迹啊奇迹……"

晓虹看见我走近了，她对着话筒大声说："他和你的生存没什么区别！拜拜！"

我听到电话那边还传来一声歇斯底里的喊叫："这怎么可能！"

他妈的，他是个偏执狂吗？！他对待我根本不像医生对待病人，而是像个神经质的猎奇狂人。他伤害了我，这种伤害让我久久不能释怀。连从事最严肃职业的人都如此，我不能想象其他的人会接受我。

这种伤害不仅仅限于我这个人。

我和晓虹好久都没有再聊过指纹的事情，原本快要不再是禁忌的指纹话题，现在逐渐地又往禁忌的地方挪了过去；不过这次不是返回，而是深入。

啊，必须坦白地说了，我的日子越来越艰难了。

自从我去看过病之后，我就预感到有些事情要变了，变的结果迟早要体现在我的命运上。我真的有这样的预感，但我不能对任何人说，尤其是对晓虹说。因为我想到，也许，这种变化会率先从她那里冒出来。以前她只将我没有指纹的事情当作一种意外，一种现象，甚至一种好玩的特征，但现在，她即使不把我当病人，也把我当作准病人了，也就是她在我和她之间无意地设置了界限，起码我和她不是一类的。

我操，我忍不住在心里骂道，难道晓虹最终会变成人类过滤机制的一个网眼，将我过滤掉吗？这个想法让我不寒而栗，有好长一段时间，我不敢直视她的眼睛，仿佛心里有鬼的人是我。

这是个技术称霸的时代。指纹的应用越来越普及了，简直称得上是铺天盖地，我躲避着，希望自己的小生活能够安全。但是，躲是躲不掉的，终于，指纹支付机出现了，朋友高兴地对我说："以后出门连卡也不用带了，直接用手指一按，就可以在商场购买物品啦！"同事们也都办理了这项业务，晓虹当然也不例外，她还怂恿我办。我犹豫地说："这个可不是上班打卡那么简单……"晓虹说："我知道啊，可是上个月全国指纹采样，你的指纹样本单位已经给了公安局了，现在，你和那个指纹已经是一体了，不要怕了。"我知道她说得对，我只能接受，因为这不是选择题，而只是一个时间问题，拖延一段时间对我没有任何意义。

这股指纹应用大潮在微电子技术支持下席卷了社会的各个角落，除了我，很少有人意识到：指纹时代来临了。

也许，这是最便捷的时代，但同时，这也是最为精密的时代，技术改变了社会的结构，把每个人的指纹变成了一个个的齿轮，然后再彼此勾连与嵌合起来，像是时钟一样运行着，不再有任何的杂质。政治家眼中的完美，诗人眼中的灾难，就这么变成了现实。

我每天晚上都睡不好觉，常常半夜里突然醒来，我不知道明天又要面对什么样的指纹新产品，我感到那就像是一张越来越收紧的大网，给我的空间和时间都不多了。我感到窒息，我不得不坐起身子，大口大口呼吸着。睡在身边的晓虹迷迷糊糊地问我："你怎么了？"我说："没事，做梦了。"她问："做了什么梦？"我无奈笑笑说："啊，记不清了，反正不大好。"她翻了个身，说："快睡吧，别多想了。"

我对着她的背影说:"好的,你也快睡,别管我,我没事。"

有一天晚上晓虹从梦中惊醒了,她满头是汗地对我说:"太可怕了,我刚才做了梦。"

"什么梦?"

"和你指纹有关的。"

我对她说:"没事,反正我是以不变应万变。何况,我又不是没有指纹。"我从床头柜上拎起那个已经被我用旧的指纹套,在她面前晃荡着。

她叹口气,说:"我的梦就和指纹套有关,我梦见别人给你点烟的时候,不小心把你的指纹套给烧坏了……"

"啊?!那的确是个噩梦!"我全身一激灵,指纹套掉落在了床上,看上去有点恐怖,像是一截子被剁下来的手指。

"所以,你应该多弄几个备用啊,万一丢了或是烂了怎么办啊?"晓虹惊恐地望着那个指纹套,惴惴不安地说。

我一听,仔细一想,惊出了一身冷汗。是啊,我也太粗心大意了,竟然忘了给自己留个备用的。偷指纹,便是偷了独一无二的身份,必须一条道走到黑了。我赶紧找到上次的网站,可他们却说:"我们已经不做了,因为现在指纹越来越重要了,公安查得非常严，万一被发现了就闯下大祸啦。"我苦苦哀求道："我上次就在你们这里做的，现在我的全部身份资料都是那个指纹，如果你们不做，那我以后怎么办，行行好吧，要多少钱我都愿意出。"就这样，我不得不花了一万块钱，他们才肯做。他们说："一口价，一万块做十个。"我想十个总够用了吧，便答应了。不过等我收到十个指纹套后，想了想今后好歹还能活四五十年呢，心里又有些没底了。

就在我还像个惊弓之鸟般惴惴不安的时候，一件最残酷的发明出现了。

我们参加工作也好些年了，多多少少也有了些积蓄，晓虹便提议我们买辆车，即使这个城市已经非常拥挤了，但是为了我们的面子还得买一辆车。晓虹说："你看别人都买车了，我们不能落伍啊，如果嫌麻烦放在停车库都好，但是，无论如何，我们得拥有一辆车。"

拥有大于实用，这种逻辑在我看来简直是荒谬不堪的，但是我却无法拒绝，只要晓虹想要实现的，我必须尽心竭力。在繁忙的间隙，我也会想到，我是在讨好她。无止境地、丧失原则地讨好一个女人，这不符合我的个性。但，我有什么办法呢？从某种意义上来说，讨好她，就是在讨好整个人类。

我从没想过汽车卖场这么大，这是在一个叫作跑马场的地方,现在,这里不再跑马了,而是跑车。当然也有马,是昂贵的"宝马",我们匆匆从"宝马"身边走过,我的眼光仅仅是抚摸了一下"宝马"亮闪闪的车身就感到一阵战栗。我把全部的身家,包括房子卖了,都不能买一匹像样的"宝马"。

其实我们是有备而来的,晓虹在网上做足了功课,她花了好几个星期研究汽车,还咨询了很多朋友,才选定了一款"费罗迪"牌的汽车,我以前都没听说过这个牌子,她说:"这是中外合资生产的,物美价廉,就跟中外合资生产的其他东西一样。"我说:"物美,就是名字洋气;价廉,就是技术落伍。"她说:"你怎么能这么说呢,太损了嘛!"说完,和我一道哈哈大笑起来。她的小手拽着我的袖子,说:"谁叫我们是穷人呢。"

突然,她像是想到了什么,脸色一变,认认真真地看着我说:"对了,我得提前给你打个预防针,你也知道,现在的汽车都是指纹锁了,这款费罗迪也不例外,你到时千万不要又多想了,反正你是以不变应万变的,到时戴上指纹套就好了。"

我无奈地说:"也只好如此了。"

卖车的推销员是个四十多岁的老男人,他穿着整齐的西装,打着鲜艳的领带,向我们滔滔不绝地介绍着他们产品的好处。

"……这部车安装了最现代的指纹锁。"

"我知道的。"我不屑一顾地说。

"不，不，我相信先生您一定不了解这种指纹锁的独到之处。"他的笑容很神秘，都有些猥琐了。

"好啊，你说给我听听。"我对凡是和指纹有关的话题，总是有种抑制不住的焦躁感。

"我们这是活体指纹锁，也就是说，只有活人的手才能被识别解锁。"他伸出一只手在空中比画着。

"能说的再具体些吗？"我隐隐感觉到了威胁。

"好的，就是说不用怕您的指纹被人复制了来偷车啊，它采用最先进的微观动力学技术，能感应到指纹后面的血流动力，根据这种动力与指纹的结合来解锁，万无一失。两者缺一不可。"

我大吃一惊，差点喊出声来。我几乎在一瞬间就明白了活体指纹锁的含义，那就是说，我的指纹套失效了，成了一无是处的垃圾。我看了晓虹一眼，她把头扭开了，好像我的眼神会伤到她似的。那张看不见的大网遽然升起，而且围拢已经基本完成，现在只剩下最后的收缩了，我将在那样的收缩中变成无可安置的碎片，就像漫天飞舞的塑料袋，一种无法分解的白色污染。

绝望来临，我想起鲁迅先生说绝望和希望一样虚妄，的确，因为我也不再有漏网之鱼的希望。

晓虹还是买了那辆车,她说她还是最喜欢那辆车,其他的,她都不喜欢,她说:"况且,其他牌子的车很快都要采用活体指纹锁了。"我不能说些什么意见,相反,我还得顺着她的话,安慰她:"买吧,没关系,反正我也很少开车的,买车本来也是给你的。"我的话让她很高兴,她说:"谢谢你啊。"这句"谢谢"让我难受了很久,总觉得里边包含着许多异质的成分,我无法消化它们。

从此,晓虹就开着车上下班了,有时我见她穿着高跟鞋从车上下来的一瞬间,有种仰视某种阶级的错觉。仰视倒不可怕,我怕的是她俯视我。她朝我笑笑,妩媚极了,我想起了一个新词:"轻熟女",她的女人味正在慢慢发酵出来,我渐渐在她面前生出一种酸涩的滋味来,那是自卑吗?我不确定。但我确定我惧怕那样的滋味,那让我疼痛。

岁月在指缝间溜走,尽管每天都很焦虑,但有时候算算时间,还是吃了一惊,时间过得很快,都可以用"年"来计算了。

今天,我母亲打来电话了,她每隔十天左右必定会打电话给我,会不厌其烦地问我每一件小事。以前的时候,我也会事无巨细地告诉她,让她帮我出出主意,让她不要再为我担心了,可是现在,我很怕她的电话，因为我每次都不得不撒谎，我无法把内心深层的焦虑告诉她。

可是，没想到的是，她这次的电话直奔着我的焦虑而来。

她的老毛病还没好，她使劲咳嗽着，费力地说："咱们村现在富了，经常有些毛贼来偷东西，村委会决定用一道围墙把村子围起来，只准本村人出入。"我惊讶极了，这都是全球化的时代了，怎么还有如此"闭关锁国"的事情？我说："妈，这也太落后了吧？"我母亲："你先别管落后不落后，问题是以后要指纹打卡出入啊，你咋办呀？""啊？不是吧？"这话让我全身一阵战栗，我有种被人斩草除根的感觉，我亲爱的故乡，一个原本淳朴简单的乡村也要这么做吗？我忍住悲伤，问她："那是什么指纹锁？是不是活体的？你帮我问清楚。"我母亲说："是活体的，我问过了，你的指纹套用不了了！要不然我咋这么急呢？"我一早就告诉过她指纹套的事情，她当时一个劲说："菩萨保佑，真是菩萨保佑你啊。"没想到现在，菩萨高一尺，技术高一丈，菩萨保不住我了。

"妈，没事，我平时都很少回去，再说，回去都和你一起出入的，不怕的。"我安慰着母亲。母亲叹了口说："也是，那你就少回来吧，在城里好好保重啊。"

"嗯,要不你就来我这住段日子吧?"

"现在我去你那没意思啊,你们赶紧要孩子,我到时帮你们带孩子。"

"知道了,孩子会有的,你不用着急,到时有你忙的日子呢。"

"儿子,我跟你说,你得赶快要孩子,晓虹是个很不错的姑娘,她能接受你是你的福气啊。"

"我知道。"

"你知道什么呀,我话还没说完,我要说啊,这人心是最摸不准的,尤其是女人心,你和她有了孩子,才能拴牢她!"

"妈,你这什么想法,好过时……"

我母亲又唠叨了好几句,才挂了电话。我在电话里,一直装作无所谓的态度,但是电话挂后,我感到后背很热,我把手伸进去一摸,发现汗津津的,全是虚汗。

女人还是很敏锐的,我母亲料事如神,她说到了我最心痛的地方。

是的,晓虹不愿意和我生孩子,自从我们上次去看病后,她就不再提孩子的事情了,她总是在拖,装作不经意地在拖。我暗示过好几次,但她一脸不明白的样子。我知道她在怕什么,说真的,其实我也很怕,但我觉得,有些事情既然不是人可以把握的,就像生死有命,把那样的事情交给上天好了。过马路还会死人呢,难道就不过马路了吗?活人还能给尿憋死了?我找了个机会,吞吞吐吐地把这个意思给晓虹说了,当然,我不会说得这么粗俗,我举了很多委婉动听的例子,来鼓励她生孩子。晓虹沉默了很久,我以为她有所心动了,暗暗怀抱了期待,可谁想到,她后来对我说:"其实,你说的这些我都知道。"

"知道就好啊。"我还勉强微笑了起来。

"但是,最重要的一点你忽视了。"她匆匆看了我一眼,低下了头。

"啊?那是什么?你快告诉我。"

她停顿了一会儿,像是下定了决心,才字斟句酌地说:"其实我也考虑这个问题很久了,一直不想告诉你,既然你今天问,那么好,我告诉你,那就是你忽略了一个女人的心情。"

"女人的心情?你告诉我。"

"本来迫切的心情因为很多原因一直受阻后,就变得虚弱,每天都在消散,像是风吹走了种子,我快抓不住那种感觉了。"

听了她的话,我吃惊得下巴都快掉下来了,女人真是情绪化的动物啊,做爱需要情调可以理解,怎么生孩子也需要情调啊?

我使劲吞咽着口水,说:"晓虹,孩子是个美好的生命,不能太情绪化呀。"

她说:"我正是不再情绪化了,你想想,难道你不怕我们的孩子会……"

"会怎样?"

"你知道的。"

是的,我知道,我是在明知故问,我想听她说出来而已。但,还是算了吧,何必呢,我何必再折磨我自己呢,难道我喜欢自虐的快感吗?

晓虹不再提及孩子的事情,我能感觉到,她其实也很迷茫,她没有决心离开我,可也没有决心要孩子,也就是没有决心要未来,她不是能接受丁克家庭的那种人。她爱孩子,凡是在大街上见了孩子,不管谁家的,好不好看,她都会上前去逗逗,她身上有股泛滥的母爱。现在,她和我在一起,不得不克制这样的母爱。这对她来说,无疑也是一种煎熬。

幸福正在变成碎片,只因为这样无情的现实。也许,以后上天堂的大门都需要指纹来解锁的吧。

日复一日的煎熬……现在我想说,我准备离开这座城市了。其实,这个想法对我并不稀奇,很多次,当我看到我鹅卵石般的指头时,我都会有抛弃一切,逃避到某个无人荒岛上的冲动。是我对晓虹的爱,让我一次又一次回到现实生活中来,忍受着种种不适坚持过着所谓的日子。但是,我也深知,当我把生存的精神支柱放在别人那里的时候，我的生命大厦便面临着种种不可预知的危险。就像现在，晓虹不想和我生孩子，那她表明了一种什么态度呢？仅仅是生孩子的问题吗？难道不也是感情的问题吗？一个置身在爱情中的女人可以冒着做人流的危险不顾一切地和男人做爱，那么和自己的老公生个孩子有什么为难的呢？怕遗传病？但是我已经在医院有了详细的检查，我的基因是正常的，没有任何问题的。那么还怕什么？难道……难道晓虹觉得，没有指纹的我不配有一个孩子？我不配做一个孩子的爸爸？丧失为人资格？……

这样的想法折磨着我，我每天像条狗一样疲惫。我常常反思自己是不是太偏激了，但是，鲜明的禁忌就摆在那里，一道高墙将我和晓虹分隔在两边，我难以逾越……

我能逃去哪里呢？有没有一些穷乡僻壤的地方，那里还容得下一个没有指纹的人？我展开中国地图，仔细搜寻着，却越发地绝望起来，那样的地方真的不多了，连以前人迹罕至的地方现在都打着旅游的名义在开发，像是西藏的墨脱县，虽然只有几千个人，到今天也没通公路，但是却成了徒步一族的最爱，他们不畏千辛万苦，像唐僧取经一样，走也要走去那里。太牛逼了。所以，即便我逃到那里去，好像也没什么意义了。出国？去个相对闭塞的国家？啊，那样很难的吧？起码正常渠道是不大可能了，因为出国需要指纹，不但国内要指纹备案，出入境的时候，他国更是要仔细检查和扫描指纹。偷渡？这不失为一个渠道，但是一旦被发现会有被击毙的风险……我想起了那几个倒在朝鲜的中国人。

我逃亡的决心就这么无限期搁置着，然后在夜阑人静之际，突然冒出来，让我感到一阵彻骨的孤独。我望望身边的晓虹，摸摸她熟睡的身体，我发现我已经不能从她那里得到有效的慰藉了。

怎么办？我问自己，也许，这一切都是心造的困境？现实并没有残酷到如临悬崖的地步？我深深喘息着，然后像是老僧那样闭上眼睛，什么也不想，只愿自己能沉沉睡去。

一天，我下班回家，我看到一个留着小胡子的男人总是跟着我，尽管他从不看我一眼，但是我走到哪里都能看到他，包括我去地铁站附近的厕所方便，我都看到他也假装在那里解手。我百分百确定，他在跟踪我。我的胃里翻上来一股酸苦的汁液，我不由得打了个嗝，全身都哆嗦了一下。难道我已经被当作特殊人群来对待了吗？可问题是，我是个守法的良民，要处置我，完全可以直接联系我，而没必要这么偷偷摸摸的呀。难道我这个没有身份的人是不好处置的？

因为没有任何法理的依据,所以想暗中对我下手?我不寒而栗。

本来,我就觉得自己有种罪犯的心态,现在可好了,变成了真真切切的罪犯。我沿着一些平时都不走的小路往回走,很想甩掉那个尾巴。但我知道那是不可能的,他的跟踪是非常明显的,一点也不加遮掩,就像有一段看不见的绳索系在我和他之间。快到家时,我拐去超市买东西,他也跟了进来。难道就这样让他跟回家吗?那我岂不是跟个傻子一样,知道要被抓了还要主动给别人带路?我走得很慢,想仔细搞清楚我目前的状况。

在超市的收银台前,我的脑子飞速运转着,然后,我下了一个不可思议的决定:那就是"迎难而上"。

此刻,他正站在五米开外的超市门前,像是在等什么人似的,还时不时掏出手机来看看时间。我深呼吸了五次,然后径直朝他走去,走到他面前停下,非常大声地质问他:"你跟踪我做什么?!"他像被打蒙了一般,愣住了,一对小眼睛眨巴眨巴看着我,嘴巴翕动着,说不出话来。周围的人诧异地望着我们,我无所顾忌地站在那里。或许,在他为了"国家安全"的一生中还从没遭遇过这样的事情。不按常理出牌的人的确比较讨厌,我也明白的。

"啊,你……"他有些语无伦次,他摇摇头,从口袋里掏出了证件，在我面前晃荡着，说："这是我的证件，看到了吧，我是警察。"

"好，既然你也这么坦率，那我问你，你为什么跟踪我，我有做什么违法乱纪的事情吗？"我逼视着他的眼睛说。

"哼哼，"他的神态已经恢复了警察式的冷漠，他说，"你别再跟我在这里演戏了，你做了什么难道你不清楚？"

我暗自惊心，想着指纹套的事情，难道我没有指纹的事情已经完全败露了，都惊动国家暴力机关了？我语气缓和了很多，说："我不知道你说的是什么事，你干吗不干脆点说出来呢？我觉得我做的事情没有触犯法律，我问心无愧。"

"你和丁文飞是什么关系？"他眯着眼睛，突然冷不丁问我。他稀疏的眼睫毛在阳光下呈褐黄色，我不喜欢那样的颜色。

"哦，你是说老丁啊，我们是大学同学。"我故作镇定地说道。我的心跳开始加速，像是赛车冲刺一般，马达声充斥着我的大脑。我的指纹是偷老丁的啊，看来，盗用指纹的事情已经败露了。

"是吗？不只这么简单吧。"

"是很简单，而且现在大家工作都很忙，所以联系都不是太多了。"

"呵呵,我怎么觉得你在欲盖弥彰呢?"

"你怎么这么说话?我说的可都是真话。"

"也不怕告诉你,丁文飞已经被双规了,在接受纪委的调查了。"

"啊?双规?"真是想不到。这些年,我只知道老丁混得不错,有些风生水起的意思,已经成为正科级干部了,没想到这么快就被双规了。我想象着他被软禁在某个政府招待所里,全身颤抖地接受着一轮又一轮的问话,那还是我熟悉的老丁吗?大学时代那个纯朴简单的老丁哪里去了?我的耳根开始发热,而且还很痒,我用手挠挠,原来是汗流下来了。

"这跟我有什么关系?"我只能继续强硬下去了。

"有什么关系,哼哼,在他的交代材料里是和你没什么关系,但是,天网恢恢,疏而不漏,你以为你真的能逃出生天吗?"

"我不明白你的意思,你干脆直说好了,我顶得住。"

"丁文飞在你那里转移了多少资产,你能直接告诉我吗?你只要说了,我就不再跟踪你了。哈哈!"他把自己给逗笑了,眼皮皱在一起,缩成了两朵枯萎的菊花。他乐不可支,浑身像是筛糠似的抖动着。

"什么?转移资产?没影的事情啊,你在乱说些什么！"我诧异极了。

"哎哟，我觉得你可以上北影的表演系了，你的演技不错嘛。"

"他怎么会转移资产到我这里？我们的关系还没到那种程度。"

"嗯，你就继续装吧。"

"真的没装，这个你完全可以调查清楚的嘛。清者自清。"

"好，你既然这么硬，那我问你，你的房子是你自己买的吗？"

我立马想到了当时买房按指纹的事情，我知道这下真的惹了大麻烦了！

老丁啊老丁，当初就觉得你是公务员，用你的指纹才放心，现在看来，我完全想错了，你怎么这么不争气呢！

我现在想想那时老丁满腹的牢骚与不甘，完全明白了今天的局面并非偶然的，他当时的愤怒也许是真诚的，但是当他处在他仇恨者的位置上时，也不可避免地沿袭了那种所作所为。这不是惯性，这只是机构的力量，就像是一只不断蠕动的大胃，它把老丁消化掉了，而对我，它则是要想方设法地排泄掉。

"怎么？哑巴了？呵呵，你这种人真是不见棺材不落泪。"他放肆地嘲笑起我来了。

"……不是你认为的那样,这里面另有隐情的,你愿意听吗?可能蛮需要耐心的。"我用求助的眼神望着他,我知道我已经无路可走,除了把一切都说出来。至于说出来之后的结果会怎么样,则不是我能预料到的了。

"嗯,你也知道现在不怎么提倡'坦白从宽,抗拒从严'了,那句话的确不大符合法治精神,但是你如果能非常配合我们的工作,到时候在开庭的时候我们会提到这点的,这很重要,你知道吧?"

"不是你想的那样,唉,算了,我们去那边的月岛咖啡店坐坐,你听我慢慢跟你说。"

在月岛咖啡店一个靠窗的角落里,我耐心细致地说了我的故事,期间,他多次抓着我的手指看,满脸不可思议的表情。当我说完我的故事后,他连连叹着气,满脸不可思议的表情更为浓厚了,好像我说的这些不是解释,而是设置悬念的开篇。

他叹了几口气,又喝了几口咖啡后,说:"其实,我已经相信你说的了。"我很高兴,说:"是吗?那就好,那就好……你真的相信吗?"他说:"是的,我相信,我的直觉一向很准的。"我紧张的心有点儿松弛,我想只要他相信就好了,也许所有的问题总有水落石出的时候。不过,他突然说:"可是……可是光我相信没用啊,你也知道,我们警察办案,更重视证据,尤其是物证。"我几乎要站起来了,但我看看四周,一切还是那么安静,街上的人流还是那么无序、杂乱与拥挤,我瘫在了座位上,头顶着冰冷的墙壁,闭上了眼睛。等我睁开眼睛的时候,他已经离开了,他什么话都没对我说,连个小纸条、名片都没留,像是一阵风。

但我明白,只要他想要找我,很快就能出现在我面前了。

我一个人坐在咖啡馆的角落里,像个木头人似的,一动不动,不知道过了很久,我才费力站起身来。我感到头有点儿眩晕。我挪动着步伐,回到家的时候,晓虹已经做好饭等我了,她见我只是轻描淡写地说:"回来了?"我点了点头,没有说话,我不知道该怎么对她说,我该说些什么呢?我说这个家已经到了毁灭的边缘了吗?她会吃惊的吧,想到她吃惊的样子我竟然还有了一丝快感,或许,吃惊总比漠视要好,我像个孩子,居然还渴望着恶作剧的快感。我把手伸进口袋,在自己大腿上狠狠拧了一把,疼痛立马扩散开来,让我龇牙咧嘴了一下。

"你怎么了?哪里不舒服吗?"我一瞬间的鬼脸被她看到了,她站在厨房门口,严肃认真地问我。

我本想像以前那样应付过去,但转念一想,便斩钉截铁地说:"是的,我很不舒服。"

"怎么回事?"

"晓虹,我们遇见大问题了。"我的嗓音开始抑制不住地颤抖。

"啊?什么问题?"她有些花容失色了,手中拿的一双打鸡蛋的筷子都掉在了地上,筷子头上的蛋清在地上拖了个长长的丝线。

"我们的房子没了。"我脱口而出,有些迫不及待的意思,因为这句话像把刀,在我心里已经搅了很久了。

"好端端的房子怎么会没呢?"她声音也颤抖了起来,像是冬天突然来了。她抬起头来扫视着房间,好像马上要发生地震似的。她的样子令我心碎,那是无辜者的可怜。

我说:"我们先吃饭,吃完饭我慢慢和你说。"

这顿饭吃得太痛苦了,几乎是往食道里塞,第一次感到食物那种干涩的形状从身体内通过,我不得倒了杯白开水,使劲喝了几口。

吃完饭(也许只能说吃过饭),我们面对面坐着,望着满桌子的剩菜,谁也懒得去收拾。我把今天的事情跟晓虹仔细讲了,我看到她的脸色越来越青黑,直至我讲完后,她趴在桌面上哭了起来。我早已想象过了这样的情景,因此我并不意外,我咬紧牙关,暗暗给自己鼓足勇气。也许，真是到了告别的时候了，晓虹只是个普通的女孩子，她并不是我曾以为的人类使者……那样的想法是多么荒诞啊，我离开她，她的生活完全就不同了。从某种意义上说，我害了她，尽管我们有爱，因为爱而结合在一起。

"晓虹，我们离婚吧。"我都不能相信我自己了，我竟然说出口了，我感到我的胸腔里火辣辣的疼。

她抬起眼睛来难以置信地望着我，她肯定没想到我会这么直接，甚至粗暴地说出这样的话来。

"这样你就能解脱了，也许，也许我真的是个怪胎，你应该有正常人的正常生活……"我继续对她说，我哽咽了，说不下去，泪水涌了出来，满脸都是。

"事情没到这样的程度吧？你胡说什么呢？"她惶惶然看着我，像只受伤的兔子。

"这样的程度还不够吗？房子没有了，也许我还要去坐牢……"

"你太悲观了，我们请最好的律师，就跟他们打官司，我相信事实总归是事实，没有就是没有。"

"有些事情不是这么简单的，我没有指纹，其实就是这个社会上的隐身人；换句话说，我根本是不存在的，是虚无，我怎么和他们打官司啊？"

她抱住我，说："你怎么能是虚无呢？你看，我现在抱着你呢，感觉到我了吗？"

"我只对你是存在的，所以，我不想连累你。"

"唉……"

"别犹豫了，情况已经很糟了。"

"唉……你让我考虑一下，好不好？"

"好。"其实我听到她说"考虑"这两个字的时候，我的心就已经冰凉了，如果是真爱，根本就没有"考虑"的必要。当然，我这样想是很奇怪的，是我让她考虑的，但是当真的听到她说出口的时候，我又受不了。这也是人之常情吧。我们在一起也很多年了，真爱蒙上了许多世俗的东西，她需要清理那些东西，衡量各方面的诉求（包括感情），也是无可厚非的。我理解。只是我明白了自己的位置，在一个界限的边缘上，这里没有平衡。

当晚，我们没有再交谈什么，因为交谈已经无益，事情已经发生了，重要的是如何去面对，尤其是内心的那份勇气，需要静静地滋生出来，同时，也要将怯懦的脑袋一点点地按下去。这些，都无比艰难，我坐在她的身边，拥住她的肩膀，什么也说不出来。她哭了一会儿，然后把头钻进我怀里，身子微微发抖着。

"我气你，气你为什么会没有指纹。"她低沉地说了这句话。

"我也不想，唉，解脱吧……"

"不过我更气这个社会,这个时代,容得下那么多的杀人犯、抢劫犯与贪官污吏,却容不下你一个没有指纹的小人物。"她哭了起来。

她的话让我感动,我知道她的心底仍然有爱,只是这爱的力气已经快要用尽了。我不能怪她,我要更好地爱她。我还爱她吗?我是因为她可以收留我才爱她,还是爱她这个具具体体的人呢?我自己都糊涂了。

我抚摸着她的头发说:"只要你还和我拴在一起,他们同样也容不下你。"

她没再说话,只是低声饮泣着,她的泪水弄湿了我的胸口,我觉得心更凉了。

不知道过了多久,我们抱得手臂都发麻了,我说我们上床去睡吧,我抱着她向床边走去,我第一次觉得她是如此沉重,我把她轻轻放在床上,然后和衣躺在她身边。不知道过了多久,她先睡着了,她哭累了,我听见她在梦里叹气的声音,我的心碎了。

该何去何从呢?我必须要有自己的选择了。

我大致分析了下情况,最好的情形是,法庭相信了我的说法,撇开我和老丁之间的关系,另外根据"盗用他人身份"对我做出审判,我想,这个量刑应该不会很重。但这个情形的可能性不大,因为有些说不过去,我为什么偷取了老丁的指纹而不是别人的呢?

这当然是种巧合，但巧合在法律面前是不足采信的。而且，当法庭面对一个没有指纹的人时，不知道会有些什么举动。我让他们羞耻的同时，自己也感到羞耻。

第二种情形那就是老丁的共犯了，我会在监狱里待着了，估计得很多年吧，在监狱里改造，做苦力，过着没有自由的生活，而且因为没有指纹，监狱肯定会格外关照我的，避免我"危害"社会，监控我一辈子都是非常有可能的。我想象着我刑满释放后，却依然得像假释的犯人一样定期报道，我的人生真的毫无意义。本来清白的我凭什么就这样一生都成了"罪"的化身？

还剩下什么情形呢？呵呵，我突然自顾自苦笑了起来……我想，我应该成为一个真正的逃犯。我以前不就很想逃亡吗？事到如今，成了真正的罪犯了，我怎么还不行动？这个想法激励着我，我感到身体像香烟一样被点燃了。我对自己说，我即使被抓住了（可能性非常大），那也没什么好后悔的，毕竟我试着逃亡过了，而不是麻木地坐以待毙。

我翻身起床，晓虹还在熟睡，她睡得非常沉，也许是恐惧的缘故。据说，巨大的恐惧会开启人体的自动保护机制，而没有什么是比睡眠更能保护人的。在沉睡中，人是安详的、美好的、无虑的，但遗憾的是，人却感觉不到。

她醒来之后将要面对怎样的世界？我已经无暇顾及了，我是个没有未来的人，属于我的，只有现在；一分一秒溜过去的现在，才是我寄身的地方。

我蹑手蹑脚地打开衣柜，开始收拾东西，对一个逃亡的人来说，太多的东西都是浮云了。幸好家里放了些现金，这是我平时取来用的，我还是不习惯用指纹刷卡机，因此现金便是我的必备品。东西收拾好之后，我来到桌前坐下，给晓虹写信，或许，这是我写给她的最后一封信了。我揉皱了好几页纸，都不知道该写什么好。她心里知道的东西我没必要再写，她心里不知道也不在乎的东西，我也没必要写出。不写出便是不存在。千言万语，有时却只是虚妄。于是我提笔在纸上只写了一句话："和他们一样忘了我吧，我从没存在过。"

我把字条放在她的枕边，附身轻轻吻了她的脸颊，我想哭，却怕泪水滴在她的脸上，会惊醒她，因此我忍着哽咽，忍得心口都疼了。然后，我看着她，像是要把她吸进我的眼睛中似的，我的眼睛用力睁着，不知道干涩还是因为别的，泪水一直涌出来。我提着小包慢慢走到门边，轻轻打开门，外面夜色茫茫，几点微光映衬了世界的广大与黑暗。黑暗总是显得无比深邃，我像一枚针扎进了那片黑暗。在黑暗中疾走的我，深深明白世界虽然广大，但留给我的余地并不大,即使是狭窄的缝隙也非常难得了。我一步三回头地走着,并不是因为怀恋,而是看看有没有人跟踪我,他们难道会这么容易让我跑掉吗?

我像老鼠一样流窜着,想着万一被抓住应该怎么办,突然,在走过一家已经收档的菜市场时,我想到了一个办法,残酷却有效。啊,啊,我要是早想到这个就好了!!办法很简单,就是我应该剁掉自己没有指纹的双手,对,剁掉,丢弃,然后去医院移植一对死人的手,那样,我不就有指纹了吗?尽管现在手的移植手术还并不完全成熟,移植后的手有很多问题,但那样的具体医学问题可比我现在的问题容易多了!

可惜的是,现在有些晚了……晚了,可我不能完全放弃活下去的希望啊,或许,我会在逃亡的途中经历一场毁灭的车祸……

是的,我从没存在过,但却复活了一个早已死去的人。

信男

我写信成癖，不知道什么时候养成这个习惯的。也许是仓库的光线太暗淡了，某种隐藏在其中的力量总是把世界远远推开，只留下几十年来积存下来的大堆旧书，一些时光摔倒在书页的褶皱里，当我仔细谛听的时候，我听到了蜂鸣器一般的嗡嗡声。我坐在桌边的时候，总是会不自觉地把自己看作是一个老人，的确，朦胧的昏暗宛如老人的记忆，而纷飞的细尘惹起我慢性咽炎的发作，我一声声咳嗽着，感到自己的骨头就要散架了。我摊开信纸，开始写信，写信成了我和外界联系的唯一渠道。

通常，我会先写给我的前妻，她带着我的女儿去了另一座城市，我没去找过她们，她们也没来看过我。每回她们收到我的信，都会打电话给我，但我听到她们的声音觉得很陌生，都不敢相信电话那边的人是我朝思暮想的人，我小心翼翼地应答着，但还是被指责为心不在焉,我没法解释,我知道自己有社交障碍了。幸好,我的女儿还小,她叽叽喳喳说个不停,说她在学校遇到的各种事情。她马上就要上小学一年级了,我说:"琪琪,等你会写五百个汉字的时候,就可以写信给爸爸了。"她想了一会儿,稚气地问:"信是什么东西?"这时,她的妈妈抢过电话说:"孩子要学习呢,还报了钢琴班和舞蹈班,哪有时间给你写信,你记得准时给她寄生活费就好了。"这样的电话会让我难受好几天,但我好了伤疤忘了痛,隔上一个礼拜,我就会继续给她们写信,然后盼望着一封信(而不是一通简单的电话)从她们所在的城市坐上绿色的邮车,向我驶来。

今天,我的运气不大好,我刚铺开信纸,领导就进来了,他是来这里视察的,一般一年来一到两次,今天是他今年第二次来。我拿起一摞报纸丢在信纸上边,这样谁也搞不清楚我在干什么了。但问题是,有谁会在意我干什么呢?这样想来,我就觉得自己更傻了,我望着那堆报纸有些发愣,我忘了领导就在我身边站着呢。领导说:"王木木,你又在发什么呆?"我赶紧摇摇脑袋,也许看起来像是一只淋雨的鸡,我说:"没发呆啊。"领导说:"王木木,你知道吗,单位要改制了,全国的文化产业都要改制,所以我们也要改。"我点着头说:"知道了,那就改吧。"

领导笑了,说:"你这样说,好像我是来请示你的。"他说完,周围几个同事也哈哈大笑起来,他们刚才还一副认真谨慎的模样。领导对自己能"搞活"气氛很高兴,他说:"改制后,人员的工作也许有一些变动,也许,有些人要被裁掉。"大家不笑了,笑不起来了。领导的小眼睛在仓库的昏暗中隐隐发光,我觉得他在审视我,我把头低下了,不说话,我不知道该说什么,难道我说:"求求你不要裁掉我吗?"他们会笑死过去的吧?但是,我也感到危险在逼近了,像一只暗中喘息的狼狗。在仓库里,变成一个老人已经是我生存的底线了,我不能想象离开这里我还能怎么存活下去。其实我也说不上来,究竟是我丧失了生存的能力,还是在潜意识里迷恋这种老人一般的绝望?绝望,离死亡更近一些,但作为生的壁垒,却更坚固。

领导像头站起的黑熊,踮着脚,两手扒拉在书堆里,然后他很响亮地打了几个喷嚏,能听得出来,他是故意的,肯定又想"搞活"气氛,但可惜的是,大家听到裁员之后,兴致一落千丈,谁也笑不起来了。领导跺跺脚,说:"这些积压书都要处理掉。"有人问:"怎么处理?"领导瞪大了眼睛说:"自然是卖掉啊,谁还要啊,当废纸卖掉好了。"说完,他望望窗外,又望望脚底,说:"最值钱的东西被咱们踩在下面。"我望望地面,不解,又呆掉了。领导咳嗽着,声音尖锐了不少,说:"这仓库要是拆掉了,这块地皮可值了大钱了。"我忍不住了,说:"不是要改制吗?为什么要拆仓库?"领导愣了一下,没想到我会这么问他,他语重心长地说:"所谓文化产业叫得好听,但好听不能当饭吃,我们改制,就是要多种经营方式并存,鸡蛋不能放在一个篮子里,你懂不懂?"我说:"懂了。"

他们走了,剩我一个人在这里,本来这里有三个人的,一个快退休了,身体不大好,经常在医院里,另一个女人去生孩子了,她是怀孕后才调到这里来的,等生完后就会迅速撤离这儿。我不是什么预言家,只是因为,她并不是第一个这么干的人。她们如鱼得水,而我却像是泡在水里的旱鸭子。他们喜欢把旱鸭子放在水里,因为看有个活物在那里瞎折腾总是有趣的。不过,当仓库只剩下我一个人的时候,我就如鱼得水了,我为自己不感到恐怖的心态感到恐怖,我自己才是最恐怖的。我掀开报纸,展平信纸,准备继续写信,可是,我的心却静不下来了。我都要下岗了,还能对我美丽的女儿说些什么呢?我怎么能告诉她,她的爸爸即将连自己都养活不了了!

我现在应该给领导写信……这个想法像一根棍子戳着我的脑袋瓜,假如我不善社交,那么我总能在我最拿手的领域:文字的编织中,捕到几条小鱼吧?

我有些蠢蠢欲动，握着笔的手有些颤抖。我的眼光又一次停在我的中指的关节上，那儿由于长期握笔已经长出了厚厚的老茧，而且扭曲变形了。我像个前现代的作家，在没有打字机和电脑的时代与文字做着垂死的斗争。我不搞艺术，我要搞斗争，争活着的权力（已经谈不上权利了）。我写了很多文字，我觉得那些汉字像是从我脑内某处经由胳膊到手指流出来的，它们落在纸上，我觉得亲切，我想领导也会觉得亲切的。

"王木木，你写的这是什么东西？"领导今年第三次出现在仓库里，这是非常罕见的，可见我的信还是有些力量的。我放眼望去，领导手中的信唰唰抖动着，他的表情很不平静，好像遭受了什么侮辱似的。我又有些发呆了，我迟疑着说："是我写给你的信啊。"他用难以置信的语调问："为什么要写信？啊？为什么要写信？"我觉得他奇怪极了，不就写了封信吗，又不是写给反贪局的举报信，至于那么大惊小怪的吗？我说："您……没看信吗？"他的手不抖了，说："看了，但一头雾水，你简直不知所云。"我觉得我写得清楚极了，甚至都可以用精确来形容了，但他说我不知所云，看来，他对我老人化的困境根本无法理解；当然，更大的原因也许是他从来不读陀思妥耶夫斯基和卡夫卡，更别说索尔·贝娄和罗兰·巴特。这些人写的东西，仓库堆积的书里到处都是，而且这些书里都印着他的名字，就在责任编辑的名字上面，他是名义上的出版人。如果他读过，不，仅仅只是翻过那些人的书，他就不会这样对我说话了。

"我觉得我表达得很精确。"我平静地说。他也许会觉得我固执，其实我就是固执，我不喜欢妥协，假如我喜欢妥协，我就不可能一直待在这个老鼠窝一般的仓库里。

"精确？你怎么会用这个词？"领导站在那里，似乎陷入了沉思，他自信的气势也打了折扣。他手中的信纸在窗外一缕阳光的直射下，显得像蝉翼一样轻薄和透明，那些字迹，像是一些细小的血管。

"是很精确，我细微的心理脉动都传达给你了，希望你能理解我的苦衷。"我觉得自己的口才好像有些进步，我以为这样的话我只能写出来，而不能说出来。

"你的苦衷？单位有这么多人，我为什么要听你的苦衷？"

领导摇着脑袋离开了，他的神情好像是遇见了一只仓库中的老鼠。我以为他会把信纸扔回给我，但他没有，他又拿着信纸离开了，不知道他是忘了，还是要把我的"罪证"紧紧攥在手里。

我觉得他打乱了我的心境，我真的是个老人了，就连心境也跟骨头一样脆弱，被他这么摇一摇，竟然找不回原来的宁静了。我铺开信纸，想写下我女儿美丽的名字，但是我的手却不听话，它固执地要写出领导的名字。我几乎要站起来大喊几声了，我使劲甩着我的手，但它只要一接触到钢笔那凉飕飕的身体，就有种给领导写信的冲动。看来我和所有的生物体一样，在涉及生存问题的时候，都有种本能的保护机制，就连蟑螂那人造革一样的躯壳也有着灵敏的反应速度。如果我想存活下去，即使像蟑螂一样地存活，就得听从自己的本能，这是活着的最低限度的道德。于是，我这么想着，就由着手去写信了；当然，大脑内部也开始活跃了，蚂蚁一样的字迹又密密麻麻爬满了信纸，我觉得自己逐渐变得轻松起来，像是抓住了上帝不小心丢下来的一根葱，我生怕被自己给拽断了。

　　信又被我寄出去了。我买了很多很多的邮票，放在抽屉里，因为今天已经没人写信了，所以大家都以为我在集邮，我也乐于做出集邮的样子。说实话，我也喜欢一套套地买邮票，那些花纹与图案美丽极了，我敬佩那些设计邮票的家伙，他们理应比钞票的设计者得到更多的尊敬。我贴好邮票，塞进了仓库对面街角的墨绿色邮筒里。这个邮筒的外表非常肮脏，白色的鸟粪从它的顶端流了下来，形成一道道白色的印迹，稍不注意，你会以为它是个垃圾桶。我有时候特别痛恨它，因为很多次我收不到别人寄给我的信，估计是在途中某处给弄丢了。在电子邮件的时代，平信已经没什么人在乎了，也许邮递员就像作家福克纳那样干过，拆开别人的来信，然后编织着想象中的故事……当然，我痛恨这个邮筒的原因似乎不是刚才说的这些，而是恰恰相反，这个垃圾桶似的玩意儿，从来没弄丢过我一封信，一封都没有，真他妈的混蛋，对我这样的信男来说，为什么不弄丢我的信呢？那样我就可以一封又一封的写下去，而不必担心会改变这个世界的什么结构，哪怕是风吹草动的小小改变。

　　这次，时间像雾一样缓缓降临，又迟迟不肯散去，不知道过了多久，也没有任何人出现在我的面前，包括我的领导。我以为他会再次拿着信出现在我的面前，但他没有，也许他读懂了这次的信而变得沉思和沉默，也许他因为更加读不懂这次的信而恼羞成怒，将我的信撕成了碎片，并且，恶狠狠地发誓不再见我，让我在仓库里守一辈子，让我全身发霉，和那些堆积的旧书一起被时间淹没。

　　我抬头看看窗外，看到光线中舞动的轻尘都比以前慢了不少，我身体里的老人愈加苍老了，我甚至还装模作样地咳嗽了几声。我铺开信纸，打算给我女儿写信了，我已经少给她写两封信了，写给领导的那两封信的精力与时间本来应该是给我的宝贝女儿的。我落笔了:"亲爱的琪琪,好几天没给你写信,你还好吗?爸爸最近过得不大好,主要是因为周围的灰尘太多,快把爸爸给淹没了……"我正打算深入写下去的时候,突然,我听到有脚步声走了进来。我照例拉过一叠报纸来盖住信纸,然后装作一副若无其事的样子。我想,领导又来找我了。这次他还会恼羞成怒吗?让他来仓库这样的地方纡尊降贵这么多次,我都觉得自己是不是有点儿过分了?

那脚步声越来越近了,不过那声音听起来非常轻盈,没有权力散发出来的傲慢与笨拙之音,我能肯定,那不是领导,但是,但是,现在这个时间点,有谁会没事干跑到这里来呢?我竟然好奇了起来,这种情绪太久违了。

啊……啊,天蓝色的长裙出现在仓库里,像梦境一般不可捉摸,我是不是已经腐朽到了做白日梦的地步了?我使劲揉着眼睛,按道理,我天天待在细尘飞扬的地方,眼睛早已是百毒不侵了。我揉完眼睛,睁开,看到了一个穿着天蓝色长裙的女孩,她站在那里,对我微微一笑。我浑身一个激灵,背上的汗毛都竖起来了,我觉得自己遇见鬼了。我几乎说不出话来,用手指胡乱在空中指着,意思是你找我吗。女孩看我的样子居然放肆地笑了起来,她说:"你就是王木木？你真有趣。""啊——"我的嗓子眼里一些词语挤在那里打架,却说不出口,我怎么有趣了,真是意想不到的评价。而且,最重要的是,她是谁?她怎么开口就那么大大咧咧地喊我的名字,她以为她是我领导啊?

"你,请问你,是哪位?"我好不容易说话了,但支支吾吾的。这仓库像是她家的,我成了她家里的陌生人。

"你不用管我是谁,我看了你的信了,很有趣。"她上下左右打量着仓库,然后径直朝旧书堆走去,她的目光搜寻着书脊上的名字。

"看了我的信?"我啜嚅道,什么人能看到我的信呢?除了我的前妻、我的女儿,还有……还有我的领导,那么,这女孩和领导有关系咯,或者说,这女孩就是领导派来的了。

我说:"你是领导派过来的吧?他有什么指示,你现在可以传达给我了。"

"哈哈,"女孩笑弯了腰,本来就弯着看书的腰更低,像只蓝色的虾米,"指示、传达……这些词怎么会从你嘴里说出来啊,你写的信却是那么唯美,简直让我难以置信。"

"你和领导是什么关系?看来,你看了我的信了。"我有些不悦地说。因为信之所以称之为信,就是因为写给特定的人的,而不是像公告一般,搞得全天下的人都要知道。

"是的,我看了,我都不记得我上次看信是什么时候,你的信让我觉得新鲜,我从没看过那么好的信。"她直起身子来,望着我。她的个子高挑,气质斯文,给人非常健康和活泼的感觉。嗯,她的眼睛也很大,在昏暗中很有神采。不过,她很瘦,两根锁骨露在领外边,也许,别人会认为这是性感,而我倒觉得刺目。我前妻是个柔若无骨的女人,我觉得那样很好,看不到骨头,就是看不到人的肉身本质,我喜欢自欺欺人。

她的话软化了我的敌意,居然还有人喜欢我的信,这对我而言是石破天惊的事情。我给我前妻写了那么多的信,她从没说过喜欢我的信,最终,她离开我也许和信不无关系。而我的宝贝女儿琪琪,她还太小,还读不懂我的信,但愿在将来,她会对我说这样的话:"爸爸,你怎么不给我写信了,我想你,想看你写给我的信。"

我对她说:"让我猜猜你和领导的关系,你既然能读到我的信,莫非你是他新来的秘书?"

她笑着说:"难道亲密关系就只有小蜜这种吗?继续猜。"

我想了想,说:"不知道。"

"不知道?"

"对,真的想不到了,莫非是情人?"

"情人?!哎哟……"她蹲在地上咯咯大笑起来,像是腹部抽筋了似的。

"那你说嘛。"我看她的样子,越发觉得她神秘起来。

她依然蹲在那里,蓝色的裙子使她看起来像一小块倒置过来的天空,她仰起脖子,眼睛眨了眨(这个瞬间我觉得她很美),声音提高了八度,响脆地说:"我是他女儿!"

我站了起来,这是我做梦也没想到的一层关系。是的,她这么一说,我再端详她的时候,似乎依稀看到了领导的影子。我没有想到领导会有个这么大的女儿,或者说,我没想到女儿会是这么大的,这样说起来是很奇怪的,但因为我的琪琪太小了,所以我总觉得女儿都是小的,都是咿呀学语的。我是个比较容易沉溺自我的人。

"哦……是女儿啊,那你爸爸叫你来的吗?"我的语调一下子亲切起来,也许因为那层和我没有任何关系的"女儿"身份。我突然明白了,我的琪琪有一天也会长成这样一个亭亭玉立的女人,但再怎么女人,她还会是我的女儿。

"不是,他才不会让我来呢,他说你是个疯子。"

她说的时候嘴角微微笑了一下。

"什么？！他怎么能……简直……"我想骂几句脏话，却吐不出口，看来我还是被怯懦所围困着。

"但我知道你不是个疯子，我理解你。"她说，说完后她被自己的话给逗笑了，说："是吧？你别否定我的话啊。"

我笑了，我被她逗笑了，我说："怎么会否定你呢，我又不是疯子。"

她突然说："不过，我看你不是疯子，但也是个呆子。"

这话让我哭笑不得，我分辨不清她是在恶作剧，还是在辱骂我。

她突然严肃地说："好吧，我再次承认，你的信写得很好，不过你引用了巴赫金、别尔嘉耶夫、梅列日科夫斯基、大卫·休谟、米歇尔·福柯、庄子、鲁迅等人的著作，为什么不加注明呢？如果你在搞学术，那么我可以认定你是剽窃了。"

"啊，我已经分辨不出哪些是他们的，哪些是我的了，已经扭结在一起了。"我诚实地说，我不希望给她一个狡辩的印象。

"怎么扭结的？"

"就像是不同的书扔进洗衣机去洗，最终出来的是一堆难以分辨的纸泥，那就是我脑海中发生的情况。"我指指那堆如山的积压书说:"他们天天在我的脑海里搅拌,我的思想也得了结石病了。"

她捂着嘴笑了起来,说:"你这么说还蛮形象的,那就暂且饶恕你吧。"

"那你来找我,就是为了说我'剽窃'的事情……"

"哈哈,我对你很好奇,你太奇怪了,会给领导写信,还写那样的信,要不是我是文艺学的硕士研究生,也许我也不知道你在说什么,你要表达什么。"

"你知道我要表达什么?"

"当然,要是我不知道,我干吗来找你?"

"你来找我就是为了告诉我你知道我想要表达的意思了?"我觉得自己在说绕口令,看来,她的"女儿"身份非常管用,都能够让我克服言语交流的障碍了。

她摇着头,一缕耳朵后边的头发耷拉了下来,她又把它捋了上去,说:"不对不对,我想告诉你,别写信了,你可以改行,搞文学创作了。"

"呵呵,其实,你是第二个对我说这话的人。"

她有些吃惊,小嘴巴微微张开,说:"你经常给别人写信?"

我说:"不是的,我只给无限少的人写信。"

她明显好奇了,眼睛又顽皮地眨呀眨的,说:"不好意思，假如你不介意的话，能告诉我第一个人是谁吗？"

我沉吟了一下，还是说了："我前妻。"

她笑了，但是那笑容带着抱歉的意味，她说："看来，你没听她的？"

"是的，没听。"我也笑了，涩涩的。

她轻轻说："也许，你应该听听？"

我说："这个，还真不知道。她说我们生活在一个屋子里，我还给她写信，说我像个神经病。"

她哈哈大笑起来，像是听到了一个非常可笑的笑话，但随后她突然意识到了不妥，马上捂住嘴巴，含糊不清地说："对不起……但是，听起来的确……的确很滑稽。"

"是的，我就是这么一个很滑稽的人。"

"不，你一点儿也不滑稽，我只是笑你前妻骂你的话比较滑稽。"

她走近我的桌子，翻弄着报纸，我真怕她翻出信纸来，尽管上面只有几个字，但我也觉得那是我不容侵犯的隐私。她拿起一份报纸快速翻动着，然后说："嗯，你干吗不写信给一个陌生人呢，甚至，一个想象中的人呢？那样，其实你就是在创作了。"

"我对和我生命没有关系的人，没有任何兴趣，要不然，我也不会待在仓库里了。"

"怎么样才算和你的生命有关系？你觉得我和你的生命有关系了吗？"

"就是那个人的所作所为会影响到我吧，你……目前……还不算吧。"

"你觉得我不会吗？我爸爸是你的领导，我又看了你写给他的信，我到时再把我的想法告诉他……你觉得不会影响到你吗？"她有些窃笑地望着我。

"呃，这样说来，倒真是影响到了。"我感到了无奈。

"那么就这么说定了，你要写信给我。"

"给你写信？！"我觉得脑袋要裂开了，我从没想过自己的嗜好会成为别人的一道命令，我看着她，觉得全身都焦躁不宁。

她走到我面前，孩子气十足，我又想象起了我的琪琪若干年后的样子。她有些蛮横地把手中的报纸拍在我面前的桌面上，说："是的，反正我爸爸又看不懂，你就写给我吧，咱们现在也算认识了，不是陌生人了。对了，你以后就叫我小琪好了。"

"啊，你不是开玩笑吧？"

"谁和你开玩笑，就这么说定了，拜拜！"

她一转身，那身天蓝色的长裙就消失在门口了，像是一阵从梦中吹来的风。

我有些犯难,信纸在我眼前模糊成了一片雾气,我不知道该写什么,因为我不知道该写给谁。写信本来是一件多么私人的事情啊,我想写给谁就写给谁,一切随心而动,但是自从小琪(这名字总让我想起我女儿)命令我给她写信之后,我的感觉就发生了变化。我不能专心致志地写信了,我想写给我的琪琪,但是,我知道她现在读不懂,而我的前妻应该也没什么兴趣读,在这样严峻的局势下,小琪的脸又蛊惑着我,似乎在说:"快写给我,我能读懂,只有我能读懂。"

写还是不写,这是个大问题,是我信男存在方式的一次改变,我应不应该写给小琪?应该对她写些什么呢?

还是写吧,我决定了,因为只有写了才能破除那种要写的诱惑,只有写了才能正正经经坐下来,给我的琪琪写信。

我写的并不长,对于小琪来说,我要说的话并不多,于是,我就把她当作是我和领导之间的一个中介人,通过她,也许我的词语就能抵达领导那里。我这次写信写得很不舒服,因为有只第三只眼审视着我,看着我写,看着我为了写而写,我有些恼羞成怒,我以为自己的脾气早被仓库的灰尘给淹没了,没想到,脾气还在,火气还旺,在那几个短暂的时间点上,我忘记了我老年人的身体,体会到了尚且年轻的滋味。

寄出去之后，我感到自己松了一口气，甚至觉得满屋子的昏暗重新聚拢了，让我沉浸在一个黑暗的核心地带。在那里，我觉得安全。

我以为小琪看完信会来找我的，但她没有，等了很久，都没她的踪影。我开始学着去忘记，就像那些如山的旧书，它们被人遗忘的同时也遗忘着自身。

但是某一天，我收到了一封信，我真的很好奇，因为除了很早很早以前，我这个信男还能收到一两封零星的来信，后来就再也没有过了，收到我信的人通常会打电话给我，他们告诉我他们已经收到信了，然后他们似乎想就信的内容做一些反馈之时，他们伶俐的口才变得磕磕巴巴，词不达意，我也听得如坠云雾，他们也尴尬，也着急，慢慢地，他们便避免这样的反馈了，只是说："你的信收到了，哈哈！"他们对我的信的反馈就是这样的，变成了简单的两个音节："哈哈！"

带着好奇，我打开了信，我迅速翻动着纸张，看到落款的琪字，我的心头一震，难道是我的琪琪会写信了？真的太高兴了！但是等我回头再看的时候，我发现自己误会了，是小琪写给我的，是领导的女儿、穿蓝色长裙的小琪。

她居然没像她的爸爸一样直接来找我，而是写信给我，让我深感意外。我坐下来，戴好眼镜，像个老人一样，开始缓慢地读信，不是看，是读，一个字一个词从嘴角轻微爆炸出来，湮灭在仓库无边的沉寂里。她告诉我她好多好多事情，原来她喜欢写诗，真好，布罗茨基、茨维塔耶娃、里尔克……我的脑海里冲出了几个名字。

是的，我感到愉悦，一种重新做回读信者的愉悦，继而更全面理解信的含义的愉悦。我觉得她写得好极了，应该比我写得好，尽管我对此不确定，但是我像个傻瓜一样认为自己能收到这样的信简直是一种奢侈的幸福了。为什么别人收到我的信却不幸福呢？所以说，还是我写得不够好。但是，这个我觉得写信好的人却说我写的信很好，并且写信给我……我被翻腾的思绪快要搞糊涂了。

我铺开信纸，开始回信。握笔的手似乎比平时温柔了许多，写得也更慢了，我暗暗想到，这可是我第一次写回信。写回信的感觉和写信的感觉有什么不同？那种微妙的细节，我暗暗体会着，像是咀嚼着一种全新的食物。我品味着，似乎回信更像是穿着诱饵的鱼钩，它有些蛮横地落在我的心间，尽管我知道那里存在着危险，却还是感到了一种持续存在的诱惑。

很快，信写好了。我感到很快，比平时写同样长度的信快三分之一的时间，我暗暗吃惊。看来，鱼钩的作用不可小觑，它刺激着词语的流速。我应该感到羞耻吗？还是应该感到兴奋？实际上，是羞耻带来了更多的兴奋，我把信投寄出去的时候，都有些迫不及待的意思，而以往，我总是缓慢地走向垃圾桶似的邮筒，怀着一种对自我命运暗自抚摸的仪式感。而今天，没有什么仪式感，我觉得自己像个荒唐的年轻人，对自己身上肆虐的类似青春期的憧憬与希冀无能为力。

在等待的日子里，仓库的环境突然变得恶劣起来，光线也欺负我，太暗了，就连灰尘也比平时舞动得更欢快了。我像个城里的老鼠来到了乡下的亲戚家里，一切都觉得不自然。我破天荒地拿起抹布，开始擦桌子，然后从角落里捡起拖把，淋上水，开始拖地。第一次发现仓库这么大，待我拖完之后，发现全身都被汗给渗透了。仓库里的时间和外边的不一样的，当我等待着外边世界的来信的时候，我的时间就完全错乱了，我成了被时间放逐的人，浑身不自在，我的琪琪在干什么呢？我要转移注意力，但我的琪琪太小了，她没法理解她的爸爸，一个无限虚弱的爸爸。于是，这个虚弱的孤独的爸爸，就把一个叫小琪的大女孩幻想成小琪琪长大后从时光隧道里溜过来看我……

没想到我熬的日子比想象的更久，一个多月了，我没有再收到任何回信。啊啊，神经病，我开始骂自己了，我真是个傻瓜，笨蛋，一头猪，人家上次的来信已经尽到了责任与义务，而我还贪心不足，盼着第二封，难道这东西像一日三餐似的，总也停不下来吗？我又铺开稿纸，不知道第几遍铺开了，我觉得我的汗都浸到信纸上了，到时候我的笔尖都在那里打滑了。我骂了一阵子，感觉稍微好点了，便搬张椅子坐在旧书堆边上，开始看书，是的，我这真是在"看书"呢，就盯着这么一大堆发黄变旧的书看，我看那些残破的表面，也看看书脊上微微露出来的文字，然后想象一下书里面都讲些什么。我经历着智力上的愉悦，以及某种难以言说的拥有感，仿佛眼前的这堆旧书是一头俯卧着的巨兽……突然，我浑身开始颤抖起来，我快瘫倒在地了，我从椅子上滑了下来，蹲在地上，泣不成声。喔唷哎呀，我捶胸顿足，哭号着，像个失控的妇人，只是因为我头脑中的幻象崩裂了，那堆旧书不再是什么巨兽，只是一具快要腐败的尸体，啊，也不对，尸体还有腐烂、腐臭，而这堆书什么也不是，只是一堆冷冰冰、脏兮兮的物质，一些植物纤维的残骸，一些油墨的污迹，而那些创作这些书的人早就死成了灰尘，在风中飘来荡去，也许，会有那么几粒落在这儿来，正好飘在自己的书上，那可真是相得益彰了！……眼泪流得我满手都是，滑滑的，好久没哭了，泪水都变稠了,像是加了些白砂糖。

"你怎么了?!你这是在搞什么名堂?"

突然,一阵粗鲁的声音像把菜刀砍破了空气,砍在了我的耳朵里,我浑身又一个哆嗦,被吓得够呛。我拧过脑袋向后上方看,看到了领导那张张皇不安又怒气冲冲的脸。我心想这下全完了,肯定是他知道我和小琪通信的事情了,他肯定会说:"你干吗不撒泡尿去照照自己,居然还敢写信勾引我女儿?"我慢慢站起来,等待着这句话劈面而来,我眨巴着眼睛,等待着,我的眼睛一定红红的、肿肿的,还有些残余的泪水,看起来完完全全是患了老风眼的老头。

领导没骂我。领导说:"王木木你生病了?"

"没有,没生病,我,我,我有个朋友过世了,很难过而已。"我居然撒谎,还这么恶毒,我鄙视自己。

"那你可要节哀顺变了。"领导一副关切的样子。

"啊,我没事,您来找我有事吧?"我小心翼翼探着他的话。这是领导今年第四次出现在仓库里边了,仓库那些板结的黑暗都被他撞碎了不少,他身上的某种东西和这里格格不入。

"是有事找你。"

"呃……您说。"我心里咯噔一下。

领导看我的眼神变得柔和了,散发出母性的光泽,他说:"王木木,你那么能写,单位打算给你换个岗位,好好发挥你的特长。"

"您……您打算让我写什么?"我的声音颤抖。

"你也知道,公司在改制,需要你这样的人才来写写文件什么的。"领导的口气依然温和,似乎还有着商量的意味,这让我心里还有了一丝幻想,幻想我可以和他好好谈谈。

"可是,您看,我只会写信。"我轻轻地说,正如我轻轻地呼吸。

"没关系,写作的原理都是一样的,一通百通,只要你学学,很快就可以上手的。"领导的声音重了,也许是他觉得仓库里边太憋闷了吧。

"不一样的,它们只是表面上看起来相似,但一个是有规矩的,一个是毫无规矩的……"我的声音更轻了,但我确信这种强度恰好能让声波到达领导的鼓膜。

"规矩?难道你不懂规矩吗?"

"我真的不大懂那样的规矩。"我搓着手掌,右手中指的老茧像块风化的橡胶,那块橡胶提醒着什么,也许是某种难以忘记的疼痛呼唤着对生活的改变?我用左手紧紧握住了右手的中指,这样看起来,也许猥琐了一些。

时间沉寂了一会儿,光线变硬了,像玻璃柱,将灰尘都锁住了。我不看领导,他也不看我,仓库真是个好地方,只有在这里,才能出现眼下的情况。

"你这里怎么这么闷?空气一点也不流通!"

领导突然对空气吼了起来,他走上前去推开窗户,大街上车水马龙的那种嘈杂声一下子全涌了进来,冲淡了我和领导之间的尴尬。

领导站在窗边,他依然不看我,他望着大街上的某处,然后,他掏出一包烟来,敲了敲,一根黄色的过滤嘴香烟就巧妙地钻进了他的手里,他点着,开始吸了起来。我的心里很痒,我很想提醒他,仓库里是不允许吸烟的,身为领导不是应该以身作则的吗?但我忍着,没说话,因为领导似乎也忍着什么话没对我说。为了公平,那我继续忍耐着吧。

这时,门口那边有动静,我转头,看到了那身墨绿色的制服,我的心收缩了一下,满仓库的时间又苏醒了,时间朝着某处看不见的刻度快速迈了一步,空间震颤了下。邮递员走到我面前,像上次一样带着神秘的微笑,他把信丢在了我的桌上,说:"外边的信箱坏了,要修修了。"我还没来得及说话,站在一边的领导突然说:"没什么必要修了,到时候这里要大变样啦!"邮递员是个年轻的小伙子,他对领导所在的方向斜睨了一眼,没说话,摇头晃脑地走出去了。

领导一直死死盯着那封信,我甚至觉得他已经看穿了信封,看到了那些字,他女儿的字,女性味儿十足。我把身子挪了挪,挡住了他的视线,但我发现他的目光还是没有收回,我感觉他的目光像是X光,穿过了我的肠胃,继续落在信纸上。

"为什么我觉得那个字迹很熟悉……"领导还是说出了口。他的语气与谈论别的事情的时候完全不同了,某种东西像是被水稀释了。唉,作为父亲,我懂得这点。

"是的,您当然熟悉了,因为这是您女儿写给我的信。"

"什么?我的女儿?!"领导咆哮起来,我觉得他在装腔作势,为什么要这样呢,为什么领导做事总是这么夸张呢?我不解,我静静盯着他看,他似乎也不好意思了,全身上下都安静了下来。

"对,是我的女儿,"领导疲惫地说,"没想到,她真的给你写信了。"

"她真的给我写信了,看来,您事先就知道这件事情。"

"我不知道!"他语气凶狠,却有气无力,这瞬间,他看上去很可怜。是的,可怜,他的头发都斑白了,是接近老年的人了,以前他的威严挡着我的窥探,让我觉得他的花白头发只是一种……一种道具。

我说:"她很美丽,可爱,像一面湖水。"

我看着小琪原来蹲下来欢笑的地方,仿佛看到小琪的笑容了，尽管我们就见过一次，但我却记得如此清晰，她的每一个细节，一颦一笑，我都记得。当然，她写给我的信，更加让我理解了她的灵魂。记住了一个人的灵魂，你会发现笑容只不过是灵魂的投影罢了。

领导变得很安静，小琪是他生命的一部分，他知道她很美，很可爱。

"是的……"领导的嘴巴翕动了一下，再也说不出话来。

谁能想到，我和领导一起坐在咖啡店里，还是靠窗的位置，那是情侣或是密友酷爱的位置。服务员微笑着看着我们，也许以为我们是两个密谈的商人，但她不知道，我们只是两个父亲。我看着领导的脸，突然想念起小琪来了，想念她的笑容，虽然就见过一面，但我们胜似天天见面的人，而且，也是因为她，我和领导这样两个火与冰的人才能坐在一起。

交谈，显露出来的都是事实吗？我的大脑感到了玻璃碴，它们让我疼，也许出血了。

"这么说来……你觉得她不正常？"我并不愿意用这些字眼，什么叫"不正常"？我的词典里似乎并没有这样的词条。但没有办法，我必须和他沟通。我觉得嘴里的咖啡苦得发酸，舌头涩涩的。

"嗯,是的,不大正常,她开始写诗之后,就不怎么和别人说话了,医生说她得了自闭症。"领导的声音低沉,在我听来,这样比较好听,因为这才是父亲谈论女儿的声音。

"写诗后,就不怎么和别人说话了。"我重复了一句,毫无表情地重复,像是复读机,我只是想听听这句话的效果,有时,很多话从人的嘴里吐出来的时候,是没有经过大脑的。这时,就需要让话重新进一进大脑。

"是的。"领导对我复述的事实进一步确认了。

"这样就不正常了?"我只能主动提醒他。我摇着脑袋,脑袋里全是小琪的样子,说小琪不正常,打死我我也不会相信。我这样的人既然还没有被完全摈弃,那么小琪就没有理由被划到什么"不正常"当中去。我觉得,这都是领导太刻板了,就像权力一样。

"医生这么说的。"领导说。

"你相信吗?"我质问。

"这个……呃……医生这么说总有他的道理,毕竟他是知名的专业人士,他是博士生导师。"他用重音抚摸"博士生导师"这五个字,好像那是一小段金属。

"博士生导师说你女儿疯了,你就觉得她疯了,对吧?"我望着他的眼睛说。

"你……怎么这么说话,也不是,不是的。"他向窗外看去。

"那你怎么看你的女儿?"我不知道哪里获得的勇气,单刀直入地问。

领导回过神来,惊讶地望着我,好像我突然变成了他的上级,坐在他身边。他的嘴巴吧嗒了几下,也许是咖啡太苦了,他突然变得羞涩起来,尽管并不明显,但我能感觉到。他说:"啊,王木木,小王同志,我也不怕告诉你,其实我也觉得她不正常了。因为一个人突然写诗,写那些没人看懂的句子,然后不和人交流了,多多少少都是有些奇怪的。"

"奇怪,还不属于不正常吧?"

"那也接近了。"他叹息着。

我突然微笑了一下,不知道他有没有看到我的笑容,我又喝了一口难喝的咖啡,皱着眉头,说:"其实,有句话我很早就想问你了。"

"你问。"他的眼神变得慈祥起来。

我看了看窗外,一个孩子拿着气球般大小的棉花糖走过,让我想起我的琪琪,或许她的小手里现在也拿着这样的棉花糖……小琪的童年也应该是这样的,小琪真好,保住了童年的某些东西,她紧紧握着,没有弄丢,我希望我的琪琪也能这样。想到这里,我对领导说:"我在你眼中早都不正常,早都疯了吧?"

领导一惊，随即又恢复了平静。他显得坦率地说："呃……说实话，是，我是觉得你怪怪的，但说你疯了也不至于，因为大家都知道你是在装疯卖傻。你不就是跟着上一任领导的屁股后面使劲巴结，却什么也捞不到，一气之下自愿来仓库的吗？年轻人嘛，年少气盛，可以理解。"

"你们真的以为我来仓库是因为没当上那个科长？"我还是感到了震惊，尽管我知道这种说法早已广为流传了，但从领导嘴里说出来，还是具有一种震惊的效果，就像流言从新闻播音员嘴里说出的那种感觉，震惊——即便，你早就知道他喜欢说谎。

"那你说，你说为什么。"他似乎觉察到了我的火气，但他依然像是在质问。

"为什么？原因非常非常简单，那就是我想写信，写信的愿望俘虏了我，世界上没有任何事情比写信更重要了。"我觉得我回答得很真诚，这是我第一次开口回答这个问题，以前，任别人怎么说，我都是不置一词的。我今天之所以这么坦诚，只是因为面前这个头发斑白、大腹便便的家伙和我一样，都是做爸爸的，我们都有一个可爱的女儿。

"你真的这么想吗？"

"是的。"

"一个好端端的人为什么会这么想呢？我真的

想不通。"

"你想不通没关系,关键是我女儿的妈妈也想不通,那就比较糟糕了。"我端起咖啡来喝,没加糖的咖啡真苦,但我不打算加了。

"太可怕了。"他深深喘气,不知道他说什么可怕。

我说:"不过,没关系了,因为你的女儿小琪肯定会理解我的,或者说,她已经理解我了。"

"你觉得她给你写信就是理解你了?"领导的语气有些嘲弄。

"是她写的内容,能够抚慰我苟活于世的心,你想看吗?"我拉开随身带的皮包,把那封信取出来放在桌面上,那封信还没拆开,静静躺在那里,像是灵魂的衣裳。灵魂通常都是装在信封里的吧。

不知道为什么,领导的眼光避开了那信,好像那信是她的小琪忘记了穿衣服,但问题是,一个心无杂念的父亲,即使面对赤身裸体的女儿也是觉得美的吧?那种超越一切事物的生命之美,会灼伤人的双眼吗?

"你真不看?"我问。

"我不想看,"领导沉吟了一下,突然说,"其实,也不怕告诉你,小琪变成今天这样,跟我看她的信有关。"

"你肯定偷窥了她的信。"我几乎不用想就知道。

"是的,我偷窥了,我为自己感到羞耻,但我也是为了关心她啊,我怕她走上邪门歪道。"领导的双手放在了脸上,他感到羞愧了?我为眼前的景象感到不可思议,也许,这根本不是景象,而只是某种镜像?

"我想,你的偷看,是她最介意的事情,因为你的角色与他人不同,还因为你的无知,你会误解她的本意,从而冒犯了她的灵魂。"我字斟句酌地说,我不知道自己居然会变得这么大胆,把话说得这么残酷却准确。我并不是个勇敢的人,我只是,只是想起了小琪,小琪那天在仓库的时候,就跟阳光一样,但是他们却说阳光是不正常的。

"冒犯了她的灵魂……为什么你的话和她说的差不多呢?"领导的脸红红的,他的双肘还撑在桌面上,他望着那杯黑色的咖啡发呆。我想,现在他才是不正常的吧。我叹口气,开始问他问题。

"你知道她在生命中经历了什么吗?"

"不知道。"

"你知道她为什么写诗吗?"

"不知道。"

"你知道她为什么不喜欢和别人交流却和我交流的很好吗?"

"不知道。"

"你知道为什么我说的话和她说的差不多吗？"

"为什么？"

"为什么？"我想了一下，我决定说出我真实的想法，也许那个词在日常生活中会显得无比突兀，甚至可笑，但我也必须说出来，因为那也许是唯一的原因。于是，我一字一顿地说："为什么？只是因为我和她一样，都有一颗高贵的灵魂。"

……

领导没有说话，我以为他会嘲笑起来，但他的嘴角依然是阴郁的，只是他的表情变得十分古怪和不安，青一阵白一阵的。我不知道为什么他会变成这样。

也许，这是领导今生最具挫败感的一次谈话……不过，既然我还要在他手下工作，那么，为了他的人格尊严，我应该省略掉很多叙述。

我并不怕他，我只是试着理解他的困境，他是小琪的爸爸。

我又在仓库里了，而且这次会待得更长久，因为领导给了我许诺，不再找我去写公文了。他的私心令他变得可爱，他觉得我给他女儿写信也许也是一种治疗的方法。（当然，在我看来，也许他才需要他女儿的治疗。）他这样想也不错，起码我的处境安全了，他不会再来仓库骚扰我。这儿不是他该来的地方，他应该尽情享受他的宝座，人生得意须尽欢，莫使宝座空对月。

仓库里依然有种挥之不去的黑暗，这种黑暗美极了，因为它能够复活窗外那些被光线摧毁的事物，而我，还有小琪，就属于那类易碎品。我们需要黑暗的庇护。我铺开稿纸，开始给小琪回信，她这次的信我已经看过了，写得好极了，至于她写了什么，我是不会说出的，因为美好的事物不容分享，而且也是分享不了的。……不过，我可以透露一点，那就是我看了她写的诗，还知道了她为什么会突然写诗和懒得搭理别人的原因。那些原因，都在我的预计之内，因为和我的原因差不了太多。其实，这些原因就像蛛网一样毫不重要，重要的是我们不但可以写信了，而且可以收到回信了。这很重要，就像是两颗恒星突然接近，然后绕着彼此公转了起来。

我写着字，脑海中想着小琪，我觉得温暖，短短一面之缘，让我现在还在想念她。她不像我，我只是个写信成癖的信男，而她是个诗人，她懂得词语的飞翔与文学的创造。我要邀请她再次来我这仓库里玩，因为她上次来的时候美极了，即使她不习惯世界上的其他任何地方，她也会习惯这仓库的。我要告诉她，这也是卡夫卡梦想的地方，卡夫卡虽然说他最喜欢的地方是地窖，但是他也会喜欢这里的，因为这里只不过是一座悬浮在地面上的更大的地窖而已。

……还有一件小事值得一提,也许,必须得提一提。

由于我这段时间没给前妻写信,而她又联系不到我(因为我早就不用手机和电话了),所以她不得不给我写了一封信。这是她第一次写信给我,她写了她现在的生活,尽管寥寥几笔,非常简略,却也让我在脑海中可以抚摸她的生活了,也许,她现在的生活更好……对于这点我不想再深究。最令我开心的是,在信的末尾,前妻告诉我,她教我们的琪琪学写字了,并且让琪琪给我写了一句话。

我赶紧翻到信的背面,看到了几个歪歪扭扭的铅笔字:

爸爸,我爱你。琪琪。

看着我

我写诗,但不是个诗人。倒不是因为诗人的名义被滥用得太厉害,只是因为我觉得诗人是那种以诗歌为人生理想的人,他/她的善良与丑恶、伟大与猥琐都会被不自觉地转化为一种语言上的审美。我渴望那样的人生,可是却抵达不了,我还为此苦恼了一段时间。也许是因为我的起点太低了,我只是个图书仓库管理员,终日与一些滞销书为伍,这使我的思想也变得落伍,与这个时代格格不入。当然,并不是我故作清高与时代格格不入,恰恰相反,是时代的筛孔太小,而我太大(也许不是体积大,只是形状古怪?比如,有斜弋而出的突起……),我被卡在了一个古怪的位置上,不能上也不能下,比较尴尬。

其实,我写诗的时间并不久,一个月而已。至于为什么开始写诗,说起来很简单:我失恋了。我和樱谈了三年恋爱,最终还是分开了。她卖服装,我守仓库，我们都被关在狭窄的空间内，和物品终日厮守。我们有着相似的困境却无力突围，更没有能力去抚慰对方，所以，分开是注定的。

分手的那天，我喝醉了，待在仓库的昏黑里脑袋涨痛不已。为了摆脱痛苦，我拿起了笔，在一本旧书的封底胡乱涂写起来。我写下了这样的句子：在废墟里等待幸福就像一场覆盖万物的大雪君临天下。我看了好几遍，觉得句子很美，挺有意象和气势，可以揣摩良久。这时，我的同事萍姐一把夺过了书，嘟囔道："让我看看你在写什么。"她把那本书捧在手中，眉头紧皱，像在检查她儿子的家庭作业。她把我写的那句话一字一顿地读出声来，还读了两遍，我以为她会笑出声来，因为她的文化程度不高，高中毕业就出来打工了。没想到她一脸认真，惊叹道："你还会写诗啊！"

哦，原来这种句子就叫诗啊，我沉睡的诗情被激发了。一下班，我就去超市买了一本银灰色的硬壳笔记本，我要用它来写诗。

某些突如其来的时刻，那些费解却优美的句子像开水的气泡一样迅速诞生、升起、聚集，然后变成稀薄的雾气，充满我的颅腔。这时，我就赶紧打开笔记本，把那些稀薄的雾气变成纸上的词语。由于思绪跳跃得太快，书写的速度老是追不上，往往会错过一些精彩的话语,为了追赶思绪的步伐,我的字越写越快,最后,我的字像天书一般横七竖八,有些连自己也看不懂了。

我写诗的事情很快被传播出去了,一连好几天,都有年轻人来问我写诗的事。那些年轻人都坐在敞亮的办公室里,只有在必要的时候才来我这里。我面对他们时总会不自觉地羞涩起来,好像内心的秘密随时都会泄露出去,遭到他们的嗤笑。不过,人们很快就对我写诗的事丧失了兴趣,就连萍姐也很少过问了。我的生活重新变得死寂。深夜,我躺在床上想到,人们所感兴趣的并不是诗歌,而是写诗的人——我,一个窝在仓库的灰老鼠,还写诗,不是印证了生活的奇妙吗?不是某种励志栏目的现场直播吗?

我为自己感到悲哀,我再也不写诗了。

可是,就在我决定不再写诗的时候,领导打电话给我,叫我去他的办公室。我还没来得及说句完整的话,嗓子眼里只是"啊"了一声,他就挂断了电话。领导一向很忙,肯定是有要事了。我起身去上了个厕所,然后洗了把脸,照了照镜子,看看脸上有没有灰尘(在仓库这种事情很常见),才向领导的办公室走去。

他的办公室在一座豪华的写字楼里,走路要十分钟。一路上我都很忐忑，像我这样的底层人员，怎么能得到他的直接召见呢？不是好事就是坏事。要么把我调到梦寐以求的编辑岗位上，要么告诉我，单位要裁员，对不起你要下岗了。想到这里，我的心抽紧了。

来到十五楼，门虚掩着，我轻轻敲门，领导雄壮的声音传了过来："进！"

我推门进去，领导看见是我，就继续低头批阅文件了，这令我非常慌乱。不过，如果他对我突然亲热起来，我会更加不习惯吧。

"坐。"

我坐在了他对面的沙发上，沙发很矮，我得仰起头来才能看到领导，因此，我不得不坚持昂着脑袋，像一只惊恐的土拨鼠。

这时，领导对着文件说："听说，你还写诗？"说完，他自顾自笑了起来，好像说了一个出彩的笑话。

我慌了，低下头，仿佛做了什么见不得人的事。我轻声说："写着玩，写得不好。"

领导手中的笔龙飞凤舞，像是高手的剑术。他说："我也写诗，把你写的诗给我看看。"

"我没带来，我不知道您要看我的诗。"我诚惶诚恐地说。

"哈哈，没事，那你看看我的吧。"他俯身拉开右下方的一个抽屉，从里边抽出一个黑色的笔记本，然后举在手中朝我晃了晃,示意我过去拿。事情突然间逆转,让我吓了一跳,我变得犹豫不决,不知是受宠若惊,还是诡异莫名,心中翻腾着一股奇怪的情绪。

"来,拿去。"

"这么珍贵的东西,我一定好好学习。"我突然像个小学生。

"嗯,小心别丢了,那可是我十余年的诗稿呢。"领导又看了我一眼,严肃认真,意味深长,我接过那小小的笔记本,觉得像烙铁似的炙热与沉重。

领导又开始伏案工作了,他真忙啊。我转身向门口走去,身后又冒出一句话:"摸上去怎么样?"我停下脚步,回头看他,他依然没有看我,只是说:"真牛皮的。"我愣了下,过了一小会儿才反应过来,他指的是笔记本的外皮。我双手来回仔细摩挲着黑色的牛皮,仿佛笔记本是一头缩小的牛,还健康地活着。

我说:"手感很舒服,凉凉的。"

领导笑了,说:"千万别丢了。"

我回到仓库,萍姐好奇地问我有什么好事,居然被领导亲自请去?我看了她一眼,朝她挥了挥手中的笔记本,然后趴在她耳边说:"领导也写诗,他让我看看他写的诗。"萍姐震惊了,她拍拍我的肩膀说:"看来,你的诗得到领导肯定了。"我摇着头说:

"不，他根本没看过我的诗，他只是想告诉我他才是个诗人。"萍姐还是摇摇脑袋说："不会这么简单的，领导做事，一举一动都有意图的。"我叹口气道："那你说他有什么意图？"萍姐想了想，抱歉地望着我，说："不知道。你知道我这人笨，哪里会猜到领导的心思？要不然，哼，我早做领导了。"

萍姐掩嘴而笑，声音很大，咯咯咯的，像快要产卵的母鸡。众所周知，在这个国家每个人都有个隐秘的领导梦。

我回到座位上，打开笔记本，准备看看领导的诗。我内心深处其实是很抗拒去读这些诗的，就像抗拒着某种说不出的侵犯。可那是怎么样的冒犯？又针对了什么？我却答不上来。我的手摩挲着笔记本，像是摩挲着领导的意图。心中某种欲拒还迎的念头像羽毛一样令我发痒。

就在我刚看了第一首诗的题目《雨夜》的时候，萍姐和阿龙阿强也围了过来，阿龙和阿强刚卸了一堆书，浓烈的汗臭味让我忍不住打了个喷嚏。

"你可小心了，别喷在领导的诗上了。"萍姐认真地说。

听了这话，我意犹未尽的喷嚏立刻偃旗息鼓了。

阿龙那鹅一样瘦小狭长的脑袋探过来，在我鼻子下方扫描着领导的诗，臭得我快要窒息了。几秒钟后，他得出结论说:"领导的字真漂亮!"

阿强侧着脑袋,从缝隙里看了一眼笔记本,煞有介事地说:"不但字漂亮,诗也写得好,领导就是领导呀!"

我知道,阿龙和阿强都是小学学历,他们对待书籍就和建筑工人对待砖头没什么两样,抬来抬去,丢来丢去,经常书被弄烂了也毫不惋惜。甚至,有一次我在卫生间的废纸篓里发现被"用过"的书页,简直惨不忍睹。可他们现在却都成了品鉴文化的大师。

"雨夜里,和你共撑一把伞/啊,我能感到你的心儿颤抖……"萍姐读了起来,并说:"没想到领导的感情还这么细腻。"

我感到一阵不适,像是枯树杈在心底伸展开来,触碰着我敏感的内壁。我的手有些痉挛,我慌忙对自己暗暗说道:不要啊!可我的手不听话,还是失控了,它像发条狗一样弹跳了起来,执拗地合上了笔记本。

"哎呀哎呀,还没看完呢……"萍姐他们不干了。

我抬头盯着他们,说:"你们真想看?"

他们的眼神并不看我,而是继续看着我手中的笔记本,好像他们的目光被夹在里边,抽不出来了。他们异口同声地说:"当然想看了。"

"那好,你们先看吧。"我把笔记本递给了萍姐。他们诧异地望着我说:"你不看?"我解释道:"你们看完我再看。"

萍姐接过话茬说:"看来高手就是不一样,要在夜深人静的时候才拿出来看,就像武林高手察看秘籍似的。"

她说完,大家哈哈大笑,我也跟着笑了。这还是我第一次听萍姐耍贫嘴,很奇怪,仿佛跟诗一沾边,就会起微妙的化学反应,产生出新的语言分子。可是,那笔记本里的都是些什么诗啊,流行歌词一般。这样的诗,也许正对萍姐他们的胃口?

他们站在一堆旧书旁边,兴致高昂地读着领导的诗。他们的身后是一扇巨大的窗户,阳光从窗外照了进来,使他们的身影都有了舞台剧的效果。我坐在自己狭小的位子上,望着他们,像在观看一场生动的喜剧。

我终于和他们区别开来了。我感到内心中有另外一个自己开始慢慢显山露水,他就像是一首还没写完的诗稿,要求着不断地修改。与此同时,他也在毫不客气地修改着我,让我体内幽暗而迟钝的部分开始有了昆虫触须般的敏锐与知觉。

这种知觉之于我,就像纯度很高的美酒之于从不喝酒的少年。我醉了。

看着阿龙光秃秃的脑袋,看着阿强那认真撅起的屁股,不知怎么回事,厕所里那用过的书页强行闯进了我的脑海。是的，我承认，这很恶心，但是当这种恶心与眼前的舞台喜剧并置在一起的时候，就有了一种难以抑制的滑稽。我感到胸口的位置痒得厉害，我不得不捂着嘴笑了起来，我知道我不该笑，于是拼命想控制，我把头贴在桌面上，全身剧烈起伏着，弄得桌子都摇摇晃晃。突然，我听到周围安静下来了，我警觉地抬起脑袋，发现他们已经停止了读诗的热情，纳闷地看着我。

"你没事吧？"萍姐问我。

"呃，我，我喝水呛着了。"为了证明所言非虚，我使劲咳嗽了几声，脸憋得通红。

萍姐说："你看你，还跟个孩子似的。"

我点头说是，脸上还挂着掩盖不住的笑容，左右手轮番抚摸着胸前，做出一副无可奈何的样子。

这时，阿强突然对阿龙说："你看这句写得多好啊：春风吹来的时候，也吹来了你对我的思念……"

阿强念诗的时候，他的屁股还是那么认真而严肃地撅着，让我越来越确定他就是在卫生间"使用"书页的人，假设那本笔记本不是领导的，而是我不小心捡来的，想必阿强同志一定也会义无反顾地"使用"它吧，包括他所赞美的诗行……这些乱七八糟的想法聚合在一起，像是核聚变到了临界点，让我突然爆笑了出来——

"哈哈哈！"

平地起惊雷。

我笑得眼泪都流了出来，他们的热情这次真的被打断了，他们走了过来，萍姐还摸着我的背，说："没事吧？怎么呛成这样。"

她这样说，我笑得更厉害了，我不得不弯着腰，挣扎着去了卫生间。

我拧大水龙头，用冷水使劲洗着脸，几分钟后，我终于平静下来了，我马上意识到糟了，这次捅大娄子了。一向小心谨慎、低调做人的我，怎么今天会犯这么大的错误呢？我思来想去，觉得还是坏在诗上了，要是我不写诗，我就会一直淡定下去；可是我写诗了，我就不那么淡定了，我对世界的感受也完全变了。这个世界哪里经得起诗句的探测啊！世界和诗歌很多时候是南辕北辙的。

怎么挽回？我想，只能装出一副不在意的样子，只有自己不在意，别人才能不在意。我走出卫生间，又摆出平日里小心谦卑的样子，却发现他们已经散开了，各回各的位置，低着头，都有事在忙的样子。我本想装傻问下是不是领导安排什么任务了，可当我发现领导那黑色的笔记本已经端端正正地摆放在了我的桌面上，我一下子什么都明白了。他们应该感觉到了我的嘲笑。无疑，这让他们受到了伤害。我该怎么办才好呢?

我和萍姐搭讪道:"刚才你说我像个孩子,这句话笑死我了,你的母爱也太泛滥了。"说完之后我自己笑了几声,萍姐也笑了,她说:"本来嘛,只有孩子才老是会呛到自己。"她说话很和气,很自然,没有破绽。也许真的没什么事,是我自己想太多了,那样的诗看多了谁都会感到无聊的吧。

可不知道为什么,我的心依然无法放下,总觉得事情不可能就这么过去,一定有什么蛛丝马迹被我忽略了。

我一边小心翼翼地观察着萍姐,一边寻找着症结,苦思冥想。忽然,脑海中灵光一闪,我暗自惊呼了起来:我发现了问题!

问题便是,她和我说话时并不看我。

我的目光试探着想和她对视,但我们的目光就像是跑在不同轨道上的地铁,总也撞不到。我在记忆里搜寻着过去和萍姐说话的情景,那时她是怎么看我的?那时我和她有目光的交流吗?我闭上眼睛使劲回想,一无所得。我这才意识到自己很少去观察别人,对别人展示出来的细枝末节统统视而不见。简直糟糕透顶,自己像个没有主动意识而仅仅是生存着的动物。我痛恨自己。现在只有两种可能性:一种是她过去是看我的,一种是她过去就不看我;如果是后者就没什么事，如果是前者，那么问题就大了。

想到这里，我的头有些痛，我怀疑自己的脑子不够用，不但算不出复杂的数学题，而且也解不开人与人之间的关系。

"下班了。"这时，萍姐伸了个懒腰，打着哈欠，看着天花板说。

要在以往我肯定会呼应几句闲话，但今天，我决定不搭话，要看看她会不会看我。果然，我的沉默发挥了效力，她朝我看了过来，我赶紧把眼光迎了上去，她说："你还不走？还要写诗？"说着，她自己笑了。我也笑了笑说："看了领导的诗，我不敢再写了，今晚回去要好好研究一下。"萍姐说："嗯，领导的水平还是高。那我先走了。"萍姐提着她那个用了多年的咖啡色皮包，头也不回地走了。

我心里堵得慌。刚才她是看我了，但奇怪的是，当我逆着她的目光看过去的时候，竟然没有看到她的眼神，只是看到她的眼睛。——我只能确定她在看我，仅此而已，没有其他任何的讯息。怎么会这样呢？看来这次真的栽了。他们一定会向领导告密，说我嘲笑他的诗，然后我就被扫地出门。

不过，还有更深一层的东西令我感到恐怖，这种恐怖比下岗失业的担忧要强烈很多倍：只要我一想起萍姐那种没有眼神的"看"，我就不寒而栗，那是一双非人和物化的眼睛啊！我还是在人类当中吗？我没有勇气和那样的眼睛对视第二次。

阿强和阿龙回来了，他们和以往一样发着牢骚，抱怨着工作的辛苦，大声地叹着气。我依然装作无所谓的样子和他们搭讪，他们也应和着我。要不是刚才在萍姐身上的发现，我还真以为一切都完好无损呢！可现在，我用全新的目光审视他们，发现他们和萍姐一样，说话时并不看我。有时当他们转过脸的时候，他们的眼睛也会面对着我，但依然谈不上"看"，只是眼睛恰好挪动到了这个位置而已。

我再说一遍，我无比惧怕这种眼睛。所以，我貌似平常地和他们告别了，实际上内心像逃犯一般狼狈。

接近黄昏的街道，盛满了拥挤的人群，毫无目标的我故做昂首挺胸状向前走着。自从和樱分开后，我就丧失了生活的目标，其实和她在一起的时候也没什么目标，但只要她有目标我就有目标了。（她的目标我已经忘记了，但可以肯定，其中并没有我的位置。）现在她离开了我的生活，带走了她的目标，留给我的只有一个空洞，就像花盆里被移走了一束花，我也不知道该在那里种什么新物种。但我不能让别人看出我是个没有目标的人，我便设定一个位置，大踏步朝那里走去，等到了那个位置的时候，我会暂时停住，掏出手机来，似乎有什么人给我打电话或是发短信了。我按着手机的按键，食指欢快地忙碌着，可收件箱里除了一条房地产广告信息外再也没有什么别的了。

我脑海中一直盘旋着萍姐他们那物化的眼睛，挥之不去，心里压抑极了。下班的人越来越多，构成了汹涌的人流，我在其中像一粒碎屑似的被震荡着。我看着来来往往的人，可没人看我，即便偶尔有目光落在我身上，也只是和看到障碍物一样，轻松地便绕了过去。这时，我走到了公车站，正好一辆公车停下了，我不管不顾，径直登了上去。整个动作一气呵成，毫无犹豫，对此我深感欣慰。

车上的座位坐满了人，我找了个靠近车尾的角落，抓紧吊环，刚站定，车就启动了，我来回摇摆着，像是货物，不知会被运向何方。我面前坐着一个接近四十岁的白领女性，她腰板笔直，身穿黑色的西装裙套装，脸上化了淡妆，眼睛望向窗外，脸上有种过度的矜持。当她察觉到我对她的打量之后，她的眼睛朝我这边斜睨了一下，便迅速弹开了，脸上矜持的意味愈加浓重了。

要是往常，我对这种人通常不会再看第二眼，但是今天，她的神情让我脆弱的内心雪上加霜，我有些执拗地继续盯着她看。萍姐和阿龙阿强那样对我，只不过因为我们是同事，可眼前的女人与我毫无瓜葛，我就不相信她也会那样对我。

我凝视着她，希望能引起她的反应，即便是瞪我一眼甚至骂我一句就行，起码能让我感到我是她对等的存在。

可是，我又一次失望了。她在我的凝视下，脸上浓重的矜持已经变成了鄙夷，她的整个脸都扭向了车窗的一方，完完全全将我拒之于千里之外，我的心里被揉进了一根针，刺痛不已。天渐渐黑了，路灯亮了，车窗变成了镜面，映照出公车内的人们。她在车窗里的影子也是那么生硬，像刀刃一样切割着我的目光，让我越来越底气不足。不知道到了哪个站，女人起身了，她冷若冰霜的脸从我视线中滑了过去，我的目光紧锁着她，她下车后头也不回地走进了一座小区的大门，把我的目光杀死在那个地方。

我是一个老实人，所谓老实人就是很少去记恨别人，但这个素不相干的女人，有些激怒我，我的心底有了说不出的仇恨。仇恨真是个奇怪的东西，有时候骂你一句甚至抽你一巴掌你都不会产生仇恨，但是现在却仅仅因为人家不看你，你就产生了仇恨。这是怎么回事？仇恨的秘密究竟在哪里？

思来想去，太阳穴突突突地跳动着，涨痛。我抬起头来，环视公车内其余的人，站着的人都望向窗外，坐着的人要么打盹睡觉，要么呆愣愣地望着前方，每个人仿佛都被看不见的时空给隔开了，眼前所见的全是假象。我暗暗惊奇世界怎么如此诡异？萍姐那没有内容的眼睛像是螺丝刀一般，强行给我拧开了世界的内部，一个我承受不了的内部。

我的呼吸变得粗重，我的本质面临着被取消的危险。什么是我的本质？就是我曾经认为我所是的那个人。那个人快离开我了，或是，我快离开那个人了。

车上的人渐渐少了，我在终点站下车了。我四处打量了一下，居然认得这个地方，以前我和樱来过，这里有个服装批发市场，她会经常来看看有没有什么新款式。陪她进完货，我们通常会去市场对面的沙县小吃里吃蒸饺，味道并不好，但因为便宜，我们还是每次都去吃。想到这里，饥饿感从腹部蹿了上来，凶猛地撕扯着我的意识。我决定去那家沙县小吃，重温下往昔时光。

沙县小吃的老板还是那对福建夫妇，男的在厨房里忙活，女的在外边招呼客人。女老板一见我便热情地迎上来，招呼我坐下。我说要一笼蒸饺，她点头说好，还爽朗地笑了两声。她不可能记得我，她只是对每个顾客都这样，这就是日常生活的基本面貌。曾经，我和大多数人一样，天天就沉溺在这样的面貌当中，但现在，世界的内部像深渊一般向我呈现，逼迫我睁开内心之眼，我像野狼似的审视着每一个细枝末节。

刚才女老板在招呼我的过程中，仅仅看了我一眼，我得承认那一眼中还有些内容，那是一种发现了顾客的确认。我是一个顾客，这没错，可是那脸上堆起的笑容分明是为了掩饰眼神中的冷漠。我捕捉到了那种冷漠，它和萍姐以及公车白领的冷漠有着异曲同工之妙，都是视我为物，一个并不存在的物，或是一个可以成为任意存在的物。我盯着她看，她忙忙碌碌的，实际上也没干些什么，但是，她始终没再看过我一眼。

"该死的！"我在心里骂道，仇恨的火苗又烧了起来，这次比上次发生得更加迅疾。不过当我看到她佝偻的脊背与脏兮兮的头发时，又觉得自己不该生气。比起公车白领来说，她更不容易，干吗要生这种人的气呢？

蒸饺端上来了，我夹了一只塞进嘴里，想象中的温情没有出现，不仅依然难吃，而且多了几分苦涩。自己与这蒸饺倒是有了本质上的相似——那些眼睛都希望我们尽快消失与转化掉。

我几乎是挣扎着吃完的，十二只肉馅蒸饺才五块钱，非常廉价。记得新闻曾报道某些小贩拿纸箱子磨碎了做肉馅卖。我刚才吃下去的有纸屑吗？淋巴、大肠、肉碎等边角料是肯定有的……我绝不是抱怨，更不是批判，我有感而发的只是这种食物的空洞。这是毫无内容的食物,它们只是一种伪装物,就像那些人的眼睛似的。我感到一阵想要呕吐的恶心。

这时,一只猫溜了进来,在桌子底下打转,寻找着人类不小心遗漏的饭渣。桌面上有块我刚才吐出的肥肉,太难以下咽了,我便随手丢给它,它吃完后舔了舔嘴巴,目光炯炯地望着我。我们对视着。

"喵呜。"

我心里一震。我所期待的,我所认为正常的,不就是这样一种健康与自然的目光吗?

付完钱,我又来到街上。腹部有些不适,喉咙处也隐隐作呕。想不明白,我以前是怎么咽下这些东西的。难道爱情真有一种魔法,可以变腐朽为神奇?在我远去经年的故乡里流传着这样的顺口溜:"你愿意,我愿意,住在牛棚里也愿意。"但,那时我和樱之间的感情称得上是爱情吗?我们总是太过平淡,就连最后的分手都波澜不惊,没有歇斯底里的哭泣。我们只是简单地交换了几句意见,就散伙了。

可是,再平淡的感情也能抵御空洞虚假的食物,我不禁怀念起过去的生活了。

当时樱看我的眼神是怎么样的呢?我们很少像电视上演的那样,彼此相拥,含情脉脉地注视着对方。我们很拘谨,拥抱的时候,我的头通常会低下来,放在她的肩膀上，然后什么也不看什么也不想，只是闻着她的气息。她也总是羞怯的，把头埋在我的怀里。

我想她了，想见见她，随便说点儿什么都好。

犹豫了许久，我还是大着胆子拨通了她的电话。我忘了客套，直接说："出来聊聊好吗？"她沉默着。我忍受着。就在我要挂机的时候，她说："那好吧。"

我重新搭上公车，这次目标明确，直奔樱所在的诗韵小区。据我所知，那里的房租很贵，看来她的经济条件有了大幅度的提升。

现在不堵车，很快就到了。樱已经把会面的详细地点用短信发给我了，是在小区正门左侧咖啡店的25号桌。她还是那么细腻（以前我觉得那是婆婆妈妈）。我很快找到了那家咖啡店，并且在进门的瞬间就看到了樱，我的心突然跳得很厉害，樱怎么那么漂亮！那是记忆中的樱吗？她看到我，朝我笑了笑，我看到了她的眼睛以及她的眼神——多么美丽多么自然啊，就像蝴蝶翅膀上的图案，就像刚刚退潮的大海，就像温暖的衣衫……我又变成诗人了，满脑子都是歌颂的诗句。

"你好像瘦了。"我刚坐下，樱便说道。

"是吗？"我伸手摸着耸立的颧骨，心中有些感动，没有人发现我瘦了，包括我自己，可樱一见面就发现了，她的确是会认认真真看我的人。

"你越来越漂亮了。"我诚恳地说,说完又有些难为情了,以前在一起的时候我从没有这样说过。

樱笑了一下,她只是淡淡地问道:"现在还好吗?没换工作吧?"

以前她一直嫌弃我的工作,虽然她没直接说出口,但言语之间总鼓励我"走出去",这种观点在她心里至今也没改变。

"我还在仓库里。"我如实相告,低头想了想,又补充了一句:"过得不大好。"

"哦?怎么了?发生什么事情了吗?"樱关切地问。

"呃……"千言万语,我又不知该如何说起,我只得说:"先说说你的情况吧。"

"我挺好的,近来生意不错,我还雇了一个店员。"

"祝贺你!这样……真好。"

"小店生意,还是那么无聊。你快说说你吧,怎么不好了?"

我把分手后开始写诗又被领导知道的一系列情况对她说了。她的表情很丰富,先是得知我写诗变得惊讶,后来得知被领导叫去变得高兴,再后来得知领导的诗写得不怎么样变得无奈……可她自从第一眼看过我之后,就没有再认真地看着我,她时而低头喝口咖啡,时而望望窗外,要不是她丰富的表情,我肯定以为她没在听了。因此,讲到这里,我不知道该不该讲萍姐的眼睛以及接下来发生的那些。如果讲了，会不会造成对樱的冒犯呢？或者，压根也得不到她的理解？

"然后呢？"她喝了一口咖啡问我。

以前我们在外渴了最多买瓶饮料，从来没有去过咖啡馆，一杯咖啡三十元对我们太奢侈了。可她现在那么熟练地用小勺搅着，用小口喝着，那么得体与优雅。不到一年时间，一个人竟然会发生脱胎换骨的变化，令我暗自惊心。

"然后……然后我在同事们欣赏领导诗歌的时候笑出声来了。"我说。

"晕，你怎么……怎么这么不懂掩饰自己啊？"樱捂着嘴巴，摇着头说，嘴角蓄满了笑意。

"我想掩饰来的，但没忍住。"我随即说了阿龙阿强在厕所"用"书页的事，樱这次真的被逗笑了。

"是很可笑吧？所以当时就没忍住。"我欣赏着樱的笑容。

"没事啦，小事情，明天也许大家就忘了。"樱安慰道。

"不，不会的，他们肯定会告诉领导的，我们那里的风气就是这样。"

"这事传到领导那里就麻烦了……"

"嗯，我们领导很小气，很在乎自己作为单位一把手的尊严与威严,这下麻烦大了。"我朝樱投去深切的一瞥,希望得到她更多的关心。她感到了我的目光,低下头,局促起来,嘴巴紧紧抿在了一起,一副深思熟虑的模样。

墙上的钟表滴答作响,时间像癌细胞一样不停地自我繁殖着,吞噬着我此刻的存在。看着樱的样子,我在这一刻里突然对永恒有了迫切的渴望。

"要不你写个读诗报告给领导看?证明你是真心喜爱并学习了他的诗的。"这时,樱打破了时间的冰面,缓缓说道。

"读诗报告……"我的嗓子发干发紧,我做梦也没想到樱会想出这么个主意。

"是的,读诗报告,反败为胜的一招啊,一定能让领导高兴起来的,如果你的文采足够好,打动了他,调你去编辑岗也不是不可能的事情呀!"樱说着高兴了起来,手舞足蹈的,好像梦想已经成真了。女人真是把梦当作现实来过的啊。

"这样也太……"我犹豫。

"你就这样做吧,这是个好机会!"樱强调了"机会"这个词。

"嗯。"我还没决定是否真去做,但我得先答应她,好让她感到满意。

樱笑了,说:"虽然我们不在一起了,可我还是希望你好好的。"

原本我还想提出复合的意思,听她这么一说,我明白自己可以打住了,她的话证明她已经完全放下了。这时,樱掏出白色的苹果手机看看时间,说:"不早了,该回去了。"

"我送送你吧。"我站起身来。

她摇摇头,说:"我就住在这个小区里边,很近的。"

我和她一起走出咖啡馆,她朝我挥动着手臂,说:"拜拜。"这声"拜拜"启动了我的伤感装置,我像个孩子样的突然贪恋起她来,顺势又跟着她继续走,嘴里说:"我还是再陪你走走吧,毕竟晚上不安全。"她没有看我,但我听见了她在黑暗中的叹息,我还没能理解这声叹息的含义,就发现有个男人的身影迎面出现了。

"小樱。"他叫道。

"你怎么来了?"

"太晚了,我不大放心你,就出来看看。"

我的心沉了下去,不知为什么,我的眼睛向上看了看天空,觉得自己正在加速坠落,要被南方星空的雾霾所吞噬……樱对那个男人介绍了我(看不清她的表情,但感觉她很自然),男人伸出手来,我也赶忙递了过去,他轻轻握了一下,轻如尘埃,我几乎毫无知觉。

"你好,听小樱说你是她很好的朋友,以后多联系哦。"男人说,他的眼睛隐藏在一片昏黑中,我无法看清楚,但我确信他的眼睛对我是黯淡无光的,比白天那些可怕的眼睛更加充满敌意。我在他眼里也是一个莫名其妙的物,需要被尽早归类(例如:很好的朋友),然后便于处理掉。

"好的,拜拜。"我看到自己的手臂在半空中孤独地划动着,像一辆旧车的刮雨器。他们的身影闪过小区的铁门便不见了。

他的胳膊一直搭在樱的肩膀上,樱没有再回头。

这种滋味不好受,疼痛与苦涩自不必多说,尤其噬心的是某种期待的破灭。我这才意识到这次见她并非仅仅源自想念,而是抱着期待乃至希望。现在,绝望莅临了,我那本就布满裂纹的感情门扉被撞得粉碎,一片无垠的荒原横陈在面前。没有任何救援,擦肩而过的人们都带着自身那被囚禁的眼光,他们看不到我,更不可能看到我的痛苦。我变成了隐身人。

"一个幽灵,共产主义的幽灵,在欧洲游荡。"不知怎么的,《共产党宣言》那个著名的开头浮现在我的心中,我自然不是共产主义(领导说我还不够入党的资格,具体哪里不够他也没说,只说要先和组织多亲近亲近），但我却成了真正的幽灵，一个看不见的幽灵，在南方的大街小巷中游荡着。

我想起樱刚才的建议：专门给领导写一个读诗报告。这个建议想来非常合理，但我仍然在犹豫和挣扎……一个隐身人开始溜须拍马，领导就会正眼看他吗？就会把他从一片幽暗中拯救出来吗？

也许真的可以，我的双腿已经自动朝单位走去。快走到单位的时候，我渴极了，沙县小吃的煎饺放了太多的味精，后来和樱喝的咖啡又让嘴巴变得酸涩。路边正好有一个西瓜摊，一排排切好的西瓜牙放在三轮车的木板上。这是岭南人叫作"走鬼"的摊贩，他们是市场经济的游击战士，趁着月黑风高城管放松警惕之时才敢溜出来。

"一牙西瓜多少钱？"我紧盯着他的眼睛问。我变得偏执起来，就喜欢看别人的眼睛。

"一块钱。"他的眼睛乃至他的脸都晦暗不明，像一片活动着的黯淡色块，对外没有丝毫辐射。

我吃了一牙西瓜，又拿了一牙，这个模糊不清的走鬼勾着头，一言不发，一脸麻木。我给他钱，他也不看我，只是伸手随便一扯，钱便掉进了三轮车厢里。这个姿态一方面充满了不屑，一方面又充满了无奈的悲凉。一块钱，还能指望什么？但，一块钱就不是钱了？！我被内心的火苗又烫了一下，赶紧深深喘了口气。这时，我突然发现西瓜刀被胡乱丢在木板上，刀刃在街灯下闪烁着欢快的光泽。那光泽很美，很漂亮，简直难以描述。

十分钟后，我坐在仓库办公室的桌前，手持领导的诗稿开始细读。是的，我已经决定给领导写读诗报告了，说起来让我最终下定决心的，居然是那卖西瓜的走鬼。他让我想到自己在领导的眼中也是黯淡的一团吧，所以才导致了被视而不见的悲剧。看来问题是出在自己身上，怨不得别人。我一定得改变了，要摆脱那种黯淡的状态，要像刀刃一样闪闪发光，刺穿盔甲一般的冷漠，最终抵达夺人眼目的境界。那种境界，就是世俗以为的成功了吧。名利于我倒是无关紧要，只要能让人对我正眼相看，我便心满意足了。尽管这是个渺小的梦想，却让我有了伟大的热情。

面对领导那些煽情的诗句，我开始提笔颂扬了。我原以为这个过程会像泥泞小道样的艰难，没想到真动起笔来却如滔滔江水连绵不绝，这才明白了为何现在都把"扯淡"改叫"吹水"了，原来是个非常准确的隐喻啊。我忘记了时间，完全投入到吹水的事业中去。吹水完毕，我抬头看看窗外，天已经麻麻亮了。我累极了，顺势趴在桌面上，酣睡了过去。

我被萍姐的开门声给吵醒了，她惊呼道："你昨晚睡这了？"我赶紧辩解道："没有，只不过今天来得早，刚才却又困了，就睡了会儿。"萍姐紧追不舍地问："你今天来那么早干吗？"我说："昨晚没睡好，早早就醒了。"萍姐那视而不见的眼睛望向我这边，我不敢对视，赶紧打着哈欠，望着天花板说："还不是因为樱，她有人了。"萍姐知道我和樱的事情，她叹口气说："你还管人家干啥，你赶紧管管自己吧。你放心，有合适的我会介绍给你的。"要不是我看穿了她的眼睛，她的热情一定会令我感动的，但现在，我觉得她虚伪、麻木和装腔作势。我相信，等到她下班的时候，她早就把她说过的话抛到九霄云外了，我之于她，只是特定时空中的一个黯淡的影子。

趁着萍姐去卫生间的空当，我拿着领导的诗稿和读诗报告溜了出去。在街边遇见了阿龙和阿强，和他们微笑着便擦肩而过了，我回头看他们，只看到他们的后脑勺，看不见他们的眼睛。

领导办公室的门虚掩着，证明他在，但不确定还有没有别人，读诗报告千万可不能让别人知道，它是我难以启齿的隐私。我感到紧张，手心都出汗了，因为我从未主动找过他，被动变主动我还无法适应。我机警地打量着四周，害怕有同事经过，可偏巧就有高跟鞋的脚步声在走廊拐角处响起，我这样鬼鬼祟祟的被人看到怎么办呐？我心一横，伸手敲了领导的门，领导雄壮的声音传了出来：

"进!"

我推门走了进去,发现里边就他一个人,不禁松了口气。

"你看完诗稿了?"

领导像有特异功能一般,并不抬头看我,却知道来者是我,我感到惊讶万分。

"是的,看完了,写得真好。"我说完后不知道自己的语气是否自然。

领导笑了笑,说:"你的诗呢?什么时候拿来给我看看。"

我说:"我写得不好,就不要浪费您的时间了……"

领导打断我的话,说:"好不好,要我看过才知道嘛。"

我鼓足勇气说:"那好,我尽快整理好给您,现在我想请您看个另外的东西。"

"什么?"领导终于抬头了,但他只是望了一眼我的手,当他看到我手里拿的还是一叠纸的时候,头又低了回去。

我把读诗报告递了过去,说:"您的诗写得太好了,这是我读后的一些感受,我尝试着写了一篇评论。"

我以为他会非常诧异的,以为他会抬起头来睁大他的双眼,用一种意想不到的全新目光来打量我。但是,没有。他嘴里含混地说:"是嘛。"他略略欠身,伸手接过文稿,丢到了书桌旁边的地上。他的桌面上堆满了文件,书桌旁边的地上堆的是过期的报纸,我的稿子便和那些旧报纸躺在了一起。

"还有什么事情吗?"

"没有了。"

我转身朝门口走去,心里的失落仿佛一盆沸水放进了冰箱里。我不甘心,我觉得隐忍的道路已经走到了尽头,我不能再让一些低矮的篱笆封死我,是需要主动出击一次的时候了。体内涌出了连我自己也难以想象的勇气,也许是长期的抑郁与焦虑终于抵达了一个临界点。我停住脚步,转身往回走,在他面前站定,说:"请您看着我。"领导说:"我忙完工作会看的。"我说:"不是说那个文章,是请您看着我。"

"看着你?"领导面露愠色,眼皮抬起瞥了我一眼,说:"你有什么好看的?"

"请您正眼看着我。"

"你这么说什么意思?"

"没什么意思,只是希望和您有个比较正常的交流。"

"难道你的意思是我和别人交流一直不正常?"

"我不知道你和别人是怎么交流的,反正你对我不正常。"

"我怎么不正常了？"

"看着我！"我突然吼道。

领导被我这声怒喝震慑了，他浑身哆嗦了一下，他做梦也没想到一个黯淡的身影会这么对他大呼小叫的吧，而且，为了微不足道甚至他都无法理解的琐事。我的心里夹杂着恐惧、愤怒以及破罐破摔的无赖之勇，当然，还有一丝恶作剧般的快感，这是我之前完全料想不到的。几秒钟之后，领导缓过劲了，他也带着愤怒吼道："你干什么呀？你疯了吗？！"

"正视我，再说话！"我坚持到底。

"出去，我不想再看到你！"他朝我使劲挥着手，仿佛驱散一阵呛人的灰尘。

这句话是一粒致命的子弹，击中了我的要害，它宣告了我的双重失败：自尊的破产和工作的下岗。我的眼睛湿润了，但那不是泪水，而是一层血雾样的东西。我必须反抗，我不要双重的失败，工作丢了我还可以再找，但自尊破产了，也许这辈子就废了，再也没有做人的勇气了。我看到桌面上放着一把裁纸刀，我一把拿起，几步上前，左手撕住他的衣领，右手握刀抵住他的肚子。猛然爆发的行动超出了我的控制，我的嘴唇在颤抖。

我一边颤抖，一边咬牙对他说："看着我！"

看到我害怕的样子,他的嘴角蓄满了轻蔑的笑意,他说:"神经病!"

突然,我的右手又失控了,刀子像水蛭一样钻进了他的肚皮。然后,我的手被热乎乎的血给淹没了,像打翻了一杯咖啡。他的嘴巴张得大大的,却说不出任何话来,嗓子深处只有一些咕哝咕哝的含混杂音。

现在,他的眼睛像野马一般瞪大了,死死盯着我。我也瞪大眼睛,用力对视着他,我看到他褐黄色的瞳孔渐渐放大,像莱卡相机的镜头在调整光圈似的。

我对他说:"你的那些诗感情空洞,充满了装腔作势。你回避了自己最真实的情感,要不就是你压根没有能力去发现。你根本不是个诗人。"

我像个激情万丈的评论家那样演讲起来,他的眼里流露出恐惧、愤怒、悲哀以及绝望的目光,那样的目光让我感到满意。不过,我突然发现他只是个普普通通的中年男人而已。他的眼睛周围布满了皱纹,眉毛如稀疏的杂草,右眼的下方已经长出了黑黄色的老年斑。尽管他的眼光由于极度的痛苦变得熠熠生辉,但由于器质的老化,无论如何都谈不上清澈了。

我沮丧起来,叹口气说:"你应该早点看着我的。"

鲨在黑暗中

鲨毫不悲伤,安静地待在巨大的玻璃箱里。水刚刚好漫过斧头似的背鳍,我本想再加些水进去,好让鲨更舒服一些,而不是像个水泥桩一样匍匐在地心引力脚下,但我怀疑玻璃箱无法再承受哪怕一杯水的重量。

"谢谢,你就算是加满了水,我也浮不起来。"鲨很敏锐,总能看穿我的心思。可鲨说话的声音很怪,带着海底的混浊,嘴巴里也没有气泡吐出来。如果我闭上眼睛,我会觉得那声音来自很远的地方。

"我知道,你们鲨都没有鱼鳔,让你浮起来太难了,我就是下意识地想帮帮你。"我坐回椅子,把右腿翘在左腿上。只要我有空,我就坐在这把椅子上,和鲨聊聊天。我怀疑鲨是我们远祖的图腾,否则我父亲怎么会告诉我,我们家族每一代人都热衷于养鲨。鲨通过秘密的方式从渔民那里运来,然后藏进地下室里当宠物,没人知道那是什么品种的鲨。我的鲨是我十八岁的时候我父亲送给我的,算是我的成年礼。很幸运,我的鲨是个有趣的家伙,和兔子一样温顺,只吃白菜和胡萝卜。很多年前,它刚来的时候,我发现一把鱼钩嵌进了它的牙槽,生锈发炎,差点要了它的命。鲨发誓再也不吃荤了,它觉得所有的肉类都暗藏祸心。

"你帮我够多的了,你别以为我不知道你给我的蔬菜三明治。"鲨笑起来很有些邪恶,因为它的嘴角上咧,而眼睛还是圆睁着的,像是在思谋什么坏主意。不过,这对于习惯了鲨的我来说,恰恰是鲨可爱的地方。为了保证鲨的健康,我不得不在菜叶里边卷上肉片,否则鲨撑不了太久。毕竟食肉是鲨的天性,刻意像僧人一样善良,注定是行不通的。

"你这样揭穿我,我以后该怎么办,还要不要给你加料?"我认真思考着这个问题,许多事情都是靠透明的谎言维持着的,少了这层透明的胶带,事情的性质就会起变化。

"我说什么了?我已经完全忘记了。"鲨恢复了本来的样子,像圆规画出来的眼睛里毫无悲伤,只有一种捉摸不透的呆滞。

"装作一副大智若愚的样子。"我站起来,看到它蠕动的鳃裂,我早就数过无数遍了,七道,像是七道伤口。偶尔，我也会觉得那像是一架肉做的风琴。

"不要盯着我。"鲨说。

"可我喜欢。"我知道，当我盯着它的鳃裂看的时候，它会紧张。

鲨的紧张，令人莞尔。

我走出这间巨大的地下室，转身关了灯，鲨在黑暗中成了一道更黑暗的存在。黑暗中的鲨是沉默的，一言不发，像是在积蓄心劲，努力忘记自己的暴力与自由。我关上门，小心地挂上锁，锁好，似乎鲨长着翅膀，会突然飞出来。我站在只有一盏白炽灯的昏暗走廊里，闭上眼睛，仿佛能听见心脏剧烈的收缩声。每次都是这样，在打开另外那扇门之前，我都会抑制不住地激动，任时光荏苒，那激动却总是如同雪山融水，绵绵不绝。

另外那扇门也挂着锁，是一把更强壮的锁，我轻轻地扭开锁头，尽量不发出一丁点声音。推开门，紫色的光线泄露了出来，今天是周日。白光被分解为七种色彩，每一种色彩都和一周的七天相吻合。我相信这符合宇宙的逻辑。而且，只有在这里我才能忘记鲨的存在，否则，我的意识里边总是有鲨的阴影，像是那把鱼钩上的黑褐色的锈迹。

我的妻子还坐在那里，虽然我至今还不知道她的名字，但这有什么关系呢？重要的不是她叫什么，而是她是我的妻子。她是我的妻子这件事情，是我单方面拍板决定的，但她并没有提出抗议，因此这件事就这么定了。

她故意低头不看我，用长长的头发遮住脸。她总是这样。她总是故意惹怒我。我让她抬起头来，她一动不动的，仿佛已经死了，我伸手托起她的下巴，她睁开了那双有些浮肿却依然漂亮的眼睛，却不看我，不知道看向什么地方。她很高大，坐着都比我高，当然，几乎所有的人都比我高，我小学毕业后身体似乎就冬眠了，再也没有长高过一公分。我试过各种体育锻炼，可都没有用，我倒是变得非常强壮，这让我显得更矮了，几乎成了正方形。那些房客背地里都叫我螃蟹，我知道他们这样叫我，可我出现在他们面前的时候，他们却对我笑眯眯的，叫我杨总。杨总，一个可笑的称呼，我算什么"总"，我的产业只有老爹留给我的这栋四层高的破楼，当初也花不了几个钱。谁知道楼房建得那么多那么快，等老爹死后，周围闪着光的玻璃楼房就把我家的破楼整个包围了。穿着笔挺西装和光亮皮鞋的家伙们，抢着来我这儿租房。我不想租给他们，我只想租给穿细高跟鞋屁股扭来扭去的单身女人。这样的房客陆陆续续来了不少，但我没有找到传说中的爱情。直到有一天，我遇见了我的妻子，我的心如同遭遇了闪电，我毫不犹豫，仅仅一周后就把她带到了这儿。

我吻了吻我妻子的眼睛，她就那么睁着眼，任我吻，我感到有点儿害怕。我说亲爱的，你把眼睛闭上好吗，可她不理我，干脆把眼神横了过来，盯着我看。我也盯着她看了一会儿，觉得她的眼睛里边像是藏有深渊，要把我吸进去。我赶紧摆脱了她的目光，过去站在她的身后。她扭动了一下身体，像舞蹈家样的，洁白的肩膀在绳索下滑动着，光滑的皮肤上起了细微的褶皱。我的捆绑手艺还不赖，她总是无法解开这些鲜艳的红丝带，就算我给她足够多的时间，她也不能。有好几次，我故意没有锁门，想看看她解开丝带后会不会留下来，但我回来后发现她还坐在那里。我以为她压根就没有努力，直到我看到她手腕上的红肿，才相信她付出过很大的努力。

如今，我再也不用担心了。即便我松开绳结，她也不会跑了，她已经习惯了紧束的感觉。人总是容易习惯各种事情，就像我这样的人都能习惯自己的存在。

但我没有尝试过松开她的绳结，也许有所谓的"斯德哥尔摩情结"，不过，我想那只是一种基于思想的假设罢了。以后也许真的会有那么一天，可眼下，我觉得还没到时候，我不能轻易冒险。

我从后面捧住她的脸颊,就像保护着世上最脆弱的事物;我轻轻将她的头往后拉,看到了她瓷器般精致的鼻尖;我让她的头枕在我的胸前,心脏跳动的地方,我是如此爱她。我不知道为什么,我是如此爱她。她与其他女人最大的不同是什么?更美?还是更睿智?实际上我并不清楚。我正在思考,她忽然转过脸,像鲨捕食那样使劲咬住了我的左手,一阵钻心的刺痛,我叫喊了起来,左手失去了控制,像条受伤的蛇那样跳了起来,我的右手不自觉地卡住了她的脖子,纤细的脖子让人想起那种制作精美的酒瓶,握着那样的酒瓶倒酒,真是一种美好的体验。当然,我也可以轻而易举地拧断它。对美的破坏从来都有一种致命的诱惑。

红色的血滴在了她的白裙上,那是我的血。每次不小心被她弄伤,越是疼,越是血流成河,我越是有种如释重负的解脱快感:我欠她的,正在以意想不到的速度还给她,然后我们会两不相欠,我可以平静地看着她的眼睛,和她说话。

"我爱你。"我伏在她的耳边小声说。

"去死吧!"这句话,她说了无数遍。

"我们都会死的,只是时候没到。"我哼哼道。

"侏儒!"她补充。

我觉得这是一句很客观的陈述,用这个骂我,我觉得毫无意义。但她只要能吐出只言片语,我都甘之如饴。她的嘴唇因为愤怒而颤抖,惹得我的心脏也在颤抖。是什么让她的愤怒如此长久?被一个侏儒绑架而不是被权力、资本和市场绑架?可这个侏儒所做的这些都是出于人之为人的爱呀,他也是没有办法了。谅解他吧。我的手离开了她的脖子,她呼了一口气,仿佛听见了我的心里话。

今天早上,大约八点钟,我从床上爬起来,眼睛不用看便把脚趾灵活地塞进夹脚拖鞋,分开的脚趾让我看上去更像螃蟹。我先在厕所撒了泡很久的尿,然后来到阳台上往外看。我住在顶楼,那些租户都被我踩在脚下,我喜欢这种感觉。她们走出楼门去上班,我看着她们的头顶,她们的两只脚轮流从脑袋上冒出来,然后逐渐出现了后脑勺和脊背……人真是奇怪的生物,每个人总有看上去像侏儒乃至怪物的时候。我喜欢研究人,我经常会对人做出一些判断,大多数情况都是对的,尽管如此,这些正确的结论也没有任何价值,带不来一分钱。我不记得从哪天开始,钱成了一切崇拜的中心,在我的童年时代,似乎并不如此。那会儿,我更加崇拜邻居那位穿军装的哥哥。

尽扯些废话,我是说,我今天早上观察的时候,还看见了两个陌生人。两个陌生的男人。他们总是在附近转悠,眼角的余光老是往我这边瞥。余光是很神奇的一种玩意儿,你看不见,却能感到。我总能感到看不见的事物,比如细胞被宇宙射线击中的瞬间,有一种细微的灼痛。眼下,这两个男人身上有让我恐惧的东西,他们的白衬衣太干净了,腰杆太直了。他们总是对别人表现出过分的好奇。其中的一位还偶尔拿出墨镜来戴上,过一会儿觉得不对劲,又拿掉了。他的个头很高,脖子比水桶还粗,肯定是一把打架的好手。

他们当然是警察,我并不怕警察,几个月前警察就来过了,他们一无所获。无论是鲨,还是我的妻子,他们都无缘一见。

每一天,这个世界都在发生天翻地覆的变化,岂是谁能守得住的?无论如何,我只要守住自己的小世界,一个浑浊的无法判断的卑微生命。

房客都走空了,我不用看表也知道,因为我的神经系统已经和这座房子连成一体了,她们的细碎动静,都会扰动我的神经末梢。我回到房间,拿起镊子,还有保鲜袋,先打开了三楼第一个房间的门。我不用钥匙就能打开这些房间的门,锁是她们新换的,但门一直都是我的,锁抗拒不了门。这个房客应该是一位秘书,每件衣服都非常规矩,最引人注目的是她永远都穿着黑色的丝袜和黑色的高跟鞋,我多次检查她的衣柜，印证我的想法。百分之八十的衣服是深色的套装短裙，我摸摸那些衣服，布料表面的纤维和绒毛，想了想她的老板摸上去是什么感觉。

她每天回来得很晚，早上走得最早，房间算不上乱，因为回来也没什么太多的活动。我小心翼翼地用镊子夹起她枕头上的头发，放进保鲜袋。她掉落的头发很多，证明她生活在可怕的焦虑中。床单上的卷毛也是我感兴趣的，我同样会夹起来，放进保鲜袋。我在制作一个枕头，我希望梦见她们有温度的身体，希望梦见她们也梦见我，希望梦见自己和她们真正生活在一起。我不想承认我太孤独，我想得到她们的安慰。在我的妻子开口说她爱我之前，这个未完成的枕头是我仅有的慰藉和希望。

我在她的床上躺下，闭上眼睛，脑海里一片黑暗。我已经检测到她和我一样，也是个无梦的人。我坐起来，拉开她的抽屉，漫不经心地挑拣，终于找到了她的证件照。我大致知道她的样子，但我需要凝视她。她的脸偏瘦，眉毛很淡，颧骨坚硬，眼神隐隐透出胆怯。她天生就得生活在别人的阴影中。她可以活在我的阴影中吗？我有阴影吗？我的存在本身似乎就是一个阴影？我是活在别人的阴影中吗？难道，我们都在鲨的阴影中吗？

不，除了鲨，我没有活在别人的阴影中，他们没有真正注意到我这个存在。他们也许将我排斥在了人类的范畴之外。可他们不知道的是,我每天午后,都会阅读维特根斯坦的《哲学研究》、亚里士多德的《修辞学》和王阳明的《大学问》。我知道这是人类最好的书,我把门从里面锁紧,然后一个字一个字地念出声来,房间里飘满了词。那些词是有限的,但不同的排列组合之后,意思是无限的,我每每深感迷惘和敬畏。这就像我对鲨的敬畏一般。鲨的存在,足以证明世上有上帝这种捉摸不透的大玩家。

"一个人懂得太多就会发现,要不撒谎很难。"维特根斯坦的这句话让我想了很多。我并不害怕撒谎,也不会因之羞耻,我只是发现不知道从什么时候起,我对自己说出的话深信不疑,我怀疑自己成了最可怕的那种撒谎者,那就是彻底地骗过了自己。这真的是个可怕的想法。维特根斯坦还说:"不要玩弄另一个人内心深处的东西。"我想,我从不玩弄另一个人内心深处的东西,我只是想得到另一个人内心深处的东西。具体而言,我只是想得到我妻子内心深处对我的爱。

真的,我不想玩弄她。

我之所以阅读、思考,就是想牢牢把自己锁在人类的范畴之内,阻止别人将我驱逐出人类的企图。我脱下裤子,使劲嗅着这女人房间里的气味,开始手淫。

我把精液收集在一个水杯内,然后在她的内裤、床单、坐垫、马桶垫等最易接触的地方仔细涂抹,我知道这样希望渺茫,但我从不放弃。我希望有自己的孩子,越多越好。我曾去医院表示愿意无偿捐精,但他们无情地拒绝了我,他们都哈哈大笑地望着我,有一个很漂亮的女医生让我去照照镜子。我照了镜子,除了太矮之外,其他并没有什么畸形的地方,难道因为矮就没有做人存在的权利了吗?我只能自己动手来恢复这种上天赋予我的权利。

如果我的妻子爱我,她就会同意为我生孩子。我希望和她用人类普遍采用的正常方式,来让这个孩子诞生于世。

那个时候,我就能避免这种猥琐的行为。没有爱的生活,怎样做都是猥琐的。既然如此,我必须在猥琐中发掘出一星半点的乐趣。

中午时分,我回到自己的顶楼,炖了红萝卜猪骨汤,炒了木耳鸡块和糖醋排骨,蒸了米饭,我做饭的手艺和我捆绑的手艺一样好。我带着丰盛的午餐,来到地下室,和我的妻子共进午餐。

"亲爱的,吃饭了。"

"去死吧!"如你所料。

我把饭菜在她面前的小桌板上摆好,然后开始吃饭,我吃一口,看她一眼,她一直闭着眼睛。我知道她很饿了,她在控制自己。我只要稍稍离开一会儿,她就会很快吃完剩余的饭菜,我至今也不明白她是怎么做到的。我想安装一个摄像头偷窥她,但我怕这样的方式会让她绝食。相信我,我并不希望她死,我希望她活着,好好活着,然后爱我。我会留给她基本的尊严。尊严是爱的基础。

"你吃吧,我上去看书了。"我转身,走得很快,似乎我说出"看书"这样的字眼她就会随时叫住我。

她很沉默。要是我,我也会沉默的吧?

可我不是她,我只能是我,封闭在低矮肉体里的侏儒。我走到门口,转身,嘴巴里突然迸出了一句话:"你也不问问我都读的什么书?"

"去死吧!"她好像只会说这句话,只是这次说得有气无力。她饿了,需要吃饭。

"你总有一天会爱上我的,只要你和我聊聊那些书,那些高贵的文字。"我说完,离开了。我在爬楼梯的时候,气喘吁吁,我对我说的话似乎没那么确信了。

我是在欺骗自己吗?我无法彻底骗过自己了吗?

我午休了一会儿,大约两点半,我起来撒尿,又看见那两个家伙,他们抽着烟,很放松的样子,似乎找到了什么能拿住我的东西,脸上带着窃喜的笑容。我不喜欢那样的笑容,那不是正义的笑容,而是幸灾乐祸的笑容。我喜欢鲨的笑容,鲨笑起来是很直接的快乐,就和我一样。经过反复思辨之后,我觉得自己不应该怕他们,如果他们知道问题出在哪儿,肯定一秒钟都不会耽搁。

下午,我打算先读圣贤书,然后去另外一位女士的房间,那好像是个文员,沉静害羞,瘦得像把柴火。我觉得出于悲悯,也应该去她那里看看的。就在我打定主意之际,传来了敲门声,这是我最惊恐的声音。我蹑手蹑脚摸到门后,从猫眼里往外看:他们终究还是来了。我毫不迟疑地开了门,我相信他们还是会和以前一样一无所获。更深的原因是,我从不觉得自己是个罪犯。

他们没有东张西望,没有东翻西找,径自在沙发上坐下来,没穿警服的他们看上去毫无底气。

"来,警官,辛苦了,喝茶。"我泡好了普洱茶,递给他们。

他们面面相觑,仿佛他们不知道我知道他们是警察。

"聊聊天吧。"大个子点着了一根烟,他的墨镜挂在胸前,领口大开着,里边的皮肤很光滑,看起来像个女人。

"好啊,想聊什么?"

"就聊聊你,我们觉得你是个特别有趣的人。"

"有趣在哪里?"

"看上去很滑稽。"

"这是羞辱我。"

"绝对没有,马戏团也有小丑,没人羞辱小丑。"

"这儿不是马戏团。"

"哪儿都可能是马戏团。"

"警察局也有可能?"

"有可能。"

他很严肃地看着我,吸了一口烟。我觉得他这样说话,一定是个非常真诚的人。我愿意和真诚的人掏心掏肺地聊天。

"那我要告诉你们,我自认为是个严肃的人,如果我有什么乐趣,就只有活着本身的乐趣。没有经过审视的生活是不值得过的,苏格拉底说。我几乎天天在审视自己的生活,我知道自己的生活毫无价值,但这种审视,让我觉得可以继续过下去。"

他们笑了起来,烟灰都掉了下来,我不明白他们为什么突然这么快乐。是我说错了什么吗?我不确定,只好继续说:"审视,会让一个人生活得痛苦,如果这个人是邪恶的,那么这种痛苦肯定会翻倍。那么,能不能说一个人在审视自己的时候痛苦越小,他的本质就越善良?"

"我不知道你在说什么,但我敢保证你一定很邪恶。"那个矮瘦沉默的家伙说。他的眼睛很小,眼皮耷拉下来,看不清他的瞳孔。

"你们觉得鲨鱼邪恶吗?"我绕过他的攻击,想起了鲨那双无辜的大圆眼睛。

"当然,这个还用问吗?"他们点着头,对这个判断极为自信。

"但是鲨鱼要活下去,就必须吃别的什么鱼,它和狮子老虎一样,为什么就觉得鲨鱼邪恶呢?"我想起在深海里遨游的鲨,它们矫健有力,通过永远的运动来保持身体的悬浮。

"因为鲨鱼看上去比狮子老虎更凶残、更冷酷。"大个子说完几乎打了个哆嗦。

"你只是亲近哺乳动物,惧怕鱼类这种物种的原始性。"我微笑着揭开谜底。

他愣了一下,随即点头:"深海中的一切都是原始的,那里的某些生物甚至都不能叫作生命。"

"那里才是真实的吧,人类都太虚伪了。"我盯着他的眼睛。

"那你虚伪吗?"

"当然,因为我也是人类。"

"你总把人类挂在嘴边吗?"

"还放在心里,时刻牢记。"

他们又笑了,我早知道会这样,人们对于过于正确的话总是无法面对。但他们在谈话中笑的太多了,已经失去了我一开始认为的真诚,这让我心生厌恶。我一向觉得,被厌恶的人应该被限制起来,封存起来,让他们和自己的厌恶待在一起。哪怕他们是警察。

"你这里肯定藏了什么东西。"大个子居然这会儿戴上了墨镜,他看着我,我却看不见他的眼神,我对他的这种行为深感气愤。

"是的,我这里藏了太多的东西,你想知道吗?"我挑衅道。

"你说。"墨镜不动声色。

"那你们听好了。"

是的,是该说说我家的地下室了。我相信,等我说完之后,他们永远也不会忘记的。

我家的地下室不知道有多少个隔间,我没有去数过,也不敢去数。从我的曾祖父那辈,就开始挖起了地下室。这自然来自于血的教训。广州这百来年可不是什么太平之地。父亲曾含混不清地说他的曾祖父(我都不知道该怎么称呼这位祖先了)死于一场暴乱,我试图跟历史书中的记载对上号,反复问父亲了一些细节,但他已经记不清楚了,那都是他父亲在他小时候跟他讲的,他只是很肯定他的曾祖父不是死于太平军之手。不过受太平天国的启发,他说,好像是什么大成国的造反。大成国?看我不解的样子,父亲在我头上狠狠拍了一巴掌,就是电影里的天地会嘛!好吧,天地会害死了我的祖先?那不一定,也许是清兵,谁知道他参加了哪一方。我宁愿他参加的是天地会。无所谓啦,他都不知死到哪里去了,据说年轻时在三元里还杀过英国佬,最后还是死在自己人手上,连个坟头都没有。我们家没有祖坟?没有。

"听你这么说,你们家还是民族英雄呢。"墨镜嘎嘎笑了起来。他一笑,矮瘦的家伙也跟着笑。

"那当然了!"我站起来,给他们的茶杯里添茶。你们笑吧,笑吧,笑不了几次了。

当时幸亏有个放杂物的小地窖,父亲的爷爷也就是我的曾祖父(我对祖先称谓的极限)就是藏在里面,避过了杀身之祸。曾祖父心有余悸,开始了对地下室的修筑工程,而且很快就证明了他的担心并非"一朝被蛇咬,十年怕井绳"。清朝完蛋后,军阀混战,那个来自海陆丰的陈炯明,自有一番见识,跟孙中山一言不合,就打了起来,曾祖父带着全家人躲进里边,又一次活了下来。孙大元帅重新杀回广州之后,嚷嚷着要北伐,曾祖父跟着他的表哥在买鱼回来的路上无意听了一次孙大元帅的演讲,被鼓舞得热血沸腾,回来就说孙大炮果然了不得,收拾行囊要和表哥跟孙元帅闹革命去。那位表哥刚到长沙放了几枪竟然吓得屁滚尿流，跑了回来，他摇晃着脑袋说曾祖父倔得很，中孙大炮的毒太深，说是一定要跟着蒋校长实现革命，革命不成，誓不回家。

从此，曾祖父再也没有了任何消息。

"他跟着蒋光头，也能说是革命？"矮瘦的家伙插了句。

"那会儿还算是革命的。"这次墨镜说了句公道话。

祖父也开始了修缮地下室的行动。北伐是成功了，可孙大元帅那么早就死了，谁知道那些北方佬会不会打过来呢？这个念头让祖父获得了足够的动力，他开始深挖洞、广积粮，已成狡兔三窟之势。没想到北方佬没有打过来，倒是日本鬼来了。当时很多人都往香港跑，祖父嗤之以鼻，他很自豪自己的爷爷手刃过不中用的英国佬，去香港那是死路一条。他判断对了，他藏在地下室躲过了零式战机的大轰炸和日本人的大搜捕，活到了抗战胜利。可神秘的是，祖父居然遗传了曾祖父的某种多血质基因，在躲过劫难之后，开始向往革命。他急不可耐地秘密北上，去了延安，加入了共产党，几年之后，他随着大部队凯旋。广州解放后，他被安排在市教育局工作。

"我觉得你祖父有点投机。"矮瘦又说。

"他是打仗的，一个枪子就要命的，有这么拿命去投机吗?"我有些生气,"所谓投机,不是用最小的付出,博得最大的回报吗?"

"别动怒,继续。"墨镜吧唧着嘴巴,品着要命的好茶。

祖父在教育系统上班,喜欢学人家舞文弄墨,大约十来年后,某日因一首歪诗被人检举为"反诗",惹来了灾祸。他见势不妙,做出逃跑外省的迹象,却一头钻进了地下室深处,逃过了追捕。但祖父还是大意失荆州,数年后的一个晚上,他竟然从地下钻出来,站在院子里仰头看天。那晚的月色很亮,他想多看一会儿,找到那颗坐着长征火箭上天的星星。结果遭同在看星星的邻居举报,立马被捕,送到了一个接近中亚的地方,再也没有了音讯。这件事的副作用很大,让我的父亲极度恐惧写作,却也极度迷恋上了写作。禁忌的快乐让他无法自拔,他总想写点儿什么,却不知写什么才好,整个人越陷越深,终于变得有点儿神经兮兮。

"哈,那颗'东方红一号'!"

"中国造的第一颗卫星,你祖父还蛮浪漫的嘛。"

总而言之,要不是有地下室,我想我不会存在于这个世上了。这个想法在我父亲的脑袋里当然更加强烈,不可遏制。从我有记忆起,他就一直反复告诫我,除了地下,哪里都不要去,去外边是死路一条。

我被吓坏了,从小生活在泥土般的绝望及恐惧中,让我满心重负,没法长高,成了侏儒。我母亲嫌弃我,想再生一个孩子,但我的父亲拒绝了,他的理由是我们杨家每代都是单传,这是命运,他不能违背命运,他还有更伟大的事业要做,那就是挖洞。他以身作则,把一生的精力与智慧都用在了挖洞上。那是一种迷宫的艺术,几十年后,除了他自己,已经没有任何人可以破解那座曲折离奇的地下宫殿了。

"怪不得你不长个。"

"我感觉破案的线索马上就有了。"

在我十五岁那年,我的母亲失踪了,我父亲脸色苍白,仅有的几丝血色也不见了。他坐在通往地下的洞口处,说她和那个贩卖鲨鱼的臭杂碎跑了。我不知道该怎么安慰他。反正她也不喜欢我。我应该就是这么跟父亲说的。但在那之后,我总是一次次梦见我的母亲,她惊慌失措地迷失在地下室的某一个房间内,每当我积蓄足了勇气想去救她的时候,我就惊醒了。我把这个梦告诉我的父亲,他长久不出声,也不看我,他的侧脸看上去简直和我如出一辙(我喜欢翻看自己的照片),我已经看到了我的未来,但他比我高大许多,因而也英俊不少。他最终抽了一根红双喜香烟,像伟人那样慢吞吞地说:"也许,你说得对。我们家的每个人都应该在那里有属于自己的房间。"

"你们家也够惨的。"

"是够惨的,我……我怎么感到有些头晕,舌头发胀……"

"好像是……我,我,我……"

我父亲在弥留之际,将地下宫殿的图纸以及全部秘密都告诉了我(可愚笨如我至今未能完全掌握),然后,他就选择了其中最隐秘的一个房间作为自己的终点。他是自己走进去的,还带着成捆的笔和厚厚的稿纸,他决心要完成自己的写作心愿,他喃喃自语说,写作是一件十分危险的事情,必须待在地下深处才能心安。

我大张着嘴巴,呆愣在那里,未来的孤独生活仿佛已经提前注入到了我的心里,让我苦涩难言。

"你不要试着找我,你不会找到的,反而会把自己搞丢了!"父亲皱着眉头大声警告我,看上去一点也不像是个弥留之际的人。那一瞬,我真想在他的口袋里放一个毛线团,跟着他走进去。希腊神话里不就有牛首人身的怪物,米诺陶洛斯,隐藏在迷宫的深处,可我的父亲只是个普普通通的人,他也不知道那个远在天边的希腊神话。他只是一个小心谨慎过了头的人。我的眼睛似乎湿润了一下,仅仅一瞬,父亲就消失得没影了。

总有一天,我会找到他,看看他都写下了什么。

好了，故事无非如此。当亲人们都离开后，我已经知道了生命就是身体，而人的身体如此脆弱，像冰雪一样容易融化。我已经准备好迎接又一次极致的体验了。一刻钟后，我把两位警官的身体（包括那只墨镜）放在了鲨的身边，他们迟早也会融化的，留下一道黑色的印迹，变成鲨的形状。那夺取他们生命的药剂已经和他们的身体融为一体了。

我抱着我的妻子，她骂我是侏儒。我的虎口在滴血，伤口依然钻心的痛，可我不会伤害她的，我吻她的头发，她没有反抗，也许她压根就没有感觉到。我想，我必能在自己卑微脆弱的内心中，培育出宽恕的声音，更多的当然是宽恕自己。对于这个世界，我的付出早有分寸，甚至作恶多端，因此我的宽恕也就廉价。但是，请记住，这个世界并不完美，可以肯定，永远也不会完美，我和其他任何人一样，将永远拥有宽恕这个世界的权利。

想到这些，我的心情似乎好了些。每次让别的生命消失，我都感到自己变得愈加虚弱了，似乎个头也更矮了。我迟早会承受不了的。

好在，我还有重要的事情没有完成。我的妻子还没有臣服于我。

"我邀请你看看鲨，好不好？"我在她耳畔轻声说。

"你想干什么?"她的脸色前所未有地紧张了起来,我从没有害她出现过这样的神色,我甚至都有些嫉妒鲨了。可是,决定她命运的难道不是我吗?

我抄起一把铁铲,拆开面前的这堵墙,鲨顿时出现在了我们面前。

"看到了吗?"

"神经病!"她凄厉地喊了声,然后抽搐着哭了起来。

"你无法想象,鲨鱼为了保持牙齿的锋利,在十年里要换掉两万余颗牙齿。"我指着鲨的嘴巴说。我希望这句话能逗笑她,尽管我说的都是真的。

她的哭泣没有停止,我柔声细语劝说她跟鲨聊聊天,只要鲨知道的,它都会说的。可我的妻子除了哭泣,一句话也讲不出来。

"喂,你说点儿什么,让我妻子开心点好吗?谢谢。"我只能央求鲨主动些了。

鲨有些紧张,仿佛我在盯着它的鳃;过了几秒钟,它忽然冒出了一句:"我们鲨是地球上最性感的动物。"

"为什么?"我的确被逗笑了,我碰碰我的妻子,"你听见它说的话了吗?你看看它的样子,这个家伙居然说它性感,快要笑死人了。"

鲨看我笑了,立刻放松了,它也挤出了一个笑容,笑得有些诡异:"动物,还有你们人类,最爱做的事情,是我们先做出来的。"

"什么意思?"

"体内射精,明白吗?这回事是我们鲨先搞起来的,我们结伴同游,然后探测进了异性的身体。要不是我们,也许你们人类现在还像鳗鱼那样弄得一团糟。"鲨似乎在忍住笑,发出牙齿摩擦的咯吱声。

"这是污蔑,你觉得呢?"我问妻子,她似乎已经停止了哭泣,但她并不理会我。我们也要个孩子好不好?我想对她直接这么说,可我觉得这样也的确太厚颜无耻了,我只能把话吞咽了回去。

"我也不怕告诉你,"鲨不笑了,立刻狰狞起来,"我在母亲肚子里的时候,一开始有十个兄弟姐妹,但最后只有我活下来了。"

"怎么回事?"

"因为,我吃了它们。"鲨再次笑了起来,这次的笑充满了寒意。"必须吃掉,我需要能量,而且,它们和我不是一个父亲。只有强者才能活下来。"鲨吐吐舌头,做了个鬼脸。

"这个,你从来没告诉过我。"我没想到鲨的残忍从娘胎里就开始了。

"我怕你接受不了。"鲨倒是挺老实的。

"你能接受吗？"我问妻子，可她开始了呕吐，没有东西出来，是干呕，我抚摸着她的脊背，希望她能平静下来。

"她当然接受不了，"鲨说，"既然已经进化了亿万年，你们人类不必要这么残忍了。"

"人类比你想象得残忍，"我看着鲨，觉得鲨还是很迂腐的，我说，"你应该知道，我们可以让你们灭绝。"

"我们鲨的残忍是毫无办法的，而你们人类根本不需要残忍，因此我们的残忍不是邪恶，你们的才是。既然亿万年的进化都在放弃邪恶，你为什么不放弃呢？"

鲨竟然有一颗僧人的心，真是居心叵测，难道它真以为我没有慈悲了吗？要知道，我没有一天不在健全我的人性。我沉吟了一会儿，问："那我怎么才能放弃？"

"放了她吧。"鲨居然说出了我最怕听见的话。

"你……你说这个干什么？我想驯服她，她是我的妻子。"我不由得结巴了起来。

"给她自由吧，有了自由，她才会是你真正的妻子。不然，你现在只是自欺欺人罢了。"鲨的背鳍抖了抖，仿佛在怀恋大海的波涛。

鲨的这句话刺中我了。鲨总是最了解我，知道我最柔软的地方。

看来时候到了,我一直在等待的时候。给她自由,然后获得真正的爱。为此,我愿意放手一搏。根据斯德哥尔摩症状,她一定会屈从于我。如果,如果,如果她还是像顽石一样冷漠,依然要反抗我,而不懂得丝毫的感恩,那么,我会把她再次绑起来,更紧地绑起来。我一定要反复地去驯化她,谎言可以重复成真理,爱情也一样。

我用刀子割开了妻子手腕和脚腕上的绳索,然后把刀子扔到地上。

我坐回我的椅子上,什么话也没有说。她自由了,是的,我不知道自己是因为羞愧而不敢正面看她,还是像工程师不忍直视即将面临检验的产品那样,我只敢用余光盯着她。她没有动,她真的没有动。看来我的判断是对的,她顺从于这种局面了。

"你会不会觉得轻松多了。"鲨说。

我点点头,也许吧。

"你感觉好些了吗?"我问我的妻子。

如果她温柔地望着我笑,那么我是不是应该跟她道个歉?以便巩固住来之不易的感情成果。转头却发现空无一人,连椅子也消失不见了。她这么快带着椅子跑去哪儿了?居然一点声音都没有。就在我打算站起来看看的时候,忽然我看到我的前胸长出了一片银白色的刀尖，在灯光下格外耀眼。我想动，却一动也不能动了。鲨还在那儿吗？鲨能帮我吗？一把椅子重重地落在我的头顶，我眼前降下了一片红色的雾，让我看不清任何事物了。我想告诉鲨，它的狗屁进化论让我做出了多么迂腐多么错误的选择。但我的胸腔内像伸进了一双手，攥紧了我的肺，我憋不出一句话来。我只好闭上眼睛，欣喜地发现红色的雾消失了，只有稳固的黑暗，比鲨的脊背还要黑一万倍，那种黑暗像是来自宇宙的深处，那是所有事物的归处吗？是物理学上称为"熵"的所在吗？我也要去那里了吗？仅仅只是这么一想，我就觉出了一种前所未有的宁静，那种宁静在召唤我丢下鲨的阴影，丢下妻子的自由，丢下这些乱七八糟的记忆、愤怒与情爱，去沉入无始无终的虚无。我听从了这无声的召唤，恍惚中已经来到了地下室那间最隐秘的房间。我看到了我父亲伏案写作的背影。可我来不及看清他更多的细节，我只希望他能听见我最后的呻吟，然后写进他笔下的文字里。